目次

言葉を育てる　米原万里対談集

I

歴史のなかで言葉を育てる　vs.小森陽一

小森陽一（こもり・よういち）
一九五三年東京都生まれ。北海道大学文学部卒業、同大学院文学研究科博士課程修了。成城大学助教授等を経て、東京大学大学院総合文化研究科教授。著書に『文体としての物語』『構造としての語り』『漱石を読みなおす』『小森陽一、ニホン語に出会う』『心脳コントロール社会』など。

同じ寝室でベッドを並べて

米原　陽ちゃんとは、プラハ・ソビエト学校の同窓なのよね。今日は年表を作って来たの。私の一家がプラハに滞在したのが、一九五九年十一月から六四年の十一月まで。小森家が滞在したのは、六一年の暮れから六六年の暮れまで。だから、三年ほど重なっている。

小森　あの頃のチェコはソ連の衛星国で、ソ連の軍人や外務官僚、技術者がいっぱい駐留していて、その子弟のためにソ連政府がつくった学校だった。ソ連本国から派遣された教師がソ連の教科書を使ってロシア語で教えていた。チェコ社会のなかではかなり特殊な学校だったよね。

米原　私の両親は最初、そういう特権的な学校へ私と妹（井上ユリ氏＝料理研究家）を通わせるのは教育上良くない、チェコの普通の学校へ行かせようと考えてた。だけど、帰国後、チェコ語を続けるには教師も教科書も入手困難だ、その点ロシア語ならば、ということであの学校に決めたみたい。

小森　私のときは、万里ちゃんたちがすでにレールを敷いてくれてたから、日本を発つ前からロシア語の学校に入るものと聞かされてた。入ったら、あまりにもいろんな国の子どもたちがいて驚いた。

米原　常時五十カ国はいたわね。日本人は最初、私と妹の二人きりだったでしょう。陽ちゃんが来たときは、もう嬉しくて嬉しくて。可愛かったよねえ、あの頃の陽ちゃん。弟ができた気分だった。

小森　そのころの関係をいまだに引きずっているな（笑）。万里ちゃんはお姉さまという感じで、もう全面的に信頼していろいろ教えてもらった。私がプラハに来たときは、まだ八歳で、三歳上というのはすごい違いだったから。

米原　本当の姉弟みたいだったのよ。だって、陽ちゃんの家の同じ寝室にベッド並べて寝ていた時期もあったでしょう。

小森　一九六三年頃かな。米ソの部分的核実験停止条約締結をめぐって、中ソ対立が決定的になった時期だった。

米原　あのときは辛かった。日本共産党の『赤旗』編集長だった私の父は、プラハにあった『平和と社会主義の諸問題』誌編集委員会に党から派遣されて来ていたでしょう。

小森　戦前にコミンテルンという共産主義運動を統合する国際組織があった。それが戦後、各国の共産主義は個別に活動する前提で、情報交換だけを目的にしたコミンフォルムという組織に転換される。その後さらに一元的な性格をゆるめて、共同で理論誌を出していくことになる。それが『平和と社会主義の諸問題』で、当時残っていた唯一の国際共産主義運動の交流の場だったはずだよね。

米原　ええ、共産党が非合法の国の代表もいて、帰国したら即銃殺されたということも時々あった。日本もまだ五〇年代初頭のレッドパージを引きずっていて、父の前任者が帰国したところを空港で検挙されてた。だから、そこに勤めていることは極秘で、表向きはチェコスロバキア科学アカデミーの政治経済研究所へ就職したことになった。実際にそこで講義もしていたらしいんだけど。

小森　当時は「米原」ではなく「大山」と名乗っていたからね。私の父親の場合は万里ちゃんの家と違って、世界労働組合連合の本部がプラハにあって、そこに日本の労働組合の代表として派遣されていたから本名だった。それで偶然プラハで一緒になったというわけ。

米原　つまり、中ソ決裂がもろ日常生活に響いてくるような環境にいたわけ。当時中国派と見られていた日本共産党の幹部だった私の父は、世界各地を飛び回っていて七カ月ぐらいプラハにいなかった。母も東ベルリンの国際民主婦人連盟に赴任して、私たち姉妹は、中ソ関係の悪化で学校の寮に入りづらかったので小森家に預けられた。

小森　本当は社会主義、共産主義というのは一つの家族だったはずが、その建前が明確に崩れてしまったということ自体、大変な事件だった。東西冷戦構造が軋んで壊れかけていくことの発端だったね。まだ小学生だったけれども、当時の雰囲気は強く印象に残っている。

米原　子どもの頃は親の世界がすべてだから。各国共産党も中国につくか、ソ連につくかで色分けが始まって、プラハのあの小さな子ども社会のなかでもほとんど敵と味方に分れてしまった。

小森　そう。まず、ソ連は反中国だし、私たちは日本人だからということで中国寄りだとみられた。「ソ連の農作物の収穫はフルシチョフ（当時の共産党第一書記兼首相）のヘアスタイル程度だ」なんて言われていた時期だからね。同時に私の親が日本では影響力のすくないマイナーな政治領域にいるために、日本という国自体の反ソ的ふるまいが、他の国の子どもたちには、私を通して見える日本とはまったく違っている。そういうものが入り交じった視線があったといまにして思う。

米原　私も理由もなくしゃべらなくなる子が増えて神経質になった。ホームルームでも、さかんに中国共産党が弾劾された。そのうち日本共産党になるのが怖くてね。実際に日ソ共産党間の論争が始まったけれど、先生はホームルームの議題にしなかった。私がいたから配慮してくれたのだと思う。

小森　私は低学年だったから議論というのはなかったけど、個人的には、お前は中国側なのかとか問われちゃう。親が中国大使館に呼ばれたりして話をする機会があったんだけど、中国大使館はソ連人がたくさん住んでいる地域のそばなんだよね。それで、そこに行くにも、友達に見られないかという心配があった。子どもの世界に突然国家の政治的問題が直接ふってくる、という感じだったね。

米原　ソビエト学校で最初に親しくなったのが、アルバニア人の女の子で、一生懸命ロシア語を教えてくれたの。でも、六一年頃、突然国に帰っていった。中国人は私と妹が入学する前年に全員が引き揚げてたしね。論争が表面化したのは、六三年だけれど、以前から関係は悪化してたんだなと、後で気づいたわ。

プロスチトゥートカ

米原　私の両親は、英独仏露語を自由に操り、父は漢文ができたせいか、毛沢東の著作などもじかに読んでたし、エスペラント語で小説を楽しんでた。でも、それが特別なことではなくて、あの頃、プラハには他に六組ほどの日本共産党系の人々の家族がいたのかな、大人たちのみんながそんな感じだった。いまにして思えば、異常なことなんだけど。

小森　確かに普通ではなかったね。私の家の場合、夕食時の会話というのは、国際情勢とかなんだよ。

米原　日常茶飯の話題ではない（笑）。「プーシキンの『オネーギン』に、「枕」というロシア語が複数形で出てくるんだが、なぜなのか」「ソ連の賃金格差は二十倍以上で社会主義の大義を逸脱している」とか、大人たちは、そんな話ばっかりしていた（笑）。子どもが母語を身につけるのに、本来なら親戚のおばさんとか商店街の人とか、いろんな語彙や文法が耳から入ってくるものなのに、プラハのあの環境で話されている日本語ってかなり偏ってたのよ。

小森　日本共産党言語とでもいうような世界だよね。そういえばいまでも、親と話すときは敬語を使ってしまったり、話題は新聞の社説系だね（笑）。

米原　あのころ私が日本語で読んだのは、少年少女世界文学全集。講談社の五十巻もの。他に読むものがないから、暗記するほど読んじゃった。

小森　私の場合は、岩波の同じような全集を読んだ。さっきの家庭での会話もそうだけど、通常の日本社会での話し言葉とは出合ってなくて、ある種の書き言葉系日本語の純粋培養空間だった。

米原　小学校四年ぐらいかな、セックスに対する興味がすごく出てきたころ、クラスですごい読書ブームがおきたの。『アラビアンナイト』とか『三銃士』とかに性的な描写があるでしょう。クラスメート同士で情報交換して「必読書」リスト作って読破していった。日本みたいに名著を子ども用にダイジェストにしないから、原書の性描写がそのまま読める。

小森　それで私も性の知識だけは豊富になった（笑）。当然のように性の仕組みを小学生で知っていて、日本に帰って何気なく話したら、小森はHだという噂がたってかなり悩みましたよ。

米原　そういえば陽ちゃんから教えてもらったこともある。『レ・ミゼラブル』のコゼットの母親が「プロスチトゥートカ」をしていた。どういう稼業かは分かるのだけど、日本語でなんて言うのか知らない。そしたら、「どうもね、女郎っていうのだと思う」って陽ちゃんが小森家の台所で教えてくれた（笑）。

小森　そうだっけ（笑）。確かにロシア語で知っていてなんとなくニュアンスは分かっているんだけど、日本語ではなんだろうという、そういう関心はあったね。またその日本語も分からなくて国語辞典でひいて、でも分からないから……というふうに辞書の言葉の世界に紛れ込むのが親には秘密の遊びだった。それで、日本に帰ってきて、「H」という言葉がまだ辞書に載ってなくて、意味が分からないのが辛かったんだよ。

理科も母語、社会も母語

米原　そんなこんなで、文学作品は本当によく読んだ。

小森　それと、学校でも、とにかく暗記させられたでしょ。表現豊かに語りなさいって先生に言われて。

米原　いい短文や詩を週三、四編ずつ覚えていったんじゃないかな。ロシアだけじゃなく、フランスでも、スペインでも、帰国子女に聞いてみると、同じような教育を受けている。戦後はなくなったけど、日本の昔の教育もそうだったらしい。

小森　そういえば、ソビエト学校では小学校低学年まで理科も社会もぜんぶ「母語」だったよね。ロシアの秋の森の樹木の名前を覚えるのに、ツルゲーネフの『猟人日記』の一節が教材になっていたりする。ただ、他の国ではあそこまで文学的に徹底してないでしょうね。

米原　四年生になってやっと理科と地理と歴史が出てくる。

小森　日本ではいま総合的学習とか無理やり言っているけど、日本の、とくに戦後の教科書を見て思うのは、国語に出てくる文学的な言語と、社会科や理科の説明的な言語がそれぞれ別の言葉なんだよね。あれでは子どもが困るなと思う。

米原　オパーリンの『生命の起源』にしても、パヴロフの『心理学とは何か』にしても、ものすごく文学的なのよ。自然科学者が門外漢にも分かってもらおうと比喩的表現を工夫する。それでうんと面白くて印象的な文章になる。

小森　文学的ロシア語の水準をキープしながら、それを通じてさまざまな領域を学んでいくという教育だったね。私はあの言葉の訓練がなければ、プラハで落ちこぼれていたかもしれない。

米原 数学をやるにも、物理をやるにも、言葉で把握していくのだから、言葉の達人にしてあげることが、そのあとさまざまな学問をしていくための基礎体力になるという考え。その意味では言葉に対する信頼、言葉の力ということにずいぶん自覚的だった気がする。

小森 でも、たとえばツルゲーネフの散文をそのまま覚えこむというのは、ある意味では均質的なロシア語の押し付けでもあるでしょう。あれは一種の植民地的教育と言えなくもない。その背景には大ロシア語主義が一九二〇年から三〇年代にかけてスターリン主義とともに広がっていくのと関わりがあるんじゃないかな。

米原 ただソ連という国は、一方では共通語としてのロシア語を広めながら、他方では民族教育もやるでしょう。それで、民族の数がやたら増える。あらゆる民族は自分の言語で学ぶ権利を持つと謳っているために、学校も作るし、教師も育てる。放送、雑誌、新聞もぜんぶ各言語で発行しなくちゃならないから、相当な財政負担だと思うんだけど、表看板を維持しようと涙ぐましい努力をする（笑）。それで逆に民族意識を芽生えさせちゃって、ソ連が崩壊するころには、あちこちで民族紛争が勃発して、もうモグラ叩き状態で自滅していくわけだけど、あの悪人になりきれないところは面白いね。

劣等感の発見

小森　万里ちゃんが六四年、日本に帰ってきたときは、ちょうど東京オリンピックの後だったでしょう。そのときの印象はどうだった。

米原　なぜか「劣等感」という単語がやたら飛び交っていて、耳新しかった。

小森　そうなの。なんで、六四年頃の日本で「劣等感」が流行ったんだろう。

米原　いや、通訳してると分かるけど、日本人はいまでもよく使うのよ。でもロシア語に訳そうとすると、心理学者とか専門家だけが使う特殊な表現になる。日常的な感情を表す言葉ではないのね（最近自由化が進むロシアで“inferiority complex”という語が入り込んで小話にも頻繁に登場するようになったけど）。

私にはそれまで劣等感という語が与えられてなかったから、そういう感情を持つこともなかったわけよ。ソビエト学校の学友たちにも、そう言えば、劣等感という感情、人の才能とか能力に対するねたみとかひがみみたいのがなかったでしょう。優れた才能を友達のなかに発見すると、自分のことのように喜んだ。

小森　確かにプラハではその言葉に出合ってない。それに似たことで言えば、私はチェコでは「肩こり」がなかった。言葉がないと身体感覚もないのね。

米原　私は肩こりがあったの。言葉が通じないチェコに行ったとたんに。

小森　あ、もう「肩こり」身につけてチェコに行ったの（笑）。

米原　着いたとたん身についたの。何も分からない学校に通い続けなくちゃならなかったでしょう。何も分からないのに座ってなくちゃいけないし、皆が笑ってるのに、一緒に笑えない。意地悪されても抗議したり、言いつけたりできないじゃない。あれが辛くてねえ。通学させる親のことを人非人だと思った（笑）。

小森　帰ってきてからの日本の学校の授業はどうだったの？

米原　転校してすごくショックだったのは、テストのほとんどが○×式と選択式だったこと。ソビエト学校では口頭試問か、レポート方式だったでしょう。

小森　○とか×とかは一度もつけたことはなかったね。私もなんでこれが勉強になるのか分からなくて戸惑った。

米原　そう、知識や情報を自分で組みたててひとまとまりのテキストにして発表させるという試し方だったのが、ずたずたに切り刻まれて、腑分けされて、その切れ端だけ確かめられる感じで薄気味悪かった。チェコに行って言葉が通じなかったときよりももっと辛かった。日本には一時的な客人じゃなくて、死ぬまで住むものと思っていたから。もう、絶望を通り越して感激しちゃって。チェコの友人に、問題をぜんぶ翻訳して、傑作でしょうって手紙を出したくらいよ。

小森　本当に日本の選択式の受験勉強がいかにひとをバカにしているか、というのは私も痛感した。虚しくなるよね。

米原　私は耐えかねて教師にねじ込んだのよ（笑）。たとえば歴史にしても、ソビエト学校なら「インダス川がインドの農業に果たした役割について」とか「インドの自然と宗教の関係について」とかいう質問が出て、本を読んだり、大人に聞いたり自分なりのやり方で調べて、みんなの前で発表して評価される。暗記するにしても全体の文脈のなかで意味を持つのであって、切れ切れバラバラにしちゃうと無意味、こんな勉強法も評価の仕方も間違っていると言って。そしたら「米原さん、それをするには、このクラスには五十人もいるからとてもできない。第二にそういうやり方では客観的な評価ができない」と言われたの。でもそもそも客観的な評価なんかありえないし、単に評価する人の責任逃れとしか思えなかった。ああ、自分は日本社会に永遠にアダプトできないと思ったわね、あのときは。でも、陽ちゃんは日本に帰ってきてからも優秀だったわね（笑）。

小森　私はそこまで強く言えなかったけど、内心そう思った。とくに国語の試験の選択肢に関してね。いろいろ考えちゃって、いつも正解できないの。選ばせたんだったたら、なんで私がその選択肢を選んだのかという自己弁明をさせてくれ、と言ったら、間違っているんだからしようがないでしょうと言われて、そういうものかなとも思っていた。

その後、友達から本文を読まなくても四つ選択肢があれば、そのなかに一つだけ違うものがあるから、それを見つければ正解だよ、という裏話を聞いて割りきってやれるようになったけど、表面的な受験技術を知っただけで、文章を読む力の内実はついていかないよ。

米原　そういえばプラハの学校では、先生は授業を面白くやれば、人格的にどんなだめな奴でもいい、先生に道徳は求めないという雰囲気があった。

小森　あった、あった。体育のセクハラ先生とかさ（笑）。

米原　授業を休講にして、図画の先生と不倫していた歴史教師とか。でも授業さえ充実してれば、人生のお手本である必要はないってのがすごくよかった。

小森　ソ連の学校すべてがそうだったかは知らないけどね。日本では「教師＝聖職者」というのがいまだに根強いから、逆に学校のなかで、教師の人権が踏みにじられていさえする。

米原　なんか不祥事が起こると、とにかく隠そうとするから。別に社会のお手本でなくてもいいって。非常に面白く自分の専門の教科を教えてくれさえすれば、子どもを愛してなくてもいい（笑）。子どもを愛してくれる人は他にいろんなところにいていいわけだから。

小森　ただ私の場合、受験システムに乗れないと、この社会では生きていけないと悟ったから、中学時代はいい点数を取る技術に走ったね。自分のなかでは、敗北感があったけど。それ以来、「劣等感」が自分になじんじゃった。統一基準のなかに組みこまれたとたん、いままで点数を取れなかった自分の感情が「劣等感」だったのかなと事後的に理解した。

米原　その意味で「劣等感の発見」というのは日本の子どもたちの精神状態を物語るキーワードかもしれないね。

小森　六四年あたりにそういう言葉が出始めたっていうのも、高度成長に入って、アメリカと日本を統一基準で比べる感じが広まりつつあったということなのかな。

米原　私は日本に帰ってきたときに、そのままだと中学二年生だったんだけど、三学期ですぐ受験で大変だから、どうか中学一年に入れてくださいって頼み込んだのね。でも、学校から、それは手続きが大変だし、劣等感を持ってかわいそうだからだめだって断られたのよ。

小森　劣等感を知らない子どもに（笑）。

米原　でも、あのころはまだいじめがなかった。最近、帰国子女がいじめられてるらしいけど、私はそういう経験が全然ないの。このあいだ中学の同窓会に行って、「私は本当にいじめられなかったのか、それとも鈍くていじめられていることに気づいていなかったのか」って尋ねたらみんなに「いじめてないですよ、それより米原さんの言葉がきつくて傷つけられました」って言ってたから（笑）。

小森　「帰国子女」というのは一ドル＝三六〇円が崩れて以後の言葉じゃない？

米原　そうでしたね。私たちは、「帰国子女」ではない。

通訳になる、学者になる

小森　いまの通訳の仕事に関わる路線を意識したのはいつごろなの？

米原　私は受験能力ないから私立の高校に入って、そこは全然勉強しなくてもいい自由があったけど、大学受験の能力ももちろんつかず、結局ロシア語で受験すれば受かりやすい東京外大に行ったでしょう。入ったけれどもロシア語で生きていこうなんて思わなかった。自分がロシア語ができるのは運命の偶然だから、自分の人生、自分で切り開かないといけないと思って（笑）。孤高にそう思ってたんだけど、卒業する段になって、どこも企業が採ってくれなかった。

小森　そうか。うちもそうだけど、父親の仕事の関係があるしね。

米原　そうそう。父が無名の共産党員だったら企業に入る余地があるんだけど、私の父はだめ。選挙候補者であちこちにポスターがはってあるんだもの。「あれ、お前に似てる」とか言われて。

仕方ないから大学院に行ったけど、研究者になるにも、「君のお父さんの名前からして教授会で薦めにくい」とじかに言われた。大学院を出ても就職できない。文化学院や気象大学で非常勤講師をしたり、家庭教師をしたけど、その収入では全然食えないのよ。たまたまそのころ徳永晴美さんという面白い通訳者に出会って、絶対やるもんかと思っていた通訳を始めた。あなたのほうは日本文学をいつ読んでいたの？

小森　私は翻訳文学は読んでいたけど、日本文学はほとんど空白なの。

米原　あなた漱石研究で知られる日本近代文学研究者じゃなかったっけ（笑）。

小森　すみません（笑）。まず、中学のときに『吾輩は猫である』を読んで、言葉をしゃべれず、周囲とのコミュニケーションを断たれて、最後に甕に落ちて溺れてしまう無名の猫が、日本に帰ってきたときの自分の孤独感と重なって、涙、涙で読んでしまった。それを感想文に書いたら、「誤読」の一言で片付けられた。これは本にも書いたけど、私と日本近代文学の出合いは不幸だったんです。

米原　じゃ、もしかして私のほうが読んでたりして。高校受験用に文学史を覚えさせられたでしょう。私は五年間の空白があったものだから、同級生はこのなかの作品をぜんぶ読んでいるに違いないと焦って、『出雲風土記』や『源氏物語』や、とにかく片っ端から読んだのよ。『伊豆の踊子』あたりまできたところで、ある日教師が授業中、『蒲団』を読んだ人って尋ねて、ハイって手を挙げて周り見たら私ひとりだった（笑）。

そのとき一通り読んでショックだったのは、近代に入ってからの日本文学がおそろしく退屈だってことなの。普通の人、たとえばサラリーマンが仕事して帰ってきて疲れて読むのに、このつまらなさに耐えられるのかしら。『南総里見八犬伝』は面白かったのに、明治になったとたんに文学が娯楽の対極になる。自分の忍耐力をテストするために読むみたいな。

小森　それで中学とか高校の国語の先生がさ、つまらない小説を、どうしてよきものとして賞賛するのかが分からなくてね。

米原　それでも陽ちゃんは漱石は読んでいたのね。

小森　だから『猫』で誤読したから止め。高校時代、『こころ』でも挫折して、大学院に入るまで漱石は読んでいない。

米原　研究者としてはそれが新鮮だったのかもね。漱石ずっと一生やっている他の研究者に申し訳ないわね（笑）。

小森　私の場合、高校のときに学生運動にのめりこんでいて、大学では東京にいると素性がしれて運動に巻き込まれてまずい、と思った。あのころは七二年だから、中核とか、革マルはもう殺し合いに入っていたもの。それで東京外大にも受かっていたけれど、北大に受かったからそっちに行った。誰も知らないと思って。それに北大にはスラブ研究所というのがあって、ロシア史をやろうと。その意味では、万里ちゃんとちがって、私はどこかで変に悟って、むしろロシア語を生かそうと思っていたふしがある。

米原　でも北大には私の妹がいたから……。

小森　そう。彼女が北大の理系にいて、私の経歴はすぐにばれちゃった。それでまた、ビラとアジテーションと立て看板の日々を送っていた。僕はその筋では才能を認められていたから（笑）。それで全然勉強しなくて、希望の史学科には入れなくて、第七志望の国文に入った。

米原　お互い自分の意志通りには運ばないところが、いいわね。

小森　だから私の出発点はエイリアンとしての日本語文学研究。つまらないものを面白いと思っているこの人たちは何者なのだろうという問いが出発点。たとえば二葉亭四迷の『浮雲』は日本近代小説のはじまりとして偉そうに輝いているけど、主人公が役所を首になって、一緒に住んでいる従妹が、自分に惚れているかどうかってずっと悩んでいるというつまらない小説なんですよ（笑）。でも、この謎を自分なりに解いたら、自分が日本で生きているということが納得できるかなと思ったんですよ。小説のなかの言葉を同時代の社会状況に戻してみたときに、なるほどなって分かるんです。だから、小説に自分の注釈をつけるために論文の体裁をつくるという感じでした。

振りをする社会

米原　それで、謎はなんだったの？

小森　結局ね、面白いストーリーありの文学は『浮雲』が出る前に消費されつくされていた。それこそ『八犬伝』、坪内逍遥も大好きだったんだけど否定しちゃう。日本の近代文学者たちは無理やり過去の文学を好きじゃいけないって決めたのね。その決まりを理解することができたんです。それで禁欲的に、ヨーロッパから入ってきた新しいノベルの真似をした小説を好きじゃないのに好きな振りをする。

米原　近代以後、文学が伝統から切り離されて、そこから養分を吸収することを拒絶したのが、日本文学を貧弱なものにした決定的な要因だったのね。それに「振りをする」というのは日本社会の特徴ね。自分の知的能力に自信がないと分かった振りをして、議論を回避する。

小森「小説」という熟語は、漢学の世界では「稗史小説」で、稗史というのは正史に対する言葉で、民衆のなかのオーラルな噂話のことなんです。居酒屋とか、一膳飯屋なんかで話されている話題。日本でもそういう概念規定がずっとあったのに、それを捨てちゃった。

米原　通訳するときには、とくに人文系の学者がひどい。国際会議が終わると、会場の人たちがやってきて、「米原さん、あれよく訳しましたね。僕はロシア語あんまりできないけど、それでもロシア語の通訳を聞いたほうが、もとの日本語より分かり易かったですよ」って言うぐらい。通訳というのは、意味を伝えてなんぼの世界だから、語り手が伝えようと努力をしないと本当に困るのよ。

小森　外国との政治的な交渉でも、決められた条項のなかに、実は通訳の文言が反映されているからね（笑）。だから、通訳というのは、単純に言葉を伝えるだけではなくて、対話のなかに創造的なかたちで入り込んでいる。

米原　陽ちゃんも含めて、日本の学者の大きな問題ですよ。一応可愛い弟の本だから、陽ちゃんの本は全部目を通しているんだけど、何を言いたいのか、分からない所が多すぎるのよ。『小森陽一ニホン語に出会う』を読んで、初めて分かりやすく書く能力があるというのを知ったぐらい。なぜ小難しく書くのかというのを、実は今日一番追及したい。

小森　それは難しい問題だね。私の場合、やっぱり中学一年生ぐらいで日本に戻ってきた「小森君」に向かって書くというスタンスを本当に守りきれるかどうかがいつも問われていると思うんだな。それは自覚しているんだけど。

米原　誰に読んでもらいたくて書くのか、というのが大事でしょう。あなたの文学論はおそらく、文学に通じていて、しかも特殊な大学という環境の言葉を共有している人しか分からない。

小森　それはひとまず批判として受け入れます。その原因は、まず現実に起こる問題を捉えていく理論的な枠組みが、明治の初めから翻訳語を与えられて、外から入ってくるわけです。漢字熟語の概念に頼るかたちで、自分も分かった「振りをして」書いてしまう。経験から言えるのは、漢字熟語を子どもが分かる日本語に翻訳できるかどうか。本来は、幾重にも翻訳して、伝わりやすい形にするという段階を絶対に省略しないで書けるかどうかです。

けれども、分かりやすさには二つある。たとえば新聞のレベルで分かりやすく書いてくださいと言われたとき、要求されるのは、いままでの言説の反復に過ぎないような、冷戦構造的な善・悪とか、あるいは文明・野蛮に分けて単純化して説明しちゃうことが多い。本当に大事な問題は、「権力闘争」や、「派閥争い」とか五五年体制のような枠組みで説明して、こと足れりとしている部分もある。それもチェコと日本両方を経験した私の感覚から言って、承認できないな。とくにアフガンへの報復戦争以後は。

米原　そう、分かりやすさには単純化という落とし穴もある。複雑なことを複雑なまま、しかも分かるように書くには、その分野の知識だけでなく広い周辺知識が必要になるしね。それに、分かり難さが読み手の能動的力を引き出すこともある。

それでも面白がったり楽しんだりするには、まず理解できなくては始まらない。私は対話的な方法が一番いいと思う。相手を想定して書く。その人に分かるまで、書き直していくほかないんじゃないかな。

そういう意味では受け手も見栄をはって、分かる振りするのは止めないといけない。いま言葉の両極化が空恐ろしいスピードで進んでいる。人文系の学者の言説がものすごく難解になっている一方で、一日三十語でこと足りてるような若い人たちもいる。でも本当はこの中間でもがいてる人がいっぱいいるはずだから、せめてその人たちには分かるように、いいものを読みやすく書いてほしい。

小森　その三十語の若い人たちにしても、難しい言葉というのが学校言語だという反発があるんだよ。自分たちの語りをフォローしてくれるような言葉がないから、言葉を貧しくするかたちでしか対抗できない。私は日本語教育の試みとして小学校から高校まで国語の授業をやってきたのだけど、実際教えてみてそう思った。言葉を紡ぎ出せるような対話さえすれば、ダムが決壊するように言葉が出てくるんですよ。学校言語というのは自分の言いたくないことを無理やり語らせている言語システムだから。

米原　へえーっ。私たちの体験したソビエト学校は、少なくとも言葉と人間の関係はもう少し幸福だったわね。魂の自由のためには、自分と言葉との関係、言葉を介しての他者との関係が大切ですものね。帰国したてのころ、共産主義の世界ではさぞ不自由だったでしょうと同情されたの。でも、私のほうは日本に帰ってきて、人も子どももがんじがらめになっている気がして可笑しかった。

小森　そう。日本人は何で天皇制がタブーで不自由なのに、自由だと信じられるのか（笑）。でも、その幻想はいまようやく崩れつつあるんじゃないかな。

米原　そうかしら。クローン技術の人への応用をこぞって心配してるけど、クローン技術など使わなくとも、みんなユニクロ着て、同じテレビ番組見て、コンビニ食食べてるから、同じような言葉遣いで、頭のなかもそのうち相似形になるんじゃないかしら（笑）。

（「中央公論」二〇〇二年二月号）

通訳とものを書きの大いなる違い　vs.林真理子

林真理子（はやし・まりこ）

一九五四年山梨県生まれ。日本大学芸術学部文芸学科卒業。一九八六年『最終便に間に合えば』『京都まで』により第九四回直木賞を受賞。一九九五年『白蓮れんれん』により第八回柴田錬三郎賞を受賞。一九九八年『みんなの秘密』により第三二回吉川英治文学賞を受賞。他の作品に『ルンルンを買っておうちに帰ろう』『ミカドの淑女』『女文士』『不機嫌な果実』『アッコちゃんの時代』『本朝金瓶梅』など多数がある。

ラーゲリ帰りの先生

林　今度のご本（『オリガ・モリソヴナの反語法』）、おもしろくて一気に読んじゃいました。

米原　うれしい！　もう帰ってもいいぐらい（笑）。

林　私たちの世代、戦後のぬるま湯の中で育った人が大多数ですけど、米原さんは少女時代を冷戦下のチェコのプラハで過ごされて。歴史のダイナミズムを肌で感じてらしたって、すごいですね。

米原　いや、渦中にいるときはわからなくて、時間的空間的距離をおいて振り返ると、どうだったかなあ、と。むしろ当時、遠い日本を眺めながら、激動してて大変だな、と（笑）。

林　このご本はそのときの体験をもとに書かれたわけですね。オリガ先生という口の悪いおばあさんが出てきたり、美少女がからんだり。

米原　プラハの学校時代のことは基本的に全部本当です。オリガ先生が変なことわざをいっぱい言うでしょう。

林　「思案のあげく結局スープの出汁になってしまった七面鳥」とか。

米原　ロシア語のどの慣用句辞典にも見当たらなかったのが、『ラーゲリ（強制収容所）註解事典』に出てきたんですよ。彼女が言ってたことわざが全部。「他人の掌中にあるチンボコは太く見える」とかね（笑）。それで彼女はラーゲリにいたんだろうと。

林　後半になると、あまりにも痛ましくて……。

米原　でもロシア人が読んだら、これじゃ生ぬるいと思うでしょうね。私は残酷場面が書けなくて。それとセックスの場面も。

林　そうですか？　エッセーだと下ネタを多く使ってますけど（笑）。

米原　下ネタでエロスを茶化すのはできても、濡れ場が描けないの。林さんのを読むと感心しちゃう（笑）。

林　主人公の弘世志摩さんがモスクワに行ってオリガ先生のことをいろいろ調べますけど、オリガ先生とは会えなかったんですね。

米原　先生はもう亡くなってると思うんです。あのときが八十歳で、あれからもう四十年たってますから。

林　最後は人間への賛歌が伝わってきますよね。こんな残虐なことが行われていても、人間は愛し合って慈しみ合って文化を伝えていくんだなということがわかる気がします。

米原　ラーゲリ帰りの女の人にたくさんインタビューしたら、あまりにも心がきれいでやさしくて、びっくりしましたね。いま年金生活者になって、嫁との折り合いが悪いとか、通院や入院の手続きとか、いろいろ大変なんだけど、みんなで助け合ってるんです。あんな非人間的な目に遭って、世の中を恨んで人間不信に陥ってもいい人たちがいちばん人間を信じてるという感じで。

林　読者からの手紙とか反応はどうですか？

米原　一九六〇年代に学生運動やってた人、つまりソ連に憧れてた人たちが、おもしろがってくれますね。

林　「戦争と平和」や「アンナ・カレーニナ」とか、ソ連が国の威信をかけて映画の超大作をつくってたころ、ソ連ってすごく大きい国に見えましたよね。

「地下に潜る」

米原　日本のロシア語学習人口が最高になったのが、確かガガーリンが宇宙に飛んだころ（一九六一年）なんですって。ソ連が世界著作権連盟に入る七三年以前に書かれたものは、翻訳者に印税が全部入ったんです。そのころロシア語の翻訳で別荘を建てた人、いっぱいいますよ。

林　そうなんですか！　米原さんのご両親はバリバリの日本共産党員だったんですよね。戦後、党員の子供というのはどうだったんですか。学校でいじめられたりとか……。

米原　生まれたのがレッドパージが始まったころなんですけど、いじめられた記憶ないんですよ。むしろしじゅう自慢してたみたいです。「うちのお父さん、共産党なんだ。戦争中、十六年間地下に潜ってたんだ」って。「地下に潜る」って、当時、隣のお屋敷に防空壕があったんですけど、そこで十六年間過ごしたんだと思ってたんですけどね（笑）。私の妹は、小学校に入学して席を決めるとき「先生、うちは共産党だから左側にしてください」って言ったんですって（笑）。

林　お父さま、すごい進んだ教育をなさって……。

米原　単に風通しがよかったのかも。当時、レッドパージで職を失った党員とか、いろいろな人がうちに住みついてておもしろかったです。

林　ご実家、大金持ちなんですよね。

米原　夏休みに父の実家に帰ると、わが家との生活水準の違いに唖然としましたね。名前を覚えきれないぐらい使用人がいて。

林　私、山梨の町内で私のところと中沢新一さんのところだけが、「赤旗」と「朝日」をとってたんです。子供のころ、私が何かを包むのに「赤旗」で包むと、母が「外に持ち出しちゃダメ。別ので包みなさい」って言ってました。

米原　妹なんか運動会のとき、「赤組じゃないといやだ」と駄々こねてましたよ（笑）。

林　お父さまがプラハに派遣されて、それでソビエト大使館付のエリート学校に入ったんですね。

米原　エリートというよりも、チェコはソビエトの植民地でしたから、宗主国の学校ですよね。

林　子供たちは何カ国ぐらいから来てたんですか。

米原　五年間に延べ百カ国ぐらいの子供といたことになるかな。

林　そういう幼年時代を送ると社交的な性格になるんでしょうか、わりと距離を置く性格になるんでしょうか。

米原　個人に対しては距離をとりながらも社交的かな。でも集団になると苦手。向こうでは一人ひとり違うから共通点を探そう、だったのが、日本ではみんな同じが当然、違うのは許せないみたいなところがあるから。

林　ご本のなかに、向こうでは自由に楽しく踊ってたのに、日本に帰ってきたら、ブルマーはかされてフォークダンスを踊って、少女の胸は憤りでいっぱいになるという場面がありますね。

米原　あれは本当につらかった。踊りって、その国の歴史とか文化とか、民族特有のものが入ってるんだけど、それを全部捨象しちゃって、ただただ楽しいだけにしちゃうでしょ。みんな同じ踊り方をして……。

林　そして東京外語大を出られて、東大の大学院に進まれたんですね。

米原　就職したかったんだけど、親が共産党の代議士やってたから、どこも採ってくれなかったんですよ。

林　まあ。親子の葛藤はなかったですか。

米原　親のせいじゃないものね。採らないほうが悪いと思ってたから。

林　そのころ、まわりから「変わってる」とか言われませんでした？

米原　耳には入ってこなかった。言われてたかどうかは知らないけど。

林　日本人みたいに回りくどい言い方する人って苦手だな、と思うことあります？

米原　ヨーロッパ人は攻撃的で、相手の欠点や弱みを突いてくるでしょ。帰国したときに日本語でそれをやったのね。それなのに反応が全然ないので調子狂っちゃった。一年ほどでやっと気づいたの。日本人ってなんて偉大な民族なんだろう、なんてやさしいんだろう、自分の言葉が相手にどう受け止められるかまで考えて自分の発言を構築しているって……。

林　それはかなり買いかぶりでしょう。その場ですぐロジカルな思考ができないだけで、陰では「米原さんて言葉キツいよね」って、みんなイジイジ言ってたんじゃないですか。

頼られると逃げる？

米原　最近、帰国子女がいじめられてるっていうから、私もいじめられてたのに鈍くて気づかなかったのかもしれないと思ったんです。それで中学校の同窓会で、「みんな私のこといじめてたんじゃない？」って聞いたら、「逆ですよ！　米原さんの言葉がキツいから、みんな傷ついてたんだよ」って（笑）。

林　いまは自重してるんですか。

米原　いまは自重してるつもりです。な～んて（笑）。舌禍に後で気づいて冷や汗かくことしばしば。

林　失礼ながらご結婚なさらないのは、そういう理由もあるんですか。

米原　というより、いいと思ってた人がだんだんしなだれかかってくるんですよ。頼られると、私、逃げるんです。そういうことありません？

林　乗りかかった船だから、引き受けます、私は（笑）。

米原　偉いねー。でも考えてみたら、私がふられたのも、私がしなだれかかったからかな。

林　米原さんを口説く人って、どういう人かな。よっぽど自分に自信がないと、なかなか近づけないと思う。

米原　いや、逆ですよ。私に頼りたいという人が多かった。

林　米原さんにつまらないことを話すと怒られそうな気がするけど。

米原　アハハハ、そんなことないですよ。おもしろい。林さん、やっぱり小説家ですね（笑）。

林　米原さんは通訳の世界では有名な方でしたけど、私たちが知るようになったのは、読売文学賞を受賞された『不実な美女か貞淑な醜女《ブス》か』ですよね。これ、丸谷才一さんが「読売文学賞史上最低のタイトル」とおっしゃって。

米原　アハハハ、そうそう。

林　でも、タイトルにひかれて読むと、中身は難しいですよね。

米原　理屈っぽいです。〝屁〟つきで。

林　エッセーというよりも専門書に近い感じで。でもあれを読んだら、日本語って悪くないと思うようになりましたよ。

米原　それはうれしい。私は五年間の空白のあと、日本語を一生懸命に勉強したぶん、日本語への愛着ひとしおで、なぜみんな日本語を大事にしないのか、始終、腹立ててる。わざわざ日本語にすでにある単語を横文字にするでしょ。あれが理解できない。

林　そのほうがインテリっぽいと思ってるのかもしれない。米原さんは、旧ソ連時代から要人の通訳をされてましたけど、いまもされてるんですか。

米原　もの書きとして名前が知られると、通訳として声がかからなくなりました。変なこと書かれるんじゃないかと思われて。通訳は守秘義務があるから、絶対書かないのに。でも通訳は受験勉強の一夜漬けみたいに準備しなくちゃいけないから、締め切り原稿をかかえているとつらい。

林　専門用語とかの勉強ですね。

米原　あれは地獄ですよ。通訳する人が決まると、その人についての資料にはだいたい目を通しますね。

林　通訳は相手のあることですけど、書くというのはクリエーティブなことで、最後まで米原さんの責任だからおもしろいでしょう？

米原　通訳も捨てがたいですよ。通訳って自分を消してその場にいるから、いろいろなことが聞こえてくるんです。ジャーナリストだと警戒していい格好されるけど。

林　ソ連の要人とかに、ずいぶん口説かれたんじゃないですか。

米原　ええ。日本の政治家にも……。

林　そういう人をいっぱい見ても、人間不信にならないところがすごいですよね。汚いところも見たりするわけでしょ。公的なところでは紳士なのに、一人になった途端、

「やってらんねえや！」なんて言ってたり。

米原　いい面、悪い面、全部合わせると、人間っていいですよ。旧ソ連とかいまの北朝鮮（朝鮮民主主義人民共和国）もそうでしょうけど、人間、みんないい面と悪い面を少しずつ持ってるはずなのに、独裁者がすべての悪を引き受けて絶望的に悪い。そのぶん、ふつうの人は絶望的に善良。日本人は適当に悪くて適当にいいというのが多いでしょ。

林　ああ、なるほど。

米原　スターリンだって、資料を読んでると一％はいいところがあるのよね。理想的に見える人も一％は必ず悪いところがある。ふつうの人は四一％対五九％とか七〇％対三〇％とか。だから裏で見てると、いやだと思ってた政治家にけっこうかわいいところがあったり、いいと思ってた人が逆にくだらなかったり。

林　このあいだ、通訳の世界のことを書いた本を読んだらおかしくて。米原さん、「シモネッタ」って呼ばれてるんですってね（笑）。

米原　前はね。イタリア語の通訳で私よりスゴイ人がいて、「シモネッタ」は彼女に譲ったんです。

林　この人に逆らったらこの世界で生きていけないという人が二人いて、「西太后」と呼ばれてるのが……。

米原 英語の通訳で、私は「東太后」(笑)。でも、あれは誇張というか虚構です。嘘つきは通訳のはじまりというぐらいですから。

林 その本に各国の通訳の特徴が出ていて、英語の通訳は性格のいい人が多い。フランス語の通訳は派手な人が多い。ロシア語の通訳はすぐ請求書をよこすって(笑)。

米原 当たってますね(笑)。英語以外の人はみんな個性的でアクが強くておもしろいけど、英語の人は角がとれててつまんないですね。競争が激しいから、日本の社会に適応できないようなアクの強い人は、淘汰されるのだと思う。

林 日本人って、ロシアが嫌いな人もいましたよね。いまは薄れましたけど、そういうので苦労されたことってありますか。

林 むしろそれで得してたんじゃないかな。ロシア語の通訳は少ないから、すぐ第一人者だと錯覚してくれて(笑)。英語の通訳は、どこ行っても英語がわかる人がいるから誤訳できないんですよ。ちょっと間違えただけで二度と雇われなくなったりするけど、ロシア語だと嘘を言ってもバレない(笑)。

林 ところで先日のモスクワの劇場テロ〔二〇〇二年十月〕、思ったとおりの結末でした?

米原 いや、あそこまでやるとは思わなかった。ただ、ロシア人に言わせると、ソ連マイナス共産党=プーチン大統領なんですって。いま、資料館もどんどん閉鎖されてるんですよ。

林　彼の方針で？　まずいことになってますね。

米原　スターリン時代の再来という感じでマスコミを弾圧して。彼に批判的なテレビ会社の社長が二人逮捕されたし、チェチェン問題を取材していた記者がモスクワ川に浮かんだり。彼はKGB出身だしね。

林　顔がKGBっぽいですよね。

米原　チェチェンで戦争をやってる間はロシアに行きたくない。あれだけジェノサイド（大量虐殺）やってたらまたテロは起きます。

林　ほんとに？　私、来年「白夜祭」でサンクトペテルブルグに行くんです。そこで客死なんていやだな（笑）。最近は北朝鮮についてコメントを求められることも多いですか。

米原　多くはないけれど、ソ連の強制収容所のこととかスターリンの権力犯罪の資料が完全に出てきたのはソ連邦が崩壊してからです。北朝鮮も、いまの体制が打倒されないと、拉致された人たちの全容はわからないと思う。国民があそこまで抑圧されてたら、自分たちで倒す力はないだろうけど、韓国とか第三国に難民が出てるでしょう。ベルリンの壁が崩れる直前にチェコとハンガリー経由で西側に大量に出ていったのと似てますよね。だから崩壊はもう近いと思うんです。五年以内には……三年以内かな。

林　ドイツ統一のときも、「壁」がぽろぽろ崩れだして、あっという間でしたよね。
米原　独裁政権って、崩れだしたら一瞬でしょうね。

食べることだけは省略しない

林　話は変わりますけど、いま鎌倉にお住まいですよね。お母さまと猫五匹と。
米原　あと犬二匹も。
林　妹さんて、作家の井上ひさし夫人ですよね。
米原　そうです。うちから歩いて三分の距離にいます。
林　妹さん、お料理研究家ですけど、ご姉妹、エッセーを読むと料理の天才みたいじゃないですか。
米原　私、下手。食べるのは好きだけど。でも、ボルシチは、都内のどのロシア料理屋よりも、私のボルシチのほうがおいしいと思いますよ。
林　米原さん、二週間ぐらいお風呂に入らないってほんとですか。
米原　もの書きになってからね。こうして人に会うときはお風呂に入るけど、ふだんは入らない。
林　でもシャワーは浴びるでしょ？

米原　いや、シャワーも浴びず。

林　（のけぞって）ひぇー！（笑）

米原　歯も磨かないですよ。顔も洗わないし、髪もとかさないし。猫や犬と同じです。

林　ちょ、ちょっと、ほんとですか……。ま、原稿はファックスですむけど。

米原　編集者が来たいと言っても「いや！　来ないで」とか言って（笑）。編集者も女だったら来てもいいけど。もの書きは服やお化粧のことを考えなくてもいいから、いいなと思って。

林　そういえば、最近お化粧も変えましたよね。前はもっとメークがキツかったような気がする。

米原　すごい！　小説家の観察力って。恐ろしい。

林　失礼ですけど、米原さんのインタビュー記事を見ると、同じお洋服の写真がけっこうありますよね。

米原　アハハ。最近、ほとんど買ってないもの。面倒くさいのと、いきなり体重が増えたんで。食べることだけは省略しないです。通訳は移動が多いし緊張感もあるから、いくら食べても太らなかったんですけど。

林　もの書きって太るでしょ。な〜んて偉そうに言っちゃって（笑）。

★その後いかがですか

時々ペンクラブの理事会でお会いする米原さん。きりっとした表情で、発言する人を見ているのが印象的でした。何かお話ししようと思ったのですが、私、インテリの女の人というのがどうも苦手です。こちらの底の浅さをすぐに見透かされるような気がするからです。が、米原さんの本をいつしか愛読するようになっていった私。この頃はちらっと言葉を交わせるようになりました。

幼少の頃にインターナショナルな場で育てる、というのがすべて成功するわけではありません。だけどまれには米原さんのような個性が出現するんですね。日本的なじめじめした駆け引きがまるでない方。豪快というのとも違うけれども、まっすぐで前向きで大らか。お話ししていると本当に楽しい。ふつうの日本の女性のように、気を遣わなくっていいんです。こちらも素直に言葉をぶつけると、ストレートで返ってくる。お世辞なんか全くない人。だからボルシチのお約束、実現させてね。

（「週刊朝日」二〇〇二年十二月二十日号）

本の数だけ違った人生がある

vs.児玉清

児玉清（こだま・きよし）
一九三四年東京都生まれ。俳優。テレビ番組「パネルクイズ　アタック25」や「週刊ブックレビュー」の司会者としても活躍。著書に『寝ても覚めても本の虫』『負けるのは美しく』などがある。

若き日の読書

児玉　僕の育った時代は中途半端でね。国民学校六年が終戦ですから。軍歌うたってワーワーやってきたのが、突如翌日から、今までやってきたことは駄目、って。

米原　あら、ものすごく貴重ですよ、そういうドラマチックな経験。

児玉　カタカナ禁止令が出て、『モンテ＝クリスト伯』を読んでいると、いきなり先生に張り飛ばされて。それが終戦でまた急にでしょ。

米原　でも、絶食があったからこそ、旺盛な食欲ができたんですよ、きっと。

児玉　かもしれない。本はいとこの家にいっぱいあったんです。「世界少年少女文学全集」を読みあさりました。『クオーレ物語』とか。

米原　クオーレ！　私も夢中になって読みました。小学校三年でプラハに移住する時、親が持っていってくれて。

児玉　ほおー。

米原　ロシア語学校に入って日本語を忘れかけていたころ、船便で講談社の文学全集が届いたんです。それしかないものだから、全五十巻、二十回以上読んだかもしれない。

児玉　いや、すごいなあ。

米原　日本の教科書も持って行ったのに退屈だから見向きもしない。でも本は主人公が魅力的で物語が面白いからどんどん読んでいく。結果的に日本語を忘れずに済んだ。言葉って文章なんですよ。

児玉　そう。単語じゃなくて文章ですよね。

米原　あれで自然に日本語の語彙《ごい》も増えたし、文体も身につけた。日常会話だけでは多様な表現方法や複雑な概念は身につかないんですよ。

児玉　そうですね。

米原　ロシア語が全く分からない状態でロシア語学校に通うのは地獄でした。それが夏休みの林間学校の図書室でタカクラテルの『箱根用水』という日本語の表紙を見つけて飛びついたら中身はロシア語だった。でも物語に引きずられて最後まで読めたんです。

児玉　それはすごい。

米原　夏休みが終わって学校に行ったら、先生に「なぜロシア語がそんなに上達したの」って驚かれたけれど、本のおかげなのね。帰国後は、日ソ図書館で毎週四冊借りて読んでいた。ただただ面白いからなのだけど、結果的にロシア語を忘れずに済んだ。

児玉　ロシア語の世界を繰り返してたんですね。

米原　小説ってその中で主人公と一緒に生きてしまうじゃないですか。
児玉　日本語の本なら、日本で生きてることと変わらないですよね。
米原　だから本は一番軽く持ち出せる日本なんですよ。で、持ち込める外国。
児玉　（英語でアメリカの小説を読む）僕は、外国を持ち込んでるのね（笑）。

読むことの意味

米原　ロシア語学校に行って、国語の授業の違いに愕然《がくぜん》としたんです。日本だと「よく読めましたね」でおしまいだけど、プラハでは「よく読めました。では今読んだところをかいつまんで話しなさい」ってやられるの。毎回。
児玉　要点をちゃんと言いなさいと。
米原　これやられると、読みながら中身をつかまえるのが習性になるんです。受け身ではない攻撃的読書。
児玉　今のお仕事にすごく役に立ったでしょう。我々は勝てないですね、その人たちに。
米原　脳は出力モードだから、話すという形で出した方が、読む時の吸収力も増すと思うんです。

児玉　日本の場合には、きれいに読んでて内容は全く記憶してないというやり方を学ぶ。表面で過ごしてしまう。
　僕なんか自分の人生を振り返って何があったというと、本しかない。ただ面白がってるのが一番好きなんですよ。本の中では、僕にとって憧《あこが》れの人物に絶えず会えるわけです。現実の世界では会えないけれども、本の中では本当に、あ、こういうやつはいいなあと。またすばらしい女性にも会えるでしょう。それが心の中ですごく癒やしになる。

米原　現実を相対化できる別の世界があった。

児玉　そう。そういう世界の中で気持ちがほっとすることがたくさんあった。俳優になって間もない時は、売れないから、ただただ本読んでたんです。

米原　おかげでひがんだ嫌な性格にならなかったとか（笑）。

児玉　それはものすごくありますよ。しかも小説にはあらゆるものがありますからね。面白い小説は、ある意味においては社会というものを全部すくい上げていますから。シュテファン・ツヴァイクが好きで大学の独文に入りました。ところが、ツヴァイクは面白いから文学じゃないと言って、独文科の中で排除される。売れる小説は、芸術性が低いと言われちゃう。

米原　大衆に媚《こ》びる面があると見られるわけですね。

児玉　だけど僕は、そこにこそ本当の小説としての醍醐味《だいごみ》、楽しさがあると思えてならないんです。

言葉の力

米原　企業とか官庁が不祥事を起こして幹部が頭を下げて謝る時に、全然心に響かないじゃないですか。通訳やっていてよくわかるのは、会議でも字句は一応整っているのに全然響かない言葉があるんです。言葉が相似形だというのが、その時わかるんです。

児玉　言葉が相似形。

米原　言葉を発する前に、思いとか考えがまだ言葉という形を取らない状態がある。

児玉　伝えられる前に。

米原　ええ。もやもやしたものが言葉を得て発した時はすごくうれしい。そうして発せられた言葉は、心と頭にしみていくんですよ。ところがその経過を経ない言葉は、しみ通っていかないの。

児玉　企業や官庁の人たちが、一斉に立って「誠に申し訳ありませんでした」って言うけれども、むしろ謝った瞬間に、こっちは冷めちゃうというか引いちゃう。

米原　気持ちを何とか伝えようと絞り出して生まれた言葉ではなく、単にこういう状況で言うべき決まり文句をお手軽に当てはめているだけなんです。でも、心と頭を経ない言葉は心と頭に届かない。

児玉　僕も、司会ものとかで番組を作るとしますね。コメントを書く人がワープロで作るけれど、どこか継ぎはぎしているようで人間的な呼吸と違うんですよ。そうすると、言う側は、何となしにうまくいかない。

米原　書きかえるんですね。

児玉　そうです。それを書きかえないでやろうとすると着地できないので、やたらとNGを出してしまう。「読みづら」はいいんですよ。しかし、生理的におかしいものですから、止まってしまう。自分でやる前に書き直さないと、できないんです。

年を重ねても

米原　結局のところ、人生はやり直せないけれども、本の中で幾らでもやり直せるということですよね。

児玉　やっぱり本というのは、本の数だけ違った人生があるわけですから、本と同じだけの人生を体験できる。ただ本を見て演じたいと思いますかと言われるんだけど、全然そういう気にならないな。

米原　もう読んでる最中に演じてますものね。

児玉　そうなんです。もう読むだけで十分なんで、自分で演《や》ったらひどいものになると分かってますから、演じたいとはちっとも思わない。

米原　でも私、読む時は配役してますよ（笑）。

（「読売新聞」二〇〇四年一月七日）

人間のやってることはやっぱり面白い　vs.西木正明

西木正明（にしき・まさあき）

一九四〇年秋田県生まれ。早稲田大学教育学部中退。雑誌編集者を経て八〇年『オホーツク諜報船』で日本ノンフィクション賞新人賞受賞。一九八八年『凍れる瞳』『端島の女』で直木賞受賞。著書に『わが心、南溟に消ゆ』『夢顔さんによろしく』『夢幻の山旅』など多数がある。

通訳の現場には生きている実感がある

西木　最近は通訳業より作家業がずっと多くなったみたいですね。

米原　通訳の仕事ができなくなっちゃったんです。通訳は準備にも時間がとられるし、その場にいなくちゃいけないから。

西木　やっぱり、いくらか寂しいような気もしますか。

米原　それは寂しいですよ。だって通訳の現場はそれ自体が生き生きした人生そのものですもの。書くというのはバーチャルでしょう。書いていても生きてるという感じしないんですよ。

西木　通訳という仕事は、その時代の息吹みたいなものをそのまま味わえた。

米原　そう。それがあまりに面白いんで、私一人で楽しんでいるのはもったいないから人にも知らせたいと思って書いていたら、書く方が仕事になっちゃったんです。

西木　国家機密に関するような通訳なんかだと、守秘義務というのがあるんでしょう。

米原　ええ、外務省に雇われる時には毎回誓約書にサインさせられましたよ。でも外務省が秘密と考えていることって、世間では皆知っていることなの（笑）。国家機密だけではなく、企業機密もあります。A社の秘密をライバルB社にバラしたらB社からも信用されなくなるんです。だから守秘は義務というより、生活防衛。

西木　まだ書けない話がいっぱいあるんじゃないですか。

米原　それはもう、と言いたいところだけど、私が書かなくても、エリツィンやゴルバチョフ本人が書いてしまっているとか、既にどこかで明らかになっているとか、時間がたつとともに秘密が秘密でなくなってしまうことってありますから。

西木　日本の政治家なんかで、言語明瞭意味不明というのが結構いるでしょう。

米原　いや、ほとんどがそうです。それより、私は本当に日本の恥部だと思うんだけど、向こうの要人が尋ねて来るとか、こちらから行くとなると、あらかじめブリーフィングといって、大臣とか政治家とか、その関連の役人が集まって、通訳も入れて、相手国についての学習をやるんです。スピーチや発言要領も全部役人が書くわけですよ。大臣はそれを渡される。大体政治家っていうのは大臣になっただけで嬉しいという人が多くて、自分で考えてものをいう人はほとんどいない。役人が書いた台詞を読むだけの俳優のようなもんです。その台詞をメモすることさえ自分でしない。東大の法学部あたりを出た優秀な秘書官が全部まとめてメモ用紙をつくって差し上げる。国際会議に出かけるとなると大臣の鞄持ちがいて、ブリーフィングしたときのメモ用紙は秘書官が持つ。大臣のメガネはまた別な秘書官が持つ。さらに、国際会議だったりすると、英語、フランス語、ロシア語など各言語の通訳者がついて行く。式次第などが事前に分かっている会議だと、それでもいいのだけれど、パーティなどだと、突然、どこかの国の大臣がパッとやって来て、話しかけてくる。こちらの大臣も何かいわなくちゃいけないんだけども、語るべき言葉を持っていないわけですよ。それでもう慌てちゃって、あっ、あれ、あのメモ、メモはどこへいったって大騒ぎになる。パーティがイモを洗うような状態だとメモ用紙係がはぐれちゃったりするわけですよ。それをみんなで手分けして探して連れてくる。で、メモ用紙が着いたところで、今度はメガネ、メガネはどこだとなって、メガネ係がやって来て、ようやくメモ用紙を読もうとすると、もう相手はいない。

西木　そういう話は僕も知らないわけじゃないけれど、それじゃ、あらかじめ用意された想定問答集以外の話を相手が持ち出したら、どうにもならない。

米原　だからといって自分の言葉で喋ったら、訳したら知能とか常識を疑われるようなことをいきなりいい出したりする。

西木　そういう場合、何かつくって話をするんですか。

米原　いや、そのときの私の心理は複雑なんです。そのまま訳してお粗末さを伝えたいと思う反面、やっぱりね、ナショナリストになるんですよ。

西木　その瞬間ね。

米原　ええ、瞬間的ナショナリスト。こんなこと訳したら国辱ものだと。それでどうせ本人には分からないんだから、通訳として言葉が出ていればいいだろうと、昨日お国に着いたのは夕方ですけれども、飛行機が降り立つとき夕日が照らし出すワルシャワの風景は本当に美しかったとか、そういうどうでもいいことをいったりするんです。

ロストロポーヴィチとサハロフとエリツィン

西木　さっきゴルバチョフの名前が出たけど、彼は政治家として頭の回転の速い人間ですか。

米原　いや、彼は頭の回転が速いタイプじゃない。むしろ非常に深く考える人というか、深く考え過ぎる人ですよね。

西木　ニュースなんかで見ていると、立て板に水みたいな感じがするけど。

米原　私は何度も通訳しているけれど、どちらかというと抽象的な、思弁的な発言を好みますね。それと、ちょっと自分の発言に酔ってしまう傾向がある。喋りが長過ぎるのね。話が抽象的になってどんどん広がっていくし、自分の発言に酔ってしまっているから、聞いてる人は置いてけぼりになっちゃう。三時間二十分続いた発言を訳したことがありますよ。予定では十分だったのね。同時通訳は大体十五分か二十分で交代するから、十分なら一人でいいですねって言われて行ったら、三時間二十分喋られて、へとへとになった。

西木　個人的にいちばん面白い人って誰だったですか。

米原　ロストロポーヴィチ、サハロフ、エリツィンは甲乙つけがたい面白さでしたね。

西木　ロストロポーヴィチは面白そうだな。

米原　彼の通訳すると、一回当たりで十二本エッセイが書けるほど面白い。物語をつくるのがうまいんですよ。話が全部物語になっていて、しかも必ず笑わせる。彼はね、天才なの。天才だから、たった一つのことをやっているのが耐えられないのね。チェリストだけどチェロだけやっているのが嫌だし、指揮者だけやっているのも嫌だと。それで興味の対象が十五分おきぐらいに変わっていくんだけど、その十五分はすさまじい集中力で対象に迫るから、みんな巻き込まれちゃうんですよ。例えばホテルのトイレにウォシュレットというのがあるでしょう。

西木　お尻洗うやつね。

米原　そう、お尻洗い付トイレ便座。初めて日本のホテルでそれに遭遇した時、トイレの中から、日本人は天才だ!! って叫びながら出てきましたよ。

西木　僕もあれは世界的発明だと思いますよ。

米原　便座と何だっけ、フランス語でいうところの――。

西木　ビデ。

米原　そう、ビデ。バカなフランス人は何百年と別々にしていたために、人類はうんこをお尻につけたまま便座からビデに移動しなければならなかった。ところが日本人はこれを合体させた。何という天才だと。それで彼は世界各地に持っている自分の家のトイレはすべてウォシュレットにすると言い出して、みんなで手分けしてウォシュレットに関するあらゆるカタログを集めて、私に全部翻訳させるんですよ。

西木　チェロといったら古くはパブロ・カザルスで、今はロストロポーヴィチ、それ以前はもう誰もいないみたいな感じですよね。

米原　純粋に演奏だけとったら他にもうまい人はいるだろうけれど、ロシアの音楽を弾かせたら彼が一番でしょうね。

西木　サハロフはどうですか。

米原　彼はね、再婚した奥さんがすさまじい猛女なんですよ。私、天使と悪魔はつねにセットだってつくづく思った。サハロフってものすごい寒がりなんですよ。逆に奥さんは暑がりなのね。日本に来たのが十月から十一月だったけれど、ホテルにいると半袖で暑い暑いってやってる。彼は内側が毛皮の分厚いロシアのコートを着て、耳隠しのついた帽子をかぶって、部屋の中を歩いているのね。彼は煙草がダメで、煙をかぶるとすぐ咳き込むの。ところが奥さんは彼がそんなに寒がっているのに、暑いわ、暑いわといって部屋の窓を全部開けっ放しにして、彼の前でプカプカ煙草を吸って、煙を吐きかけたりするんですよ。彼はさんざん咳き込んだりしているんだけど、奥さんの方は全然意に介さないの。

西木 それは大変だな。

米原 サハロフが誰かと対談する。例えば大江健三郎さんとボソボソ喋っていると、何言ってるの、あんた、とか言っていきなり彼女が割り込んで来るんですよ。大体ソ連の教育というのは、とバーッと喋り出すんです。それをサハロフさんも大江さんも黙って注意深く聞いている。私がほとんど同時で通訳していくんだけど、彼女の発言に対して大江さんが何か答えようとするともう聞いていないの。あら、この茶碗いいわね、どこのメーカーかしら、とか言って、人の話なんて聞いていない。本当に傲慢不遜を絵に描いたような女なんですよ。それが、広島に立ち寄ったときに、同行していた日本の学者が、サハロフさん、こんな本を見つけましたよと言って、サハロフ夫人が書いた自伝を見せたんですね。その本に彼女の若い頃の写真が載っていた。眉が濃くて、鷲鼻で、意志的な強い感じで、はっきりした顔をしているけれども、いわゆる美人じゃない。そうしたら写真を見たサハロフさんが身をよじるようにして、この写真を見ると僕は悔しくてしょうがないと言うんです。彼女が若くて美しい時代に僕ではない男と暮らしていたと思うと、僕は眠れなくなるほど悔しくて悔しくてしょうがないって。

西木　本人の目の前で言うんですか。

米原　本人のいる前で。だからもう、あのどうしようもない奥さんに、どうしようもなく惚れ込んでいるんですね。

西木　まさに割れ鍋に綴じ蓋だね。ここまで聞いたらエリツィンの話も聞かないわけにいかない。あの人はやっぱり噂どおりの酔っ払いですか。

米原　酔っ払いは酔っ払いですね。彼が日本に初めて来て私が随行したときは、政権を取る前だったんです。

西木　どこか地方の第一書記か何かだった当時ですか。

米原　いや、ゴルバチョフに指名されて彼がモスクワ市の第一書記に任命されるんです。ところがモスクワ市というのは守旧派の巣窟で、彼は果敢に改革したんだけれど、やり過ぎたもんだから抵抗に遭って、ゴルバチョフは彼を切らざるを得なくなったのね。だけど彼は大変な人気者だったから、建設省の第一次官という新しいポストをわざわざ彼のために設けて、絶対に政治の世界に踏み込むなという約束で、そこに押し込んだわけです。ところが、パージされたためにかえって英雄になってしまって、ソ連邦が立ち行かなくなったときに、彼こそが一番有望な政治家だという世論が形成されてしまった。彼自身、そんなふうになるとは思わなかったぐらいのいきなりの展開で。それで日本のマスコミが呼んだんですね。でもその頃の彼はいろいろ政権サイドから攻撃を受けていて、アメリカ旅行中に、泥酔したとイタリア紙に書き立てられたのを、反エリツィンキャンペーンで「プラウダ」が転載したのね。日本に来たのはその直後だったものだから、彼はビールで乾杯するときでさえ、マスコミはいないかって気にしてましたね。

西木　へえ。

米原　でも、最後の晩餐のときに、今日は全部人払いしているから思い切り飲みましょうということで、まずホテルにあったウォッカを全部飲んじゃった。次はブランデーを飲み干して、次にウィスキーをどんどん飲みだして、そのうちお付きの補佐官たちが目くばせして、ホテルの人にもう酒はないと言えと言うんだけども、それをエリツィンは目ざとく見抜いて、仕方ないからどんどん持ってくるからどんどん飲むって感じで、本当によく飲みましたね。

西木　彼はあまねく世界に酒飲みだというイメージができちゃったんだけれども、話なんかはどうですか。

米原　彼は自分をゴルバチョフのアンチテーゼって決めたんですね。ゴルバチョフが登場したときは、自分の言葉で喋っていたから新鮮だったんですよ。彼以前の歴代書記長は官僚が書いた文章を棒読みしていただけでしょう。

西木　チェルネンコとかブレジネフとか明らかにそうだものね。

米原　でも、しばらくすると、ゴルバチョフは自己陶酔的に抽象的なことを長々と喋っているだけで、具体的じゃないから、みんな苛々してくるんです。それを見抜いてエリツィンはとにかく短く、なるべく形容詞は使わず、抽象的なことはいわない。

西木　それは文章の極意みたいな話です。

米原　ゴルバチョフは法学部だけど、哲学好きなんですよ。エリツィンはもともと土木技師だから、きわめて具体的に短くぶっきらぼうに喋る。ただね、ゴルバチョフ・コンプレックスはものすごくあった。おかしかったのは議会の委員会の答弁のときに、答弁続きで喉を痛めないようにという心遣いで事務の人がミルクティーを持って来たんですよ。そうしたら「これはゴルバチョフの飲み物だ。彼のところに持って行きなさい」と。

西木　それはすごいね。

米原　ゴルバチョフのミルクティー好きはトレードマークみたいなものでしたからね。

通訳者が相手を絞め殺したくなるとき

西木　そこでお聞きしたいのは、さほどに面白い世界にいた人が何を好き好んで物書きになったかと。

米原　それはね、ある出版社の編集者から通訳について書いてみませんかって言われたんです。ちょうどソ連でペレストロイカが始まって、それでなくとも少ないロシア語通訳がみんな引っ張りだこで過労死するぐらい忙しくなった時期だったものだから、書くのに三年かかりましたけどね。ただ、面白い話はいっぱいありましたから。

西木　いま聞いただけでも面白い話ばかりだもの。

米原　それを書いたら、読売文学賞をもらっちゃったんです。でも当時は通訳の仕事から離れるつもりはなかったのね。ところが次に「通訳翻訳ジャーナル」という業界紙に連載していたものを本にしたら、それが講談社エッセイ賞をもらったんです。そうしたら途端に書く仕事がいっぱい来て、私は通訳続けたいから断ろうと思ったら、私の妹の夫である人から「万里さん、人生に一度は無理をしたほうがいい。無理をすると飛躍ができるんです」とか何とかいわれて、そうかなと思って全部引き受けたら、もう死にそうに忙しくなって、それでだんだん通訳から離れちゃったんです。

西木　妹さんの夫である方はよく存じ上げています。そうか、井上（ひさし）さんがそうおっしゃったわけだ。だけど、両立というのはできませんか。

米原　両立なんてできない。わざわざ多額の旅費、宿泊費、会場費を使って、国際会議を開く以上、ものすごく煮詰まった話をするわけですね。いきなり行って通訳できるっていう世界じゃないんです。ある学問分野だったら、最先端のことを話すために会議するわけです。最先端のことを分かるためには基礎が分からなければいけないから勉強しなくちゃいけない。その場に行けばいいだけじゃなくて、勉強する時間が必要なんです。

西木　やっぱり言葉のやりとりには、それぞれの言語が持っている背景の文化というか、教養が絶対に心要だからね。

米原　教養で足りる通訳だったら、今でもできるんですよ。でもそれはつまらない。毎回違う分野の通訳を引き受けて、それを勉強して、その場に行って、新しい世界を知るというのが面白いんですよ。

西木　なるほどね。そうするとこれから先、通訳にカムバックされる予定はない。

米原　というか、通訳っていきなり再開できるもんじゃないんです。私は二十年やってましたけれど、二年前に、通訳するはずじゃなかったんだけれども、ひさしさんの芝居を私がロシア語に翻訳したのをモスクワで上演することになって、その記者会見やったとき、何度も絶句しましたよ、言葉が出てこなくて。全然専門用語を必要としない通訳で。

西木　そんなもんですか。

米原　もうできないなと思いましたね、怖くって。

西木　でも、米原さんの通訳の経験からしたら、十年や二十年、ネタに困らないんじゃないですか。

米原　それよりも通訳で鍛えられたのは調べる能力ですね。金融とか、放射線医学とか、核燃料だとか、私がもし通訳でなかったら、お金やるって言われても絶対に一頁も開かないような本を読まなければならない。相手はたくさんお金を払ってくれて、そこで間違えたら二度と雇ってもらえないということになると、仕方なく読むでしょう。読み出すと、結構面白いんですよ。人間がやっていることは、どんなにくだらないことでも、どんなに高尚なことでも、どこか面白いんですよ。それで、必要ならばどんな分野でも勉強できる自信とノウハウのようなものを身につけました。それと私の父（米原昶）は日本共産党の幹部だったじゃないですか。私は父をずっと尊敬して育ったから、割とそちらのほうに偏った世界観を持っていたんですけれども、通訳するようになって、いろいろな人の立場というのを通訳していると、だんだん辛くなってきたんです。あるロシアの作家がやって来て、その人にくっついて日本中回って、講演も対談も、買い物なんかの日常生活に必要な通訳も全部つき合って十日たったらね、こいつ、絞め殺したいと思ったんですよ。それで私は人格ができてないから絞め殺したいなんて思うんだ、通訳向かないなと思って、通訳仲間に相談したんです。そうしたら米原さん、あなた十日も辛抱したの、私なんか三日目で殺したくなるわよって言われてね。結局、言葉っていうのは、その人の思想とか感情とか、その人自身の表現のためにあるわけですよ。ところが自分のためじゃなくて、自分と全然違う考えの人のために、自分の言語能力をフル回転させて使ってしまう。本当は自分自身を表現するためのものなのに。

西木　通訳、まさにそうですね。

米原　それをやり続けると、苦しくて苦しくて相手を殺したくなるんです。

西木　ああ、それはよくわかる。

米原　ところがある時期からね、それが苦痛なくできるようになっちゃったの。それはなぜかというと、それまで同等でやっていたのを、私自身がパッと宙に浮かんじゃったんですよ、神様みたいに。その途端に楽になった。あらゆる立場、あらゆる人間をある程度等距離で、神様の視点で眺められるようになったのね。

西木　人間を等距離で見られるようになったということは、やっぱりその先に必然的に物書きになるような道筋があったということかもしれないね。いまの米原さんの話とはちょっと意味が違うかもしれないけれど、僕が芸能週刊誌の編集者をやっていたときにね、いわゆるスキャンダル特集というのがあって、芸能人の誰と誰が熱愛中だとか、どこかのホテルにしけこんだとか、そういう話を真顔で聞きに行かなきゃいけないわけ。こっちは別に教養ぶるつもりはないけれど、そこまで聞くのは恥とするところがあるでしょう。最初はゲロ吐くぐらい嫌だったけれど、それがあるときできるようになったのは、自分の後ろには百万人の読者がいると。これはおれが聞いているんじゃなくて読者が聞いているんだと思うことで、自分を無理やり納得させたわけ。何やるにしても自分に対してある種の説得材料みたいなものって必要だよね。

米原　本当にそうです。私はたくさん聞き手がいて、それを代表して聞いていると思うからどんなにつまらない、くだらない、あるいは難解な話であっても一生懸命聞くんですよね。自分が聞くんだったら、そんな分かりにくい問題に、興味もないし、時間ももったいないって感じになるもの。

西木　いや、今日は結構突っ込んだ話をしていただいて、とっても面白かった。

（「遊歩人」二〇〇四年十月）

在プラハ・ソビエト学校が私の原点です　vs.神津十月

神津十月（こうづ・かんな）

一九五八年東京都生まれ。一九七七年東洋英和女学院高等部卒業後、米国のサンローレンスカレッジ大学に入学、演劇を学ぶ。一九八一年に帰国、帰国後第一作の『親離れするとき読む本』がベストセラーに。ほかの著書に『美人女優』『パープル・ドリーム』『あなたの弱さは幸せの力になる』などがある。

共通語としてのロシア語

神津　ロシアはたいへん国土の広い国家ですが、地方によって言葉の違い、つまり方言のようなものはあるのですか？

米原　ほとんど差はないですね。少なくとも、日本ほどの差はない。日本が封建的地方分割を脱するのは、明治維新以降ですから、まだ統一国家になって百四十年しか経っていない。ところが、ロシアは十六世紀に国家統一を成し遂げている。だから、方言の差がかなり解消されている。もちろん、ちょっとしたなまりみたいなものはあります。たとえば、ゴルバチョフ元大統領は南ロシアなまりがありますが、アクセントが少し標準ロシア語と異なる程度で、聞き取れないとか、理解できないものではまったくない。また、シベリアなどは首都のモスクワからずいぶん離れているので、さぞや独特の方言があるのではないかと思われがちだけど、北海道と同じで開拓地ですから古くからの言葉はないのね。

いわゆる東スラブ語族にはロシア語、ウクライナ語、ベラルーシ語があるけれど、十三世紀に蒙古軍が押し寄せてきて一部地域がキプチャク汗国の支配下に入るまでは同一民族、同一言語でした。ウクライナの首都のあるキエフは、古代ルーシ（ロシア）国家の都で、キエフルーシと呼ばれていました。

さて、十三世紀以降、蒙古軍に蹂躙された地域を黒ロシア、されなかった地域を白ロシアと呼んだのです。それがベラ（白）ルーシの由来。十六世紀にキプチャク汗国からの独立を果たした黒ロシアは、そのエネルギーで大ロシアになっていく。かつてロシアの中心だったウクライナは落ちぶれて大ロシアの弟分に成り下がる。それで小ロシアと呼ばれるようになるんです。ですから、ロシア語、ウクライナ語、ベラルーシ語はかつて同じ言語の方言が、歴史的な経緯でそれぞれ独自な発展を遂げ、独立した言語となっていったのです。でも、親戚関係にありますから、お互いおおよそ何を言っているか、わかるんです。

神津　旧ソ連の解体によってたくさんの国が生まれましたが、それらの国々は、異なる言語を使っているのですよね？

米原　十七世紀から十九世紀にかけて、帝政ロシアは国土を拡大していくなかで、多くの地域、多くの異民族を併合します。そのため、百五十ほどのロシア語とは親戚関係にない言語を母語とする大小さまざまな民族の住む国や地域が大ロシアの領土となり、ロシア語を共通語として使わされるようになります。一九一七年の革命によって生まれたソビエト政権は、旧ロシア帝国の領土を継承します。ただし、各民族の自立権、自治権を認め、民族の規模に応じて連邦共和国、自治共和国、自治州、自治区などを形づくる権利が与えられました。それらの国々や地域の内部ではそれぞれの民族語が公用語として通用しましたが、ソ連邦内の他の民族とのコミュニケーションを図るための共通語がロシア語でした。ただ、出世のためにはロシア語ができた方が何かと有利だったために、エリートのなかには自民族の言葉がろくにできない人も多かった。ソ連邦が崩壊して多くの国が独立し、その過程で凄まじい権力闘争が各国で起きます。民族意識を過度に刺激することでのし上がっていく政治家もいます。そこで、民族語ブームが各国で起きているようです。

同時通訳は完璧に実力の世界です

神津　最初に同時通訳をなさったのはいつ頃で、どんな場所だったか覚えていらっしゃいますか?

米原　同時通訳の初体験は、忘れもしない、一九八〇年、砂防会館で行われたアジアの交通運輸に関する会議でした。通訳にはふたつの方式があります。原発言とほぼ同時に通訳していく同時通訳という方式と、ひとまとまりの発言ごとにインターバルが設けられて、そのインターバルの間に通訳をする逐次通訳という方式です。私が通訳を始めたのは、一九七八年頃で、最初はもちろん、逐次通訳だけです。同時通訳はこのときが初めてで、とても緊張しました。逐次通訳と同時通訳には、それぞれ固有の難しさがあるんです。もちろん、意味を伝えるという本質は同じですがね。

神津　同時通訳はたいへんな作業ですよね。どうしてそんなことができるのだろうと思うぐらいです。日本語どうしでも、私なんかできないんではないかなぁ……。

米原　言葉ではなく意味を、情報を伝えるということに徹すればできるのよ。以前、同時通訳講座のカリキュラムには、ほぼ間違いなくシャドーイングという訓練が組み込まれていた。アナウンサーの話している言葉とまったく同じ言葉を二、三秒の遅れをとりながら、影のようにオウム返しに繰り返していくの。でも、現在、この訓練方法は「百害あって一利なし」と言われている。訳すということにおいて一番重要なのは、意味を伝えることで、言葉を正確になぞることとは本質的に異なるってことね。

神津　同時通訳は一定期間の訓練をクリアして資格を取ってからやるものなのですか？

米原　資格はないですよ。あり得ない。つまり資格があろうとなかろうと通訳しに行って通じればまたお願いされるし、通じなければ二度と雇われないだけのこと。完璧に実力の世界です。有力者の娘だからといって通訳のブースに入っても、何もできなければそれで終わりなのです。学歴も性別も年齢も関係ありません。できるかできないかだけのわかりやすい世界です。資格がないという意味では、職人芸に近いかもしれませんね。お師匠さんについて、まず真似るところから始めて、厳しい訓練を積んで一人前になっていきます。

神津　まったくの実力世界なんですね。でも、通訳ブースに入ったものの、何もできなくなった人なんているんですか？

米原　たくさんいますよ。消えて二度と戻れないというのは、この世界ではよくあることです。私も消えるはずだったのです（笑）。最初の同時通訳のときに、いざ本番に入ると、どうしても発言者のスピードに訳がついていけなくて、「こんなことは不可能だ。私にはできない」とヘッドフォンを放り投げて、同時通訳ブースから出てしまったのです。そうしたら私の同時通訳の師匠が追いかけてきて「万里ちゃん、全部訳そうとするからできないんだよ。わかるところだけ訳していけばいいんだよ。そうすればできるから」と言われて戻ったのです。そもそもわかるところしか訳せないのは当たり前なことで、そう納得して、わかるところだけ訳していったら最後までできました。

すべてを訳そうとしてはいけない。このことはとても重要です。訳すスピードについていけないからという理由ももちろんありますが、あまり字面にとらわれ過ぎると、いったい何をいおうとしているかが逆に伝わらないからです。伝えるべき意味を捕まえる。つまり理解することが必要なのです。

神津　聞き取って理解し、ポイントを摑んで伝える。

米原　だから私は同時通訳のときだけ一生懸命に聞いています。普通にこうやってお話ししているときもちゃんと聞いているかというと……（笑）。

でも、原文がお粗末な内容であると困りますね。情報に忠実たれというのが通訳の大前提ですから、それを正直に実行すれば、訳文もまたお粗末さをあますところなく伝えなくてはならないからです。それが、くだらないこと、恥知らずなこと、はしたないことであっても、訳者はそれを修正する権利をもち合わせません。しかし、通訳を介して発言する人は比較的有名で偉い人が多いので、聞いている人は「こんなに立派で偉い人が本当にこんな下らないことをいうはずがない。きっとバカな通訳が誤訳しているんだろう」と思われてしまうんです。駆け出しの頃は、それが気になってましたけれど、でもそういう自尊心を捨てないと通訳はできないのです。

感情を差し挟んでしまうことも

神津　日本語をロシア語に訳されることもあるわけですが、同じように思われることがありますか？

米原　日本語のほうが多いかもしれません。ソ連邦が崩壊してまもなく、A外相がロシアを訪問したことがあります。ロシアのB外相との会談は実りなく、成果として発表できるものは何もなかったんです。それでも、政治家とは辛いもので、両国の記者団を前に会見に臨まなくてはなりません。記者会見の三時間前に通訳の私に渡された外相のスピーチ原稿には、「文字通り裸のつき合いをした」と書かれてありました。苦肉の策で、両外相が一緒にサウナに入って親交を深めたということを殊更強調することにしたのでしょう。ロシア語にはこの慣用句はありません。「飾らない親密な交流をした」という訳し方でいいか、と報道官に尋ねました。「いや、そこのところは、大臣閣下もぜひ文字通り訳してくれとおっしゃっている。実際に裸になったんですからねえ、それと「裸のつき合い」が掛詞になってるんですよ。頼みますよ、米原さん」「でも……」と言いかけて師匠の戒めを思い起こし、私は引き下がりました。しかし、会見の時間が近づくほどに心が乱れます。会見はテレビ中継されます。会見場の記者たち、テレビ画面の前の視聴者たちが笑い転げる場面が目に浮かぶのです。会見三十分前になって、堪えきれなくなった私は報道官に申し上げました。「例の「文字通り裸のつき合い」という表現なんですが……」「だから、言ったでしょう、大臣がぜひともと」「あの、真偽は定かではありませんが、B外相は同性愛者という説があるんです、ロシアでは。だから字句通り訳すと、会見場は爆笑すると思うんです。それでもいいですか?」

報道官の顔色はサッと変わり、彼はすぐさま大臣秘書に電話を入れ、原稿はただちに訂正されました。

神津　そのまま訳していたら凄いことになっていたでしょうね。

米原　あのとき介入せずに字句どおり通訳して記者たちの爆笑を誘ったほうがよかったのではないかと思いますよ、今では（笑）。少なくとも日本には「裸のつき合い」という慣用句があることをロシアの人に伝えられたのになぁ……そうやってお互いを知るということがあってよかったのかもしれません。

神津　なるほど。それにしても、通訳をしていて、いくら自分の意見や感情は差し挟まないといっても、入れたくなる瞬間がありませんか？

米原　いっぱいありますよ。通訳の人はみんな、ほんの少しですが、ときどきやっています。以前、四年に一度、長崎市で開催されている世界平和連帯都市市長会議に同時通訳として出席したときのことです。決議案をまとめる際にもめて、深夜まで議論が長引いてしまい、業を煮やしたロシアの代表が「会議が長引いておりますが、ロシアには〝朝の頭のほうが夜の頭より賢い〟という諺があります。今日は終わりにして続きは明朝にしませんか？」と発言しました。早く終わりにしたいと思っていた私は、なるべく効果的にこの発言を使おうと、「会議が〝うんざりするほど〟長引いています」と、「うんざりするほど」という言われていない言葉を勝手に入れました。そうしたら各言語の通訳もその〝うんざりするほど〟という言葉を入れて訳してくれ、それが功を奏して会議はお開きになりました。

神津 逸話に残るような名訳とか、歴史に残るような大きな間違いとか、何か忘れられないようなエピソードはありますか？

米原 人の間違いはよく憶えていますけど、自分の間違いはすぐ忘れるようにしています。そうじゃないとやっていけません。気にしていたら胃に悪いですからね（笑）。

同時通訳にはあらゆる能力が要求される

神津 同時通訳のスキルは慣れというか、キャリアを積むことによっていろんな場に対応する能力がついてくるものなのでしょうね。

米原 もちろんそうです。通訳はだいたい三十五歳で一人前だといわれます。言語を身につけるのに十年、通訳技術を身につけるのに十年かかるといわれています。

神津 今、通訳の仕事の依頼があったらなさいますか？

米原 やらないですね。水田稲作農民と同じで、一度離れるともう二度とはもとに戻れません。

三年ほど前に、私が翻訳した芝居をモスクワで上演することになり、私は翻訳者という立場で記者会見に出たのですが、最初は言葉がなかなか出てきませんでした。歯車が回り出すのに時間がかかってしまったのです。つまり、言葉が瞬時に口から出てこなくては、通訳はできないんですね。

神津　ミャンマーに行った際に、日本語がわかる優秀な現地の方が通訳についてくれました。けれども時間が経つうちに、その人が私の言ったことを正確に相手に伝えていないから、きちんとした答えが返ってこないということを実感しました。いささかデリケートな質問をしても、通訳自身がそのあたりを避けてしまえば、返ってくる答えは大雑把なものになり、結局、何を聞いても無駄という状態になります。やはり日本人の、つまりこちら側に立つ通訳でないとだめなのかなと思ったりしました。

米原　通訳との関係にはふたつの壁があります。ひとつは立場の壁。イデオロギーとか体制の壁と言っても構わないでしょう。言論の自由がない場合、言ってはいけないことは当然言いません。もうひとつは能力の壁です。どんなに高尚なことを言っても、通訳の能力の範囲で理解され、訳されるわけですから。

神津　ミャンマーでは完全に立場の壁でしたね。能力の壁というのも大きいですよね。エネルギー関係の取材で、中国の原子力発電所とか火力発電所とかダムに行ったときに、中国人の通訳がついてくれたのです。専門の知識をもった方だということでしたが、中国語がわからない私にも、こちらの専門的な質問がひどく稚拙なものになっていることがわかりました。中国語がつたなくても、こちら側の専門用語を理解して置き換える人のほうがよかったのかなとそのときに思いました。

米原　通訳をやり始めると、とにかく全身全霊を込めて、なるべくそのまま訳そうとするようになるはずです。ごまかそうとは思わないはずですよ。ごまかしていくと雪だるま式にウソが膨れ上がって、収拾がつかなくなりますからね。たまに天才的にそれがうまくできる人もいて、実際の内容から離れても最後にはぴたっと物語をおさめてしまいますが……。

神津　単なる会話ではない、論争のようなときの同時通訳の際に何か特別な配慮はありますか？

米原　とにかくそのまま訳す、忠実に訳す以外にありません。ごまかしたらすぐにばれてしまいますから。それと通訳は感情を込めてはいけないのです。感情が高ぶっている発言者と同じように通訳者が感情を込めたら滑稽なだけです。声の調子とかエモーショナルな部分は極力抑えて、言葉の意味だけを淡々と伝えたほうが発言者の感情が生きると思っています。

民族差別意識の薄いロシア人

神津　日本は隣国である中国や韓国とのつき合い方に関しては、とても考えを巡らせますが、ロシアに対してはどうつき合うべきかをあまり思案しているようには思えません。日本人がもっているロシアに対する認識で、欠けている点はありますか？

米原　特に欠けているところがあるとは思いませんが、良好な関係ともいえませんよね。よい関係を築くためには、とにかく相手を理解することだと思います。決して相手をへんな国、異常な国と決めつけてはいけません。

チェコスロバキアにトマーシュ・マサリク（一八五〇～一九三七）という哲学者がいました。彼はハプスブルグ家による支配から解放されたのちのチェコの初代大統領になった人で、社会主義化する前にドイツやロシア、オーストリアなどの列強に囲まれて生きるチェコという小さな国のあり方について考察をしています。そのなかで「隣国を変な国だと思っているときはだいたいそう思っている自国のほうがおかしいことが多い」といっています。いまの日本にもその気持ちが大切です。おかしいと思ったら、なぜおかしいのかとことん考えてみる。そしてお互い知り合って話し合って解決する。それしかないのです。

神津　ロシア人気質ってどんなものなのでしょう。日本はどうつき合っていけばいいと思われますか？　ソ連崩壊後に独立した国々の人たちと今のロシア人との間には考え方の違いがあるのですか？

米原　スターリン時代に、共産主義の理想に燃えてロシアに渡り、粛清にあって二十八年間ロシアの強制収容所をたらい回しにされながらも生き抜いた寺島儀蔵という日本人がいます。彼は『長い旅の記録』(日本経済新聞社)に「ロシア人は民族差別意識がとても薄い。各共和国の民族のほうが民族意識が強い」と書いています。百を超える民族を束ねていた側である大帝国の民族に差別意識は低く、少数民族同士のいがみ合いのほうが強いというのはおもしろいですね。彼自身が収容されて痛めつけられたのも日本人であるが故ではなくて、どの民族も同様だったというのです。収容所内での人間関係では、ロシア人とは民族の壁を感じなかったといっており、そのあたりがロシア人の大きな特徴だと思います。

才能を祝福する民

米原　ロシア正教の考え方かロシア人本来の考え方かわかりませんが、才能は神様からもらったもので個人のものではないという考え方があります。私は九歳から十四歳(一九六〇年一月から六四年十月)までの五年間、チェコスロバキアの在プラハ・ソビエト学校に通っていました。プラハの人たちは頑なにロシア学校と呼んでいましたが……。

そこでは生徒が絵や歌、詩の朗読が上手かったりすると先生は心の底から感動し、ときには授業の最中でも教室を飛び出して職員室まで行き、そこにいる先生すべてを呼んできたりしました。そして同様にまわりの子どもたちも一緒に喜ぶのです。才能をもっている人と同じ空間に生きていることを純粋に喜び、そのことを祝福するのです。ですから、その才能と自分とを比較したりは決してしません。つまり劣等感がまったくないのです。足の引っ張り合い、妬みという感情が稀薄で、それがすごく心地よかった。だから十四歳のときに日本に帰国したときに、「劣等感」という言葉がやたら飛び交っていて、とても新鮮に感じたぐらいです。ロシア語でもインフェリオリティ・コンプレックスという心理学用語や学術用語としての「劣等感」は使っているけど、日本では一般的な子どもの会話に始終出てくるのがすごく不思議でした。

以前、チェリストのムスティスラフ・ロストロポーヴィチさんの通訳をしたことがあります。この人は作家のソルジェニーツィン氏をかばったかどでソ連邦の市民権を剝奪され亡命したわけですが、コンサートを終えたある晩、ウォトカを飲み交わしていた最中に突然ロシアに帰りたいといって泣き出しました。「銃殺されてもいいからロシアに帰りたい」と。彼は亡命後すでに十六年間も西側に暮らしているのですが、西側にいていちばん辛かったことは、まわりの人が才能のある人の足を引っ張ることだといいます。ロシアでは才能があるだけで無条件に愛され、まわりのみんなが助けてくれたというのです。国によって才能に対する受け止め方が全然違うのですね。彼は舞台に出るときにも絶対にあがらないそうです。音楽家は神経質な人が多くて、コンサート直前なんてイライラして周囲五十メートルぐらいは地獄のような状態になるのですが、彼はいつも平常心でいるのです。「なぜあがらないのですか？」と聞いたら「僕は天才だから」という答えが返ってきました。嫌味でしょ。でもよく聞いてみると、「僕の才能は神様からもらったものだから、僕自身のものではない。僕は才能を単に差し出すだけですから緊張はまったくしないのですよ」と言うのです。彼は熱心なロシア正教徒で、その影響が強いのだと思いますが、多かれ少なかれロシア人はそういう考え方をもっているように思います。

神津　あがったり、妬みを感じるようでは〝才能がある人〟とはいえないのですね。神から与えられたものをそのまま差し出しているわけじゃないから、自分をよく見せようと思ったり、いろいろ小賢しいことを思うわけですね。なるほど。

米原　そのことと日本に帰ってきたときに感じた劣等感がピタっと一致しました。在プラハ・ソビエト学校は五十カ国ぐらいの子どもが通っていて、一クラス二十人ぐらいなのですが、どの教科でもできる子とできない子の差がものすごく大きいのです。でも面白いのは、できない子もできないことそのものが個性としてまわりから認められているということです。つまり、どうできないかということが個性なのです。試験も〇×や選択式ではなく口頭試問かレポートですから、できないことのなかにちゃんと個性が表れるのです。でき方にもいろいろなでき方があって、ひとつとして同じものがない。ですから比べようにも比べられないのです。

日本の学校は〇×と選択式の試験だからロボットが答えても同じ答えになるし、先生でなく機械でも評価することができます。生徒をみんな一列に並ばせ、同じひとつのものさしで評価しますから、できる子とできない子の区別は明確になってしまいます。そこに劣等感がうまれるのは当然ですよね。しかも学校も親も同じものさしで見ますから、劣等感をもった子どもは救われません。救おうにも別の尺度をもつものさしがないのですから。ロシアの学校では、できようとできまいとそのものが個性で、地球上でたったひとりの存在だということを常に感じるわけです。そうであるならば、人と比べたり劣等感をもったりする必要はまったくないわけです。日本に帰ってその差がすごく大きいなと感じました。

ちなみにもうひとつ日本に帰ってきてとてもショックを受けたのは、外見上の特徴を嘲笑するような呼び名を平気で使うことです。友だちや先生のことを「デブ」とか「ハゲ」とか「出っ歯」とか、平気で呼ぶことが信じられませんでした。在プラハ・ソビエト学校にいる間、本人の人間としての本質とはまったく関係のない肉体的な特徴をあげつらうようなことは、見たことも聞いたこともありません。そんなことをすることは人として恥ずべきことだと誰もが無意識のうちに理解していたのかもしれません。

一生忘れられないような授業を毎回つくる

神津　日本の学校の教育や体制は安直なのでしょうかねぇ。

米原　先生を信頼していないのかもしれませんね。日本の学校の試験では、正解がひとつだけ決まっていて、それに合わせて評価するだけですから、先生に裁量がなくてもいいわけです。

私の通った在プラハ・ソビエト学校は、本当に素晴らしい学校でした。私の原点と言ってもよいでしょう。今でも授業の内容を全部憶えていますよ。教科書も読みものとしてとても面白かった。物語があって、かつ論理がしっかりしているのです。ですから新学期になる前に教科書を全部読んでしまっていたくらいです。チェコに行く際、母親が私の勉強の遅れを心配して、日本の教科書を小学校六年までと中学三年までを全部用意してもってきてくれていたのですが、つまらなくてどれも読めませんでしたね。

それから、プラハの学校では先生の話も抜群に面白かった。先生に対する評価の基準は、人格者であるかどうかではないのです。たとえ先生同士が不倫をしていても構いません。普段の素行は個人の問題だからどうでもよいのです。とにかく、生徒も親もいかに面白くわかりやすく教えてくれるか、という一点のみで先生を評価するのです。先生はひとつのステージをつくるように、一生忘れられないような授業を毎回つくってくれるのです。ああいう学校をつくってみたいですね。

神津　米原さんはそういう学校の校長先生にぴったりですね。大人になってからもそう思える学校にいたというのはものすごく稀なことですし、ほんとうに宝物ですね。

米原　当時の同級生に聞いても、あの学校が一番よかったと言いますね。ソビエト連邦の外務省が経営していた学校で、すべてソビエトのカリキュラムに従ってロシア人の先生が教えていたのですが、さまざまな国籍の生徒がいたから、ソ連国内よりもはるかに自由だったのだと思います。ちょうど一九四五年にロシアは戦勝国になってから十五年経って、いちばん活き活きしていた頃だったのでしょう。一九五三年にスターリンが死に、一九五六年にフルシチョフによるスターリン批判がありますから、スターリン時代を脱して民族としても活き活きしていたのかもしれない。もしかしたらスターリン後の雪解けというのは、ゴルバチョフが登場したときのペレストロイカよりもっと大きなことだったのかもしれないと感じています。

神津　十四歳で日本に帰国されたときのショックは相当なものだったんでしょうね。

米原　チェコに行ったときよりも帰ってきたときのほうがカルチャーショックが大きかったですね。私は何ごとも率直に言ってしまうので、みんな面喰らっていたようです。

神津　そうでしょうね。その日本で感じた違和感は今も残っていたりしませんか？

米原　あるかもしれません。でも、かなり世間に適応させてきたつもりですよ。

神津　そうかなぁ（笑）。でも、著作がおもしろいのは、きっと適応しない状態でご執筆なさるからなんでしょうね。

米原　先日、日本の中学の同窓会で「私は鈍いから気づかなかったけど、帰国子女だった私をいじめていたんじゃないの？」ってみんなに聞くと、「何をいってるの。僕たちは米原さんのキツイ言葉に毎日毎日傷ついていたんですよ」と言われてしまいました（笑）。

（戸田建設広報誌「TC」二〇〇五年七月号）

II

論理の耳に羅列の目　vs. 養老孟司

養老孟司（ようろう・たけし）

一九三七年神奈川県生まれ。一九六二年東京大学医学部卒業後、解剖学教室へ入る。一九九五年同医学部教授を退官し、現在東京大学名誉教授。著書に『ヒトの見方』『からだの見方』（サントリー学芸賞受賞）『唯脳論』『人間科学』『からだを読む』『無思想の発見』『バカの壁』『死の壁』『運のつき』『私の脳はなぜ虫が好きか？』『まともな人』『こまった人』など多数がある。

同時通訳の舞台裏

米原　つい最近、鎌倉に引っ越して在来工法で家を建てたのですが、職人の仕事を見ていると、つい時間を忘れて見とれてしまうんですよね。ていねいだし、自分が作ったものに対する責任感があって、しかも楽しんでやっている。どうやら責任をもった人生のほうがおもしろそうですね。人間の性格を決めていくのは、もちろん親からの遺伝や幼年時代の環境とかあるけれども、この年齢になってみると、職業も大きいですね。

養老　僕など教師のくせがついてしまいました。タクシーの運転手にも、わりと当てられますよ。

米原　私の場合、通訳という職業がまだ一般的ではないから当たらないですね。

養老　いまは幸い、米原さんの顔がそれほど知られていないとして、知られていたら大変、目立つから（笑）。

米原　目立つって、それは良くないのです。同時通訳は本当なら透明人間であるべきで、目立つだけで最大の欠陥になる。存在感を極力消さなければいけない。

養老　ご本人は存在感……、みたいな人なのにね。

米原　それは体積の問題ではないですか（笑）。

養老　それより通訳していると、相手ではなく通訳者がしゃべっているという感じにならないですか。

米原　困ることがあります。テレビ番組で大江健三郎さんとサハロフ博士の会談を通訳したら、お二人とも、ボソボソと私に向かってしゃべるのです。「私のほうを見るナ、お互いを見て！」と何度も言ったのですけれど。あとから大江健三郎さんに「通訳で聞くと、会談がすごく盛り上がったように思えた」って言われてしまった（笑）。

養老　ひとりで盛り上げている。

米原　そうそう、〝火に油を注ぐ通訳〟と言われています（笑）。「ケンカをしに行きたいときには、ぜひ私を雇ってください」と言っています。日本人は交渉ごとでも、なるべく対立をぼかそうとする姿勢が強いですね。ロシア人も含めヨーロッパ人は、中国、韓国人もそうですが、問題点を鮮明にしようとしますから、対談は対決で、それは一種のゲームなのです。ところが日本人は、人間関係までも壊れるのではないかと慮って、対決を避けよう、対決点をぼかそうとする答え方になる。だんだんまどろっこしくなって、相手は「通訳が下手だから通じていないのではないか」と誤解して、さらに攻撃的になってくる。そこで、私も何か反撃をと（笑）。

養老　よくわかります。

米原　もっとも、基本的に通訳は第三者の視点で見つめていないといけない。どちらかに肩入れすると失敗しますけれどね。ついやってしまう。

養老　日本語を同時通訳することは、難しい。

米原　モスクワ大学の経済学部長のヴィハンスキーさんが（この人は学者としても優秀ですが、奥さんが日本人で、日本語が堪能なんです）とても鋭いことを言われた。専門分野に限っての話ですが、「日本の学者は学者ではない」と。なぜなら「該博だが、知識が羅列になっている。学者の仕事は知識を自分なりに整理して、いまの世の中における混乱の原因を突きとめることだが、羅列ではさらに混乱するだけだ」と言うのです。私は自分の経験から、なるほどと思った。日本の学者の発言は、言葉と言葉の間の関係性、緊密さが弱い。だから覚えにくくて、通訳しにくいのです。客観性を、羅列と間違えているのではないでしょうか。

養老　僕も長年、不思議に思ってきました。学問的であるとは、主観を避けることと思っている。しかし、取り上げていること自体も、選び方、並べ方から主観です。

米原　ものごとすべてに対して等距離を保つというような話し方は、退屈で印象に残らないし、理解しにくいからとても通訳しにくいんです。

養老　それが日常だと、聞かないという反応になる、僕の場合は。結局、必要がないからね。家で「聞いてないだろう」とよく言われるけれども、実は聞いていない

（笑）。

米原　それが、同時通訳者と翻訳者の決定的な違いなのです。翻訳者は情報が目から入ってくる。目はとても欲張りで、見たものすべてをとらえようとする。全部訳そうとする。無関係な情報がずらりと並んでいても、目なら羅列でも許されるわけです。一方、耳はわからないことは聞こえないようになっている。聞こえているのかもしれないけれど、意識に達する時には淘汰されているから、わかる情報だけが通訳者の耳に入って訳されていく。訳した言葉は自ずと論理的になるのです。日本の学者は基本的に書いたものを読んで発表するために、羅列になりやすいのかもしれません。目で読んでとらえられるものは、あまり論理的でなくても済むのですね。

養老　それが顕著なのは、生まれつき目が見えない子どもと、生まれつき耳が聞こえない子どもの両者を比べてみた場合です。目は見えるけれども耳が聞こえない子どもが一番理解しにくいのは、論理と疑問文なのです。耳は論理で、論理は一つひとつわかりやすく説いていく必要がある。時間性がある。目は同時並列で時間性がない。それはっきりした違いです。

同じリンゴか違うリンゴか

米原 人間はもともと、しゃべる時点で自分のことを通訳しているとも言えますね。同じ内容を話すとき、幼稚園児、同業者、門外漢……、相手によって言葉を変える。

養老 そうです。猫に言うときだって変えます（笑）。言葉というのは、頭の中に何か概念みたいなものがあって言葉に対応している。具体的には、生理的な脳内活動があり、言葉があり、言葉の指示している対象がある、という三者関係です。しかし普通、言葉は、言葉とそれが示している対象の関係として議論される。頭の中で起こっていることは落ちているのです。たとえば「リンゴがある」と言う。英語で「There is an apple」。これは、リンゴに共通するなんらかの性質を集めてきてリンゴという概念を構築し、それに当てはまるものをリンゴだと言っているわけです。この場合の an apple は実は頭の中にあるリンゴです。定冠詞のついた the apple になると、「そのリンゴ」で、リンゴであることは了解済み。言っている話が頭の中から頭の外に移るのですね。これがなぜ大事かというと、「同じか違うか」という話の根本のような気がするからです。それで〝同一性と差異〟というシンポジウムをやりました。

米原 ああ、それは通訳にとっても切実なテーマですね。

養老　続けると、「筑波山にアゲハチョウがいる」、「筑波山にいない」という例では、「いる」という話は一匹採取すれば済む。「いない」と言ったら大変です。証明がほとんど不可能だからです。いまの話からわかるのは、「筑波山にアゲハチョウが」と言ったときに、皆さんの頭の中に筑波山とアゲハチョウのイメージが出てきてしまうのです。それが「いない」と言った瞬間に消されなければならない。しかし、頭の外の世界における筑波山とアゲハチョウに当てはめると、消せないのです。消さなければいけないのは頭の中で起こっていることだから。外の証拠で消そうとするから大変なことになる。

米原　いまのお話でスターリンの粛清を思い出してしまいました。彼は理想的なソ連人をつくろうとしたわけです。それがいないとなると、彼の理想的なソ連人に反した、つまり彼の頭の中で形づくられた理想に従えば存在してはいけないとすることを、現実化してしまったのではないかという気がしてきました。

養老　ロシア人のイデアというものを、すべてのロシア人に当てはめてしまったのですね。結論は、われわれが何かを「同じだ」と言っているのは頭の中でしかあり得ない。「違う」というのは頭の外の話、ということです。僕は、物事が「同じだ」ということを人間が考えつく、それが不思議だった。なぜなら、僕はしょっちゅう外の世界を吟味する職業だったから。人間の死体でさえ、一個一個見れば全部違うのです。

「リンゴだ」と言うとき、かじってみたら蠟細工だったということも起こり得る。

米原　それは通訳をやっていると、しょっちゅうあることです。同じ日本語でさえ、リンゴという語から一人ひとりが連想するイメージは異なる。紅玉やフジをイメージする人もいれば、白雪姫の毒リンゴを想起する人も、アップルパイを連想する人もいる。歴史や文化が異なる言語間ともなると、そのギャップたるや大変なものです。ひとつの言葉でくくれるいろいろな現象が、民族によって微妙にズレているのです。そのズレはヨーロッパ系言語同士と違って、日本語のように歴史や文化が異なる言語ともなると、そこら中にある。ところがなぜか皆、一語一語が対になっていると単純に思い込んでいて、それが通訳者泣かせなのです。ですから通訳するときは、発言者の言葉から一度離れてないとだめですね。言い表された内容だけを頭に入れて、次にあたかも自分がしゃべるように、自分の言葉にして表現していく。そのほうが一字一句訳していくより速い。ときには先走ることもあるのです。ことに日本語は動詞が最後に来ますから、予測して先に言ってしまう。

養老　それは名人というものだね。

米原　そんなことはないですよ。同時通訳者は皆やっているのですから。それがなぜ難しいなんて人々は思うのか。きっと養老先生が言われた、あくまでも頭の中にあるものなのに同じものと思い込んでいる、そのせいなのですね。

聴覚のトリック

米原　同時通訳にはスピードが必要なのですが、頭の中の概念を言葉にしていく時間というのは、ものすごく短いのでしょうね。光の速さより速いのかしら。

養老　いや、神経伝達物質がシナプスを通る速さが千分の数秒ですから、それが十ぐらい通ったとしても、百分の一秒ぐらいにしかならない。それでも自然現象の伝わり方としては遅いのですよ。人間は、こんなに遅い道具を使って、なぜ速く反応できるのか。それにはいろいろトリックがあるのです。たとえば、僕たちは音が左右どちらの方向から聞こえるのか、わかりますよね。どうしてわかるのか知っていますか。

米原　両耳があるからですか。

養老　そう。耳が二つあるから、同じ音が右の耳に入る時刻と左の耳に入る時刻がズレてくる。そのズレをちゃんと計算しているのです。音の速さは秒速約三三〇メートル。両耳間の距離十数センチを走るためには、たぶん一秒の二千分の一の計算になる。ところが、神経が隣の神経細胞に伝導していくには、千分の何秒か、かかるのです。

米原　ああ、そっちのほうが遅いですね。

養老　しかも、神経線維の中を伝達する速度は、ほぼ音の速度と同じ。そのくらいとろい器械を使って、どうやってわずかしか違わない音波のズレを感知できるか。そのトリックは、神経細胞は縦一列に並んでいる。右耳から入る刺激は上から、左耳から入る刺激は、同じ列の下から上へと入ってくる。そのズレで測るのです。

米原　うまくできているのですね。これは人間だけではなく、あらゆる動物もそうですか。

養老　もちろん、そうです。フクロウの耳は左右で高さが違う。これも音が入りやすい仕組みのひとつです。

米原　片耳が聞こえないとだめですか。

養老　だめですね。音の話は難しくて、目と耳の違いは音楽と造形美術の違いでしょう。なぜ耳のほうが影響力が強いのかは漠然としか解明されていないけれど、脳からみると、側頭葉近くに聴覚の中枢があります。側頭葉は記憶に深く関わっていたり、刺激すると宗教体験をしたりする。人間を根底から動かすようなことに関係している側頭葉に、耳は近いのです。

米原　私は、同時通訳中、発言した自分の声を確認しないとだめなタイプなのです。通訳者によっては、両耳をイヤホンで塞いで、入ってくる音声だけを聞き、自分の声は聞こえないけれども、筋肉だけで「あ」なら「あ」と言ったと確認できるタイプがいます。私は音声を片耳からだけ入れて、もう片方で自分が最後まで概念を言葉にして外に出したということを確認しながらやらないとできません。
　同時通訳の訓練法は、長く両耳を塞ぐ方法だったのですが、いまはなき東ドイツで片耳法が開発されて以来、一部ではそのほうがよいということになりました。

養老　たぶん片耳法は、左右の脳を別に使っているのですね。どちら側から外国語を入れているのですか。

米原　だいたい、右から。

養老　右からというのはよくわかります。外国語を左側の言語脳に入れている。母語のほうは右脳に入れてしまっても、それほど不自由はないのでしょう。両耳を塞ぐというのは、つまり触覚と視覚を使っているのではないかな。数えるときに、二通りのやり方があると、ファインマンという人が書いている。頭の中で声を出して数える人と、数えながらおしゃべりができる人。彼は「一、二、三」と聴覚を使って数えるタイプなので、数えながらおしゃべりはできない。

米原　同時通訳の訓練法には、数えながら単語や文章を読み取るというものもあります。数え終えてから、何が書かれていたかを話す。

養老　つまり、数えながらできる人は、日めくりカレンダーのようなものを頭の中で動かしているのでしょうね。視覚を使っているから、耳が邪魔にならない。両者をうまく分けています。

米原　私はたぶん、とうの昔にこの両耳法で挫折していたはずですが、恩師の徳永晴美さんが片耳法を教えてくれたおかげで、落ちこぼれずにすみました。

民族の精神的拠りどころ

養老　米原さんのような通訳者は、国際情勢にも無関心ではいられないでしょう。

米原　ロシアはプーチンさんの時代になりましたが、プーチンさんは、顔からすると明らかにノーメンクラトゥーラ出身者ではないのですね。ノーメンクラトゥーラとは、旧共産党時代に幹部候補生をあらかじめリストアップした名簿のことです。彼はキャリアじゃない顔をしている。フランス映画で奥さんを寝取られる役に、あの顔が出ていたな、なんて（笑）。ロシア人に好かれるタイプの顔ではないから、本来なら大統領にはなれない。つまり、国民は相当追いつめられていたのではと思います。不況、失業率、それにチェチェンの問題でナショナリズムが高揚していた。

養老　今年〔二〇〇一年〕は何かいろいろと具合が悪いですね。ロシアと中国とイランと、集まって中央アジアあたりで相談しているとか。

米原　いまになって世界を見ると、私には〝共産主義〟対〝資本主義〟の対立ではなく、それ以前からの対立がたまたま共産主義と資本主義という形をとったのかなとさえ思えてきます。たとえば〃カトリック＆プロテスタント連合〃対〃イスラム＆東方正教連合〃というか、そういう宗教的なものが根にある。ちょっと長くなりますが……。

養老　どうぞ。

米原　私のチェコのプラハ時代に、仲良しだったギリシア人の友人がいました。その父親の例をお話しすると、彼は共産党員で、軍事政権時に亡命して東欧諸国をうろついていた。しかし、プラハにソ連軍が進軍してくると反対の論陣を張って、西側に亡命した。そこで反共の宣伝媒体や大学教授の席など、いろいろ誘われたけれども、全部蹴って、結局、毛皮の商人として亡くなったのです。「自分はスターリンは嫌いだが、根は共産主義者だから」と言って。

そんな父親の思い出話をしたうえで、彼女が「ロシア人はギリシア人をものすごく好きなのよ」と言ったのです。ロシア人の背骨には、ロシア正教があり、それはギリシア正教と同じ十二世紀にカトリックと枝分かれした東方正教会系なんですね。精神的な拠りどころはギリシアなのです。だから、グルジア正教の神学校出のスターリンは、ポーランド人やユダヤ人を大量に殺したけれども、ギリシア人はほとんど殺していないというのです。

養老　ロシアにギリシア人がいたのですね。確かに二つの国は黒海でつながっている。

米原　それで「ああっ」と思って、あとで取ってつけた共産主義思想よりも、そっちの結びつきのほうが強いのだなと。ユーゴスラビアの戦争でもそうです。セルビア、マケドニア、モンテネグロの東方正教会系と、スロベニア、クロアチアのカトリック系、ボスニアのイスラム系に、きれいに分かれて戦争している。当時、国連の明石さんが立派だったのは、補佐官に回教徒、東方正教会、カトリックの信徒、この三人を置いたことです。私も現場に行ってみてわかったことは、報道は明らかにキリスト教圏に有利なように偏っていた。明石さんはその情報にフィルターされないように、三者の意見を公平に聞こうとしたわけです。

養老　十七条憲法の「和を以て貴しと為す」、あれは戦後のナアナア主義の根源みたいに言われてきたけれど、あの時代に宗教の融和を図るのは大変なことだったと思う。一神教というのは、どこか根本的に何か問題があるのではないかな。パレスチナ問題がそうで、バルカンがそうで、やはり日本が言わなければしょうがないことだという気がする。「お前さん方がやっていることは、どう考えてもおかしいよ」と。僕が仏教国が好きなのは、排他主義ではないこと。よけいなお世話はしない。自分が成仏すればよいのであって、「お前さん、成仏しろ」とは言わないから（笑）。

米原　日本は宗教的な対立に関して、ものすごく鈍感ですけれども、他国の宗教的な情熱を軽視してはいけないですね。

養老　周りが海だから、いろいろな意味で、この国は天下太平です。

米原　日本には、何か身も心も親分に捧げてしまうところがありませんか。もう少し計算すればよいのにと思うけれども。

養老　逆に言えば、計算しないバカなところがよいのでしょうね。「たいして害もない」と、最終的には思われて。バカなふりというのは大事です。だまされたふり。いまの日本が、これがそのままトボケたふりになっていけば、成熟したということになりますね。

米原　トボケているのではなくて、ボケているのではないでしょうか。

養老　実は本気でトボケちゃっているから困る（笑）。

（初出「薬の知識」二〇〇一年三月号、養老孟司『話せばわかる！』清流出版所収）

脳はウソをつくようにできている　vs. 多田富雄

多田富雄（ただ・とみお）

一九三四年茨城県生まれ。東京大学名誉教授。元・国際免疫学会連合会長。一九七一年、免疫応答を調整するサプレッサー（抑制）T細胞を発見、野口英世記念医学賞、エミール・フォン・ベーリング賞、朝日賞など多数受賞。著書に『免疫の意味論』（大佛次郎賞）、『生命の意味論』、『脳の中の能舞台』、『独酌余滴』（日本エッセイストクラブ賞）など多数がある。

駄洒落の効用

米原　おひさしぶりです。先生とはNHKの国際放送番組審議会で四年間ご一緒させていただいて。
多田　そう、米原さんのおかげで一時間半の会議を大変たのしく過ごせました。
米原　でも、初めて出席したときは儀式のように退屈で、人生の時間の損失だと暗澹たる気分になりませんでしたか？
多田　でもあなたが入ったらときどきドキリとするような発言をなさって。
米原　あら、それは先生でしょ。温厚に微笑みながら随分キツイことをおっしゃっていた。私は、偉い先生ばかりなので、歯に何重にも衣着せてましたよ。
多田　おそらくご自分ではそう思っているから、周囲はドッキリするんですよ。単なる冗談ではなく、しっかりと言葉を選んで言われるから。しかし、『ガセネッタ&シモネッタ』を読んで、さすが、米原さんは言葉というものとこれほどまでに格闘しながら、ご自分の仕事を貫いていたのかと、すっかり感心いたしました。
米原　そこまで大げさに言われると……(笑)。先生、誇張癖がありますね。
多田　ハハハハハハ。

米原　ま、物書き、通訳、演奏家、情報伝達に携わる人はおしなべて誇張癖を患いがちですがね、私の観察では。

多田　できるだけ正確に言おうと思ってるんですよ。この本を読んで、米原さんという人は基本的にすごい真面目人間だということがよくわかりました。

米原　イヤだ。ずいぶん印象が悪かったんですねえ。

多田　審議会では初め、不真面目を売り物にしているように見えました。この本のおかげで、考えが変わったんです。といっても、読みながら抱腹絶倒でした。『ガセネッタ&シモネッタ』というタイトルの脚韻の踏みかたは伝染しますね。

米原　すでにオビのコピーに「ウラネッタ」と伝染ってます。

多田　本を読んでいるときにワイフが「今晩どこかへ食べに行きましょうか」と訊くので、思わず、「スシネッタ・トロマグロにしよう」って寿司屋にしたんですよ。ほんとにね、米原さんと話してると、伝染するんです。もっとも、そういう駄洒落が言えるというのはすごく頭のいい証拠なんですよ。

米原　あっ、それで駄洒落が苦手なわけがわかった。ときどき次から次へと立て続けに出る人いますよね。私は、あれできないんです。それを傍らで聞いていて、傑作なのだけ選んで、面白くするためにあとから話を誇張するか捏造する。

多田　大学紛争の頃、精神医学の先生が学部長でね。教授会の最中に学生がなだれ込んできて大騒ぎになるんですけど、その学部長がものすごく駄洒落の名人なものですから、彼が話すと、学生たちが納得して引き揚げる。駄洒落の効用です。

米原　でも、先生はあまり言わないでしょ？　駄洒落。

多田　あまり言わない方ですけど、米原さんから伝染しちゃうんですよ。いつかビエンチャンの話をしたでしょう？

米原　ああ「ラオスにきたけども何もビエンチャン」ね（笑）。

多田　その翌日、バングラデシュからきた学生と話してるときに「今日もバングラデシュの首都は雨ダッカ」って（笑）。

米原　ハハハハハハ。でもバングラデシュの人には分からないでしょう。分かったとしたら、日本語習熟度がかなり高い。

多田　バングラデシュで大雨が降って困っていた時だったもんですから、ついつい（笑）。

米原　相当ブラックですね。文学には、先生もどこかで書いてらしたけど、まったく関係ないものをつなげる働きがある。ってことは、駄洒落も文学の端くれ？

多田　そうですね。よく考えてみると、駄洒落ってものすごく高級な人間の脳の働きですね。

米原　そう言えば、自動翻訳機の開発にいそしむ学者にお会いしたときに、真っ先にうかがったのが、言葉遊びの翻訳はできるかということだったんです。答えは否でした。

多田　できませんね。コンピュータにもできないですね。コンピュータが駄洒落を言ったら、それは〝エラー〟になる。

米原　もっとも人間の通訳だって駄洒落が出てきたらお手上げです。ところが、いるんですよねえ、同時通訳されるスピーチで駄洒落を連発する人。絞め殺したくなります。でも、不思議なことに、名通訳には駄洒落の達人が多いんです。

多田　そうですか。内田百閒という人は素晴らしい洒落の名人でね、平山さんがヒマラヤ山になったり。百閒が子どものころを回想してる場面で、岡山の駅前に「三吉野」という甘味屋があるんです。その〝みよしの〟から始まって「み吉野の山の秋風さ夜ふけてふるさと寒く衣うつなり」が出てくる。さらに、その衣打つところから「唐砧《からぎぬた》」という朝鮮の、宮城道雄が作った琴の名曲の話になる。

米原　関係ないものをどんどんつなげちゃうんですね。

多田　李白の「萬戸擣衣聲」とか、そういうことを全部つなげていくんですよ。驚くべき想像力の世界ですね。

誤訳と脳の構造

米原　シモネッタのほうはどうですか、先生？

多田　シモネッタのほうはあまり上手じゃありません。あまり経験がありませんので（笑）。ロシアの小話というのはシモネッタ系が多いんですか？

米原　多いと私は思っているんですが、他のロシア通に言わせると、それは情報源が偏っているせいらしい。結局、記憶する段階で無意識に選択してるんでしょうね。で、シモネッタって二通りあるでしょ、スカトロ系とエロス系の。どちらかというと、私はスカトロ系のほうが強い。エロス系は経験、教養とも不足してまして、小話で補っている有り様です。

多田　小話はオリジナルである必要はないんですか？

米原　ええ、一種のフォークロアというか、口承文学ですからね。話の核さえ押さえれば、パフォーマンスは個人の裁量に任される。五百ぐらい知ってると、自然にコツが摑めて自分で作れるようになれます。固有名詞や小道具を変えるだけでバリエーションは無限に増やせますし、この本の中の「三つのお願い」というドイツの話にはソーセージが小道具に使われてますが、ロシア版はキャビアってことにしました。だって、顔にくっついたら、キャビアのほうが恐いでしょう。

多田　そういう抜群のセンスがありますよ、米原さんには。

米原　いえ、とんでもない。私が「ロシアは云々」と記すと結構信頼性があるらしいので、嘘がつきやすいだけです。ところで、先生も、もの書くときには嘘をつかれるのですか？

多田　嘘つきますね、白状いたしますと、私のワイフなんか「嘘つきは作家の始まり」と、子どもをたしなめていました。

米原　先生が「免疫とは云々」と述べられたら、相当疑い深い人だって二〇〇パーセント信じちゃいますからね。

多田　科学者は論文では嘘つかないけど、日常生活では嘘つきが多いです。私は脳っていうのは嘘つくようにできてるんだと思うんです。すごくもの憶えのいい老人がいて、昔のことをよく憶えてると言いますね。あれ完全に真実じゃありません。追憶を繰り返しながら、自分で作り出した記憶をため込んでるんです。自分で作り出した話が記憶になってる。

米原　そうすると、その人は嘘ついてる自覚ないでしょう。

多田　ないです。ですから私もありませんよ（笑）。

米原　ああ、こういうケースは人を騙せるんですよね。自分の中にやましさがあると、やはり騙せないですね。

多田　そうですね。私はどうしてもこれだけは読者に分からせようと思って一生懸命努力をすることがありますが、努力をしている間に粉飾が入り込むこともあります。あとで仔細に点検してみますと、自分の脳の中で何かしら粉飾決算があったと思うことがありますね。

米原　その粉飾は、どのあたりで入り込みますか？

多田　努力してる途中で、やむを得ず入り込んだと思います。

米原　この本の中にも書いたのですが、誤訳の生い立ちにも二通りあって、情報をインプットする段階で間違っていると、アウトプットする段階でどんなに正確無比に訳しても誤訳になる。しかも、本人には誤訳した自覚がない。たとえば「ダイコン」とインプット段階で正確に聞き取り、訳が浮かばず「白色の根菜」とアウトプット段階で誤魔化したら、本人にはその自覚がある。でも「ダンコン」と聞き取ってしまったら最後、それをいかに正確に「男根」と訳したとしても誤訳になる。そのうえ、通訳は間違っていると気付かない。誤情報が入力と出力、どの段階で入ったかによって、本人の自覚がまるで違う。これ、嘘のプロセスにソックリなんですね。

多田　それは脳の構造によるんでしょう。僕は同時通訳の方の脳の構造はどうなってるんだろうと、ときどき思うんです。声が聞こえたとき、声自体を認識し、内容を把握し、言葉として理解するのは、側頭葉というところにあるウェルニッケの言語中枢です。感覚性言語中枢ですね。それを言葉に出すのは前頭葉にあるブローカの言語中枢で、すなわち運動性言語中枢。感覚性言語中枢から入力したものを前頭葉のところまで持っていく間に中継地点があり、そこが概念中心中枢とか、ものを考えるほうの知的な中枢です。その三つの部分を常に電気が行き来しているわけですよね。

普通の人間の場合はとにかく一枚皮があればいい。常に耳から入ってきたものを脳の前のほうに持っていき、そこで運動にしてしゃべればいいわけです。それが、同時通訳の場合は入ってきたものを一度、もう一つ別な言語に置き換えてから前頭葉に持っていくわけですから、脳のその部分が二階建てになってるんじゃないかと思うんです。

米原　うーん、基本的には一つの言語で意思疎通をはかるのと変わらないんですよ。言語化される前のもやもやとしたものを何とか言い表そうと、一生懸命、手持ちの語彙や文章パターンの中からピッタリくるものを選択していく。われわれが言葉を発するときにはそういう当てはめ作業をしているわけですが、同時通訳も基本的には同じだと思うんです。

つまり他人の発言内容を聞き取り、即それを自分の言いたいことにしてしまう。私がいま日本語で話すときには自分自身を通訳しているのですが、他人の発言を訳すときも、まず言われた内容を丸ごと自分の中に取り込み、それから自分で話すときのように話す。そのほうが結果的に速く訳せるんです。

多田　言葉で置き換えるのではなくて、途中で意味にしちゃうんですね。

米原　そうです。だいたい語学力はあるのに同時通訳になれない人というのは、一昔前の翻訳機械みたいに一字一句転換しようとする。それでは同時通訳は間に合わないんです。

多田　意味を作るところは一カ所だと思うんですけどね。

米原　ええ、意味の根幹は万国共通なのだと思っていないとこの職業は成立しません。意味は同じだが、それぞれの言語によって意味に着せる衣＝言語が異なるという考え方です。

多田　衣の部分というのは、おそらく大脳皮質でしょう。そうするとね、同時通訳というのは面の皮じゃなくてね、脳の皮が厚いんだと……（笑）。

米原　脳の皮は分かりませんが、面の皮は間違いなく厚くなります。心臓の表面にも剛毛が生い茂ってくるようです。この稼業に就いていると。

多田　そうですか。どちらが先？

米原　ああ、先生は純情可憐な頃の私を知らないから、そんな質問ができるんです。通訳になる以前は、こんな風に人前で話すなんて、とても恥ずかしくてできないタイプでした。職業が人格を作るんですね。

多田　米原さんの脳の中にはきっと二人の人間を同居させていて、その間で話をさせてるんだと思うんですよ。同時通訳でも英語を入力する人間と、日本語で出力する人間、そういうのが同居しているに違いない。

米原　同居してますけど、二つの言語ではなくて、聞き手と話し手の二人、そして、それを上空から見下ろす神のような自分。都合最低三人はいます。

多田　やはり、そうですか。この本を読むと、常に三人目の自分の目というのがあったんじゃないかって気がします。

女は存在、男は現象

米原　先生は若い頃、詩人になりたいと思ってらしたんですね。チェーホフは医学が正妻で文学が愛人と言ってました。ところが、最後のほうは正妻からの実入りはほとんどなくなり、もっぱら愛人で稼いでた(笑)。先生はいかがです？

多田　私は詩人を諦めて医学部に行って、本当は田舎の開業医になろうと思っていたんですよ。そのうち東大の教授になれっていう話になりましてね。すごく迷ったんですけど、なっちゃった。それが一生に一度の浮気でした。

米原　すると、生物学の学問のほうが愛人だったんですか？

多田　そうですね。はじめはちゃんとした医者になろうと思っていたので、そちらのほうが本妻だったんですけど。東大の教授は別にこちらの希望ではなかったんですが、つい何となくひっかかってしまった愛人だったんじゃないかと思います。アンサクセスフルな浮気でした。

米原　なってみて、アンサクセスフルだと感じたんですか？

多田　ええ、最終的にはね。東京大学って変なところですよ。私などはまったく異質の世界でした。

米原　異質というのは？

多田　私はあまり秀才が好きなほうじゃありませんから、仲良くなれなくて孤独でしたよ。

米原　それは学生とも？

多田　そうですね。学生も秀才ばっかりです。

米原　同僚とも？

多田　そうです。秀才ばっかりですね。

米原　秀才の定義は？　概念規定というか……。

多田　飛べない人間ということでしょうか。

米原　そのかわり破綻もない。小ぢんまりと整っていて、つまんないですね。

多田　でも、米原さんも東大の大学院にお入りになった。

米原　それは、ただのモラトリアムなんですよ。私の頃はとにかく女性の就職先が少なく、そのうえ父親が共産党の幹部で国会議員なんかやっていて名が売れてましたから、ものすごく就職しにくかったんですね。何も決まらないでも許される状態というのを求めて大学院に行ったんです。

多田　なるほどね、一種の執行猶予ですね。

米原　なぜ性による差別があるのだろうというのは、当時の私にとって大テーマでした。卒論を書こうとしたほどです。ずっとあとのことになりますが、先生の「女は存在で男は現象だ」という定義には、飛びつきましたね。

多田　そうですか。

米原　私の浅薄なる知識をもってしても、やはり女こそが人類の本流だと密かに思ってたもんですから、先生のあの定義にはもう感電したみたいにしびれまして……。

多田　私があの定義をしたときは、べつに米原さんを見てから書いたんじゃないですよ。その前ですからね。誤解のないように。

米原　九三年でしたっけ、あの名言を吐かれたのは。当時、励まされた女性も多かったはず。

多田　あれでしょぼんとした男性の方も多かったと思います。

米原　先生があの定義に達したのは、もちろん学問的ないろいろな探究もあったでしょうが、先生が出会ってきた女性たちの影響も大きかったんじゃないかと睨んでます。

多田　その通りです。

米原　お母さまがどんな方だったのか、奥さまがどんな方で女友だちや初恋の相手はどんな人だったとか、すごく興味が湧いてきましたよ。そんなことを今日は探れたらと……。

多田　いやはや、今日はこの『ガセネッタ&シモネッタ』の話をするんだと思って来たんですが。

米原　先生があの深遠にして普遍的な真理に到達したのは、どのあたりからですか。

多田　それはじわじわとじゃないでしょうか（笑）。自然発生的に、そういう真理は向こうから徐々に近づいてくるんです。私は小さい頃、腕力の強い女の子にいじめられていた、いじめられっ子だったんです。家でも母は常に存在でしたが、父は存在感の薄い人でした。うちのワイフから見れば、私などは、はかなき現象にすぎません。それにひきかえ、米原さんのご本を読みますと、お父さんをほんとに愛し、尊敬しておられたのがよく分かりますね。この本の中の「フンドシチラリ」というエッセイでも。

こです。

米原　というか、救い難いファザコンと言うべきですね。未だに理想の男性像は父親ですから。「坊主憎けりゃ袈裟まで」の逆で、「父親してるからフンドシまで」ってとこです。

多田　共産党の幹部だったしね。

米原　ええ、不思議といえば不思議。だって私の生まれたのは一九五〇年四月ですから、朝鮮戦争勃発直前でしょう。小学校にあがるぐらいまで赤狩り旋風が吹き荒れてたんですよ。当時、農林省をレッドパージになった母の弟が、私や妹のユリを連れて外出すると、電車が代々木の共産党本部前を通過するたびに「あっ赤旗だ、あそこにお父ちゃんがいるんだ！」と車内の人々に自慢し始め、挙げ句の果てに「民衆の旗、赤旗は」と歌い始めるので肝を冷やしたと言っています。

多田　米原さんは、それをみんな栄養にして、自分の存在の一部につけ加えてきたわけですから。

米原　そうかもしれないですね。父親が無条件に自分を愛してくれている、と感じながら幼年期を過ごせたのは幸せでした。世界中が敵になっても父親だけは自分に味方してくれるという絶対的な確信があるからこそ、勇気を持って世の中に踏み出していけるし、冒険もできますものね。

多田　ご著書を読むとひしひしと感じますよ、それは。羨ましいなと思います。現象である男から見ると。

米原　あら、先生の場合は、それがお母様だったのではないですか？　先生は今度、なぜ「女は存在」と規定するにいたったかを明らかにする自伝的エッセイを書かれるべきです。

多田　いつか書いてみたいですね。私は日本国中にたくさんガールフレンドがいるものですから、読ませたい。

（初出「本の話」二〇〇一年一月号、多田富雄『懐かしい日々の対話』大和書房所収）

成熟社会のための処方箋 vs. 辻元清美

辻元清美（つじもと・きよみ）

一九六〇年奈良県生まれ。早稲田大学教育学部卒。早大在学中の八三年に「ピースボート」を設立。九六〜〇二年まで衆議院議員をつとめ、NPO法、情報公開法などに取り組み成立させる。二〇〇五年、衆議院選挙に社民党から立候補、三回目の当選。著書に『総理、総理、総理!!』『へこたれん。』などがある。

国会の「じゃりン子チエ」

米原　辻元さんは昭和三十五年四月二十八日生まれで、私は二十五年四月二十九日生まれ。ちょうど十歳お若いんですよね。

辻元　昔の天皇誕生日ですね。

米原　そうそう、天皇誕生日。私の両親は共産主義者だったから、ちょっとまずいんじゃないか、二十八日にしようかと、届け出るときに迷ったみたいなんです（笑）。

辻元　私は、自分の誕生日は何もお祝いしてもらえないのに、翌日の天皇誕生日にはテレビに白馬が映っていたりする。これは差別だ、同じ人間なのにおかしい、と。そこから人生に対して問題意識を持つ子供になってしまった（笑）。

米原　本日のテーマに「成熟社会を迎えるための処方箋」とありますが、私自身、まだ成熟していない、いつまでも大人になれない気がしているんです。辻元さんは、もともとお若いのだけれど、何だか永遠に年とらないタイプに見えるんですよね。いつまでも子供の部分を持っているような。

辻元　幼稚って言われるんですよ、「大人になれ」とか。ただ、そういう人に限って、わかったようなことを言っているだけで、「世の中、長いものに巻かれろ」的に言っているように見えるんです。

米原　そういう意味での成熟とは私たち一番無縁ですね。八十、九十歳のおばあさんになっても今の子供の部分は残る。むしろそれが本質という気もするんですけどね。

辻元　私は大阪で育ちました。周りに在日韓国朝鮮人の友達もたくさんいた。今から三十年以上前、あのころは学校などで今よりもっと露骨な差別があったんです。そういうときに私は、「何で差別するのよ！」と友達をかばったりしてた。結構、うちも家が貧しかったほうで……。

米原　立ち食いそば屋さんをやっていらっしゃるんですよね。

辻元　今はうどん屋です。当時、洋服屋などもしていたんですが、何度も失敗して夜逃げ同然の生活をしたり、借金取りに追われたりしていた。在日の人や当時まだ復帰前の沖縄から出稼ぎに来ている人など、周りがそういう環境だったので、みんなで支え合って生きていたんです。

ところが、露骨な差別とかがあって、お風呂屋さんに行って風呂に入っていると、「あ、朝鮮人の子が来た」なんて言う人がいる。私は、その人の頭に水をかけに行ったりする子供だったの（笑）。だから「総理、総理！」と質問している私を見て、昔を知っている人は「清美ちゃんは五つのときから変わってへんなあ」と言います。

米原　今〔二〇〇一年時点〕、社民党議員の中には、福島瑞穂さんや田嶋陽子さん、土井たか子さんといった、個性豊かな女性がいますよね。でも絶対、国民に愛されるという点では、辻元さんにはかなわないと思う。辻元さんって、エリート意識が全く見えないんですよね。

辻元　国会の「じゃりン子チエ」って言われています（笑）。

米原　なのに、著作を読んだり、国会での質疑、テレビ番組での発言を聞いていても頭がいいなと思いますね。

辻元　そうかなあ。

米原　問題の要所要所をバシッと押さえている。これには感心させられます。根っからの民主主義者という感じね。社民党の党首になったら、私、社民党の御用エッセイストになりたいと思いますよ（笑）。

辻元　私は、小学校一、二年のころから、借金取りを追い返すために命がけで相手を論破しなきゃいけなかったから。確かに「あー言えば、こー言う」が身についているのかもしれない（笑）。それと、ピースボートというNPOの活動を通して、今回のテロ問題などを含めて国際問題に関する感性みたいなものが養われたと思うんです。

米原　辻元さんの言葉に力があるのは、常にそれぞれの国で生きている人間を想定させてくれるからなのね。

辻元　そうそう、人が好き。人が基本なんです。

米原　「民主主義は正しいから民主主義だ」と言う人が多いけれど、辻元さんの場合、それが根源から実に自然に出てくるところが……。
辻元　ほめ過ぎやで、それ（笑）。
米原　そうなんだけど（笑）、ホントにそれには感心しているの。何なんだ、この人は！　って思って。それで直接お会いしたくなったんですよ。

〝ITファシズム〟になりかねない恐さ

辻元　私、実はあまり元気なかったんですよ。
米原　えっ、これで？　辻元さんの元気ないときって、ちょうど普通の人の元気なときに匹敵するんじゃないかしら（笑）。でも、またどうして？
辻元　なぜかというと、小泉総理は異様に高い支持率ですよね。私は今、野党にいるわけですが、政権を批判することは野党にとって、とても大事な仕事のはずです。少なくともそういう勢力が無くなってしまったら、〝大政翼賛会〟、それこそファシズム的になってしまう。ですから、政策の矛盾点を突こうと一生懸命やっているんですが、「小泉をいじめるな」という、世論の見えないプレッシャーがものすごい。
米原　ホントにすごいらしいですね、ファックスやメールが。

辻元　私はそういう人たちに言いたい。「じゃあ民主主義って何なんだ」と。例えば会社の中で、自分がおかしいと思っても大半の人に抑えつけられて言えなくなってしまう現実があるかもしれない。でも、本来ならそういうときに「おかしい」という一人の声も聞くのが民主主義だし、それを押し潰そうとするのはおかしい。

米原　下からのファシズムという感じね。もっとも、ファシズムっていつも下からなんですよ。

辻元　ええ。今回のアメリカでの同時多発テロについても、私はそれに対してアメリカが武力行使するのは止めたほうがいいと主張しています。いくつかの問題点があるからです。

一つは、国際法上見ても今回のテロ事件は新しい事象です。経済のグローバリゼーションに伴う戦争のグローバリゼーションみたいな側面がある。今までこういう問題が起こったときには国際法で裁いてきました。大量虐殺に対する国際条約もちゃんとある。ですから、これで裁くのが妥当だと思う。軍事報復みたいな形で、容疑者も、はっきりした証拠もなく攻撃してしまったら、泥沼化して世界大戦に広がりかねないという危機感を持っています。武力行使はよくない。

米原　つまり、ユーゴスラビアみたいな状況が全世界を覆ってしまうという感じですよね。どっちが悪かったか、もう最後のところはわからなくなってしまう。

辻元　そうです。だから、それはおかしいと発言して来た。そうしたら、きょうも「おまえはテロリストの味方か」というメールがいっぱい来て。

米原　応援のメールは来ないんですか。

辻元　攻撃のほうが多いですよ、七割くらいですかね。

米原　例えば一人で百回くらいメールをするとか、そういう狂信的な人がいますが……。

辻元　さまざまですね。中には明らかに同じ人だなと思われるメールもありますし、組織的な感じがするメールもありますけど、基本的には一般の普通の人だと思うんです。

インターネット、IT時代になってすごく便利になったけど、匿名性をもって一方的に相手を痛めつけるようなメールを送りつけてくるでしょう？

米原　あれはほんとに卑怯ですね。本来なら、自分の名前を明かさない発言者は相手にしなくていいはずで……。

辻元　ええ。今までは、電話で批判がきたら、こちらも電話に出て、私はこう思うんだけど、あなたはどうですか、と。

米原　双方向になりますよね。

辻元　そうなんです。かけるほうも、それなりの覚悟をしてかけますよね。でも、メールは相手を傷つけようと思ったら、一方的にいくらでもそれができる。
私は、IT民主主義も大事だと思っています。ITは情報公開のツールとしてもとても大事ですし、実際、NGOでも活用されている。そういう意味で、ITデモクラシーはいいんだけど、ITファシズムになりかねない危険性がある。今回のテロ事件でもそういうメールをたくさんもらうんです。
米原　そうすると落ち込みますか、さすがに辻元さんでも。
辻元　落ち込む。私、テロは絶対いかんと思っていたわけですよ。

アメリカの自己中心主義

辻元　あの爆破の映像を最初に見たとき、信じられませんでした。背中がゾッとし、やり切れない気持ちになった。
米原　私は実はね、心の片隅で、辻元さんと同じ気持ちが八〇%で、あと二〇%ぐらいは痛快だと思ったんです。つまり、ミサイル構想やSDI、核兵器を開発し、兵器をハイテク化するために巨万の富を投じてきたアメリカに、それらが無意味だったということを一瞬にして示しましたよね。
何度も繰り返されるあの爆破の場面を見ていて、思ったんです。アメリカは今まで世界中で、あれよりさらにひどいことをしてきたわけじゃないですか。広島や長崎の原爆、ベトナムの北爆や北朝鮮半島の絨毯爆撃、イラクのピンポイント爆撃。それらがあの背景に見えちゃうんですよ。

辻元　今までやってきたアメリカの外交政策をどう見るか。なぜアメリカがあれほど狙われるのか、そこをきちんと考えなければいけないと思います。アメリカの姿勢に対しても、批判すべきところは批判するということが大事です。

最近よくユニラテラリズムという言葉が使われるようになりましたよね。アメリカ、特にブッシュ政権になってから。今夏、ダーバンで開催された「反人種主義・差別撤廃世界会議」で、中東問題、特にイスラエルに対する非難が世界中から沸き起こりました。パレスチナ人を殺している、と。その決議をしようという話になったときに、アメリカ代表団は全員が席をバンと蹴って出ていった。あれを見たとき私、アメリカはヤバイぞと思ったの。

米原　自分の意見が通る限りにおいては民主主義を守るけれども、通らないとなると全く無視する。

辻元　そうです。それ以外にも、地球温暖化防止京都議定書からの一方的な離脱。対人地雷全面禁止条約も拒否。包括的核実験禁止条約（CTBT）、弾道弾迎撃ミサイル（ABM）制限条約も一方的に破棄しようとした。そして、少し前ですが、ユネスコからの脱退。また、国連を軽視して分担金すらほとんど払っていない。

米原　ええ、ええ。もう極端な自己中心主義で傍若無人に我がまま放題。でも、それを許してしまっている他の国々もどうかと思いますね。

辻元　実は私、今年〔二〇〇一年〕五月の社民党の月刊誌に「ブッシュから白い煙が立ち上るかもしれない」という原稿を書いたんです。二つの点を指摘しました。

国際社会でのユニラテラリズム、一国中心主義は問題であること。同時に、アメリカの中東和平に対するスタンスが大幅にイスラエル寄りになりました。これは誰の目から見ても明らかです。このことに対するイスラム社会からの批判は必ず来るだろう、と。

米原　たしかに、今回最悪の形で出ましたね。

辻元　もう一つ、タリバンのことをそこで指摘したんです。中央アジア、アフガニスタンも含め、ロシアのチェチェンや中国の新疆ウイグル自治区で今、イスラム勢力が独立運動の一つの柱になっているんです。そういった動きをフォローしていくと、その背後でタリバンとつながっている。ですから、アメリカ側としてはタリバンを叩く口実が絶対欲しいはずだ、と。

なぜか。タリバンを叩くとなれば、ロシア、中国も絶対賛成する。ブッシュ政権が次の覇権を取るためには、ロシア、中国をうまく自分たちの陣営に引き込む必要があり、その手段としてタリバンに目をつけていたりしないかな、と。

米原　ロシアはチェチェンで、中国はウイグルで独立運動に手を焼いていますものね。その背後にタリバンの支援があると見ているし。

辻元　それで私は、タリバンに対してアメリカが攻撃を仕掛けるかもしれないという原稿を以前、書いたんですよ。イチローだ、新庄だって浮かれている場合じゃない。アメリカがブッシュ政権になってから、戦争前夜という気配すら感じる。このことを、日本の外交はきちんと捉えておかないとまずいという内容です。自分であとから読み返して、すごく怖くなっちゃって……。

米原　それはすごい。ブッシュ大統領のおやじさんは、任期中は全然人気がなかったのに、湾岸戦争で九〇％の支持率を獲得したんですよね。現在のブッシュ政権のブレーンは、パウエル国務長官を始めとして全員、あの湾岸戦争のときのチームです。あれと同じことをやりたいんじゃないかという気さえする。現に多発テロ勃発以降、不人気だったブッシュの支持率がうなぎ登りですものね。

辻元　石油業界や軍需産業とつながっているし。それらの事実をきちんと知ったうえで、日本も外交なり、自分たちの行動を決めていかないと。今、被害国であるアメリカを批判すると、「テロの味方か」と言われかねないから、メディアも抑えていると思うんですよ。

米原　というか、異常ですね、日本のメディアは。
辻元　ええ。昨日もテレビ番組の収録があったので、テレビ局の人に言ったんです。「CNNの垂れ流しでいいんか」と。アメリカの放送業界では今、ジョン・レノンの『イマジン』や、反戦的平和主義的な音楽を自粛しようということになっている。
米原　完全にファシズムですね。
辻元　私もアメリカに友達がいるし、アメリカの好きな面もある。けれど、「G8」が世界を仕切るという今までのやり方は機能しなくなっている、その一つの現れだと思うんです。
米原　綻びがそこらじゅうに出てきてますよ。

加速化する貧富のスパイラル

辻元　この十年ぐらい、ピースボートは地球一周しながら途上国を中心に訪ねているんですが、そこで、人間としての扱いも受けられないような貧困に直面する。そして、このように人権すら認められない状況に追い詰められている人たちは増える一方なんです。
米原　最近、それが加速化しているんじゃないでしょうか？

辻元　ええ、経済のグローバリゼーションが進む現在、ビル・ゲイツみたいな人が出たら、必ずその裏にものすごい数の苦しむ人たちが出てしまう。そういう経済システムになってしまっているんです。ヘッジファンドにしても、あれで一国の経済を簡単に破壊できますから……。

米原　ゲームみたいにしてね。

辻元　ＩＴ取引についていけない国の経済、金融は成り立たなくなってきた。この調子で進めていったら、貧富のスパイラルはどんどん広がっていきます。

米原　絶対にこの状態は長持ちしないですよね。

辻元　でしょう？　このやり方で、暴動が起こらないほうがおかしい。

米原　ええ。しかも、彼らの意見、苦悩、それを反映する場がないんですものね。

辻元　ＩＴ社会になった現在、ＣＮＮなどの衛星放送もあるから、貧しい側にいる人たちも、アメリカの情報を見ちゃうわけです。今までは情報が来なかったから、自分たちが苦しくても、こういう生活だと思って一生懸命暮らしていたんですよ。一九八五年に初めてカンボジアに行ったころはそうでした。

米原　それで彼らは幸せだったんですよね。

辻元　そう、泣いたり笑ったり。それが、どんどん情報が入ってきて自分たちと違う世界が見えちゃうんです。

米原 それはアメリカなどが自分たちの商品を売りさばく市場を拡大するためにね。欲望をかき立てる映像づくりにかけちゃ手練れですものね。

辻元 そうなると、「何だ、この世の中は、おかしいじゃないか」と。貧困で追い詰められると、「自分たちはこんなに一生懸命生きているのに、明日死ぬかもしれん。それなら命をかけてでも変えなければ」と若者が突っ走る。これは、二十年前の反戦運動などのレベルとは全く違う土壌であり、そういう世界ができ始めています。この問題を根本から解決しない限り、テロリズムを生む温床は断ち切れないと思いますね。

米原 でも何から手をつけたらいいのか、とりかかる前に絶望してしまいそう、あまりにも前途遼遠で。

辻元 即効薬はなかなかない。ただ、こういう動きを感じている人たちがいるんです。昨年の沖縄サミットで、途上国の債務問題が取りあげられ、どうにもならない国の債務は先進国が免除しようという議論がなされました。ミュージシャンの坂本龍一さんたちが頑張っているんですが、途上国の人たちだけでなく、G8に入っている国の市民も一緒に、そういう運動をつくり上げ、そしてサミットで決定したんです。ところが決定したのに、G8の政府はそれを実行していない。

その時、ITディバイドをどう埋めるかという問題も課題としてあがりました。要するに、世界の不安定要因をどう取り除くか、力を合わせてやっていこうということなんですが、決めてもほとんど無視ですよ。日本もやっていない。そうなると、G8を中心に組まれた経済体制、そこで物事を決めていく、地球を引っ張っていくんだというあり方そのものが問われかねない。価値観のパラダイムを変えなければいけない時代が二十一世紀なのかなと思っています。

米原　辻元さんが、「共生のために貧しさを選ぶ」「私たちは経済の奴隷ではない」とどこかで言われていたのを目にして、「これは正しい」と思いましたが、まさにそれですね。

共生をコンセプトに設計図を書き換える

米原　つまり、こういう状況の中で日本が今後どうしていくかということですよ。このまま金儲けだけして、経済至上主義でいくのが幸せなのか。幸せじゃないですよね。その矛盾が今いろいろなところで出始めている。子供の虐待、学校のいじめ、中高年の自殺がものすごく増えている。

辻元　あと、環境ホルモンの問題等、命に関わる問題も出てきていますよ。子供のアトピーとか。それから、将来的には日本も多民族国家になっていく可能性が強いと思っています。

米原　すでに自動車やテレビの組み立て工場がある千葉県や静岡県などには外国からの労働者がかなり入ってきていますものね。

辻元　そう。ですから、「共生」ということをコンセプトに設計図を書き直したほうがいい。

まず、自然との共生――経済だけ追い求めてきた結果、今のこういう状況が生まれてしまったわけだから。それから、文化の違う人たち、民族が違う人たちとの共生。そして女と男の共生、世代間の共生など、これらをコンセプトとして設計図を書き換える。

米原　というと？

辻元　現在、失業者が増えていますね。これはやはり社会的な不安定要因になる。解消するにはどうしたらいいか、今、国会でも議論されていますが、そのポイントの一つが、女と男の共生だと言っているんです。

今までは、男が一家を支える大黒柱と言われ、扶養控除、家族単位で物事が考えられていた。妻は家庭を大事にし、子供を育てる。でも実際、男一人働いて、四十万円稼ごうと思ったら、大変なんですよ。家が遠く、満員電車に毎日揺られて、残業し、家に帰ったらひっくり返って寝ている。しんどい。

しかし、例えば女が十五万円、男が十五万円働いて一家を支えるという設計図、それに合わせて税制や社会保障のシステムを変えていったら、単に働くという機能だけではない、ゆとりが生まれ、「暮らしを大事にしよう」「子供との時間を持とう」ということになるかもしれない。

米原　それから地域、地元の人たちとの関係を築くとか。ボランティアするとかね。

辻元　そう、できるんです。

もう一つの物差しは、〝ひとりひとり〟がしっかり生きる環境をつくるということ。「健康に生きる」――これは環境問題を解決しなければいけない。それから「暮らす」――おじいちゃん、おばあちゃんの介護も子育ても、地域の活動も。そして「働く」――男女ともが一緒に担いやすい社会をつくること。これらが、今の社会のひずみを直すことにつながるんじゃないかと思っているんです。

税制も、今は女性には扶養控除というシステムがある。私なんか結婚してへんからね、扶養控除もへったくれもないんだけど。

米原　私もそう（笑）。

辻元　大体、年金なんかも家単位なんです。これを全部バラして個人単位にする。そういう理念、考え方のもとで、私たち政治家がそれらを具体的な政策にしていく。これが仕事だと思っています。

米原　それからもう一つ、イタリアやドイツ、フランスとかは週三十五時間制にしています。あれでかなり雇用を創出している。

辻元　ワークシェアリングしているんですよね。

米原　一部の経済学者が試算すると、日本経済はものすごく高度だから、週二日働けばやっていけるらしいんですよ。今抱えている子供や福祉の問題などは、週十四時間制にしたほうがうまく解決するんじゃないか。皆がわき目も振らず一生懸命働いている、その一方で失業者が出て、もう一方で過労死をする人がいる。これらを防ぐために生まれたのが、シェアという考え方ですね。

辻元　オランダではパートタイムという概念を変えましたね。パートタイムというと、非正規の雇用ということで労働時間が短いわけです。今、日本でパートで働くとしたら、年金や雇用保険はほとんどありません。それをオランダでは、十時間働く人も三十五時間働く人も同じ社会保障にした。最低レベルの保障をする。共生というコンセプトのもと、自分の働くスタイルを選択しやすい社会をつくろうと決めたわけです。それが今、結構うまくいって、失業率はどんどん下がり、財政赤字も解消している。

米原　発想を抜本的に変えないとダメなんですね。

辻元　ワークシェアリングして働く人が増えたら、社会保障費が高くなるんじゃないかと考える人がいますが、違うんですよ。その人たちに失業手当を出さなくて済むし、むしろちょっとずつでも税金を払ってくれる。

米原　「塵も積れば山となる」でね。

辻元　そうそう。プラスマイナスで考えてみたらプラスになっちゃう。それに、みんなが社会で働くことで社会全体に活力が出て、消費も動く。夫婦で働き出したら、「ちょっと旅行でもいこうか」ということになるかもしれない。でも、どっちかが失業していて暗い感じだったらそんな気にもならへんし。お父さんは会社を首になったら、年金も無くなるかもしれない、子供も養われへん、家のローンも払われへんと、必死になって働く。お母さんのほうもストレスがたまって児童を虐待するとかね。そうじゃなくて、両方がシェアし合う。ちょっと生活のレベルは悪くなるかもしれない。それは覚悟したほうがいいと思う。

便利さの代償

米原　ただ、今、物があふれているでしょう。私は、不景気は物があり過ぎて買うものがないせいだとも思うのね。常に「物を買え」と刺激されているから、買わないと貧しいみたいな錯覚におちいるのであって、物質的には今より落ちても、本当に貧しいとは思わないんですよ。

辻元　よく消費を刺激して皆に物を買わすとか言うでしょう。

米原　あれ、下品ですね。

辻元　消費を刺激するのは物を買うことだけじゃないと思う。いろいろな体験をするとか、自分の手に職をつけるとか、自分が豊かになることを考える。

米原　「物」より「事」とおっしゃっていますね。いい本を読んだり、お芝居を観たり、いい人に出会うとかですよね。

辻元　消費はお金の循環だから、そういうことにお金を使ったって循環がなされるわけです。私は「NPOが社会を変える起爆剤」とずっと言ってるんだけど、地域の活動などを立ち上げて、そこで小さなお金の循環をさせる。今までは、ただ物を買わそうということだけでした。

米原　それで大量生産して自然を破壊している。常に売り続けなくては倒れてしまう、まるで餓鬼道みたいですよね。これを抜け出さないと成熟しません。

辻元　そう。時間をゆったりと使おうとか。私たち、GDPでいうと非常に高いわけですよ、不景気と言ったって。しかし、豊かな気持ちになっているかというと、そうではなくて、いつも何かに追われているような感じでしょう。

ベルリンに行ってきたんですが、ドイツは今、国の方針として脱原発を決めようとしています。そうすると、みんなで少しずつ電気のムダ遣いをやめよう、夜はちゃんと寝ようという方向になる。ベルリンには二十四時間営業のコンビニはないんです。

確かに、あれば夜も買い物ができて便利ですが、別になくても死なない。ドイツの人は、「自分たちの選択は、ちょっと不便になるかもしれないが、なくてもいいことにエネルギーは使わない」と言っていました。便利か不便かという基準だけでいうと確かに少し不便かもしれないけれど、我慢するところは我慢する。

米原　偉い。やはり大人ね、その意味では。赤瀬川原平さんがいう〝老人力〟ですね。

辻元　こういうのが成熟社会の一つの考え方かなと思いましたよ。

米原　便利さを選択するということは、我々が本来持っている力をはぎ取って、その部分を商品化させるわけですよね。その結果、我々に残されるアクティブな動きは、お金を払うことだけになっている気がするんですよ。

お茶だって、昔はお母さんが入れてくれたりして、それだけで豊かな時間を持てたのが、今は自動販売機にお金を入れるだけでしょう。便利だけど、その代償として失われるものの大きさははかり知れない。

辻元　食卓に缶のお茶がボンと置かれていたりするのを見ると思うんですよ。この缶はすごいエネルギーを消費してつくられて、ゴミになる。再生するにしても……。

米原　そう。アルミ缶は大量に電力を使いますからね。

辻元　昔はうちのおばあちゃんや母親もお湯を沸かして、これは静岡のお茶で、お茶っ葉がええな悪いな言いながら入れてた。

米原　入れ方にもちゃんとコツがある。あれって文化の伝承ですよ。

辻元　家によって濃い薄いとか、ほうじ茶、番茶とか、いろいろあるんですよね。今って全くそのプロセスがなくなっちゃったでしょう。そうすると、お茶っ葉を知らない子供がいるわけですよ。そうするとやはり人間の感性もおかしくなっちゃうんじゃないですか。コカ・コーラもお茶も百二十円で買ってきて飲むから何もわからない。そういうことが積み重なって子供の犯罪が増えるんじゃないかな。

米原　評価されるのが結局お金で、すべてお金で換算される。犯罪を犯す子供が、いじめる子供からお金を取るじゃないですか。そのお金を使ってゲームセンターへ行ったりする。お金を使うことがすべてになってしまっている感じがしますね。

辻元　最近では傘なども安いでしょう。そうすると雨が止むと、面倒くさいから捨てて帰る。

米原　あれ、犯罪ですよ。

辻元　そう、罰金取ったほうがいいと思う。今、エネルギー、温暖化問題がこれだけ深刻なわけだから。自分たちの暮らし、ライフスタイルを見直すことが、いい社会をつくる一つのコンセプトになる。

観戦主義から参加主義へ

辻元　もう一つ大切なことは、物事を決定していくプロセスです。成熟社会の条件は、きちんと情報公開がなされていること。

米原　でも、アクティブな人間が前提になっているじゃないですか、情報公開法も選挙権も。それがどんどんパッシブになったでしょう。それがちょっと怖い。辻元さんもどこかでおっしゃっていたけれど、今の日本人は政治を単に観戦するようになっている。そうなると、どうしても英雄待望論になってしまう。今の異常な小泉、石原人気の裏には観戦主義がある。観戦主義から参加主義へ、政治に一人の独立した人間として参加していくためには、どうしたらいいんでしょう。

辻元　なぜ日本がパッシブになっているのか、ずっと考えていたんですけど、二週間ぐらい前、韓国に行ってきたんです。そこでおもしろい体験をしました。三十六歳の若手国会議員と意見交換する機会があったんですが、彼は以前投獄されていたという。アジアの国々では、そういう体験をして議員になった人が結構いるんですよね。一九八九年にイム・スギョンというソウルにいた女子学生のリーダーがピョンヤンに行って、「民主化闘争したい、統一したい」という平和のメッセージを読み上げ、三十八度線を渡って帰ってくるんですが、渡った途端に逮捕された。彼も同じ運動をしていて、すぐ投獄されちゃったんです。でも、今は国会議員になっている。

今、韓国の市民運動は結構盛んで、環境問題への取り組みは日本より進んでいます。彼らには、自分たちで民主化を勝ち取ったというプロセスがあり、それが今の韓国社会を築いている。

米原　自分たちが主人公になっているのね、プロセスの。

辻元　そう、ですから大事にするんですよ、そのプロセスを。そういう人が今、政権の内部に入っている。そういう意味で彼との出会いも衝撃的でした。

もう一つ。韓国に女性省という省ができたんです。訪ねていったら、表の看板に「ミニストリー・オブ・ジェンダーイコーリティ」と書いてある。格好いいでしょう。すごく進んでいる。ジェンダーイコーリティ、日本語で訳すと女性省になるんですが、男女平等省みたいなものです。

米原　そうね。女性省といったら、本当の平等のためには男性省も設けなくてはいけないから、その女性省という訳は正しくないね。

辻元　あらゆる場面での男女平等の実現が社会をいい方向に持っていくのだという考えのもとに、金大中政権になってからつくられたんですね。そのための特別な大臣もいるんです。その方は女性でした。

米原　金大中大統領を選ぶところからして、韓国と日本は全然違うと思った。

辻元　そうですよね。韓国にはとても大きなＮＰＯがあるし、学生運動も盛んです。政治にコミットしていこうという動きが昨年もありました。市民が熱くなって演説したりしていた。その彼らが今、何をしているか。「参与連帯」というＮＰＯのオフィスを訪ねたんですが、弁護士の人たちがボランティアで司法のチェックをやっていた。どういう裁判官がどういう判決を出したかというファイルがあって、インターネットであらゆる裁判官を情報公開している。別のコーナーに行くと、会計士の人たちがやはりボランティアで国家の財政とかをチェックしていました。

また、別のコーナーでは、消費者の運動をサポートしていて、アトピーネットワーク等をつくって、子供のアトピーで悩んでいるお母さんたちの相談を受けている。それを医学関係者の人がボランティアでやっている。私、びっくりしたの。

米原　すばらしいね。どのくらいの会計士や弁護士の人がその運動体に取り組んでいるの？

辻元　実際にそのオフィスには来ないけれど、全土にわたってネットでやりとりできているようですね。

そのオフィスの下のフロアでは喫茶店をみんなで運営していて、夜はビールも飲めるサロンになっていました。そこの収益は、全部その活動に使う。また、その一画には記者会見ができるコーナーもあって、常に情報を発信しているんです。

昔、韓国の民主化を日本でサポートするなんて運動があったけど、はるかに韓国のほうが進んでいる。民主化とは何だろう、自分たちの権利とは何だろう、と思いますね。

米原　そうなの。条文とか法律だけじゃない。実際にその中に生きている人たちがどれだけ積極的にその中で動いているかなんですね。

辻元　そういうプロセスが日本にはあまりなかったでしょう。

米原　ない。組織で決まっちゃって、その中で個人が会社人間みたいになっちゃっているのよ。

辻元　何でも形式的に物を決める。今もその形跡が社民党の中にもあるから、党改革が急務だと思う。

米原　私の父は共産党だったからわかるんだけれども、官僚になっちゃうんですよ。自分の頭で考えなくなってしまう。だから魅力がないの、人間として。投票も割り振りで決められるでしょう。

辻元　組織単位でね。

米原　本来なら自分の意思で選ぶものじゃない。そこを変えないと変わらないね。

辻元　そうです。私たちが始めたピースボートという活動は、十代、二十代の若者が多いんです。今年、三十四回目のクルーズで北朝鮮、韓国に同時に行くという計画を立てました。これは十年前では考えられないし、昨年でもできなかったかもしれない。南北両首脳がピョンヤンで握手した、あれ以降だから実現できたんです。こういった活動を続けていく。そういう社会を変えていく一つのムーブメントを続けること。そしてもう一つ、政治の場で発信する。この両輪がないとダメだと思います。政治の場だけだと、永田町の中で〝永田ッチ〟になって、机上の空論ばかりするようになってしまう気がする。

米原　そうね。

〝希望の組織化〟と〝妥協の芸術〟

米原　あと、マスコミだけで発言しているのもダメね。

辻元　ダメダメ。テレビでの発言や国会での質問は限られた時間だし、決して自分の言いたいことが全部言えるわけではなくて。

米原　端々を撮られて、センセーショナルに出ちゃうからね。

辻元　だからいつもキーキー怒っている人というイメージが植えつけられちゃって（笑）。違うのにって思っているんだけど。

米原　でも、やはり素のところですごく明るいから、キャラクターとしては捨てがたいと思いますよ、辻元さんのこと、マスコミは。

辻元　そうですか（笑）。テレビ討論会に出た後はいつも落ち込むんですよ。でも、やっぱりアピールしなきゃと思って行きますでしょう。

米原　社民党だと、あなたをおいて他にいないでしょう（笑）。

辻元　いえ。ただ私としては、コツコツあきらめずにやっていく。私、政治というのは〝希望の組織化〟だと思っているんです。

米原　名言ですね。希望を持たないと生きていけないしね。

辻元　ええ。政治は、希望を形にしていくワザ、技術なんです。でも、それと同時に、政治にはやはり政局というものがあるので〝妥協の芸術〟でもある。希望や理想だけ言っていても実現しないと意味がないから、それには妥協も必要ですが、ただそれは、芸術にならなきゃいけない。ですから、〝希望の組織化〟と〝妥協の芸術〟のバランス。

米原　絶妙ですね。

辻元　サーカスみたいな感じ……。皿まわしをしながら綱渡りするみたいなね（笑）。でも、それが大事なんです。

米原　落ち込むことがあると言われるけど、どうやって立ち直っているんですか。だって、いつ見てもお元気じゃないですか（笑）。

辻元　あれは表面的（笑）。落ち込んだときは、しばらく落ち込んだ自分と付き合う。覚悟を決めて向き合って、そうしているうちにまた次の事件とかが起こって、「あ、大変だ」となるんですけどね。

あとは、やはり信頼できるネットワークをつくることかな。自分を支えてくれる政策的なブレーンや、信頼できる人たちに自分の思いをぶつける。そうすると必ずリアクションが返ってくるから、そういうやりとりの中で、もう一度自分を立て直す。

政治の場はタイミングも大切なんです。どのタイミングで何を言うかが大きな意味を持つ。

米原　舞台みたいなところがありますでしょう。みんなが見ていて、そこでのセリフがすごく大事で……。

辻元　そう、メッセージになる。ただ、状況が二十四時間、常に動いています。今私が、ここでお話ししている間にも、官邸では刻々と事態が動いている。そうすると、自分のポジションがいつも変わるわけですよね。ですから、どのタイミングで、どの位置でメッセージを発信するかがすごく大切になる。

そのために、私がいつも頭の中でイメージしているのが、バスケットのドリブルなんです。シュートをいつしようか、ドリブルしながら見ていますよね。その待機している状態と、一挙にシュートするときと、めり張りをつける。

米原　つまり運動神経ですね。

辻元　それも大事なんですよ。ただずっとドリブルしている人もいるし。始終何かワアワア言っていても届かないんですよね。ですから、そういう感覚みたいなものも磨かないと、いい仕事ができない。

米原　すごいね。NPOのような環境から政界に入って、いろいろ戸惑うこともあったでしょうね。

まずは自分の小さな一歩を

米原　九月十六日の米NBCテレビと『ウォールストリートジャーナル』の共同世論調査によると、米国民の八一%が「軍事報復に慎重姿勢を」という反応だったという。このことを日本のマスコミは全然報道しなかった。これを載せたのは『赤旗』だけです。アメリカの人たちがあの状態の中でも一生懸命考えて、こういう意思表示をしているのに、それを無視して、日本では戦争へという報道ばかりだった。センセーショナルであればあるほど新聞も売れるし、テレビも観るからという、売らんかななんですよね。

辻元　パレスチナの人たちの間でも、自分たちはテロの痛みを一番わかっているから、献血しようという運動が始まったんですって。ところが、あのテロ攻撃があったときに、パレスチナ人が喜んでいる映像を、ＣＮＮが世界中に流したでしょう。あれは本当に一部の人たちなんだ、と彼らは言っています。

米原　完全に世論調整ですよね。それがどれだけ危険なことか。

辻元　今、パレスチナでどういうふうにこの事態をみんなが考えているのか取材もせずに、ＣＮＮが流したものをそのままに日本も、世界も流した。

ピースボートにメールが来たの。何とかしてほしい。ああいうことをする人がいるから自分たちも結局いつも同じ扱いをされて困る、と。だって、日本人のテロリストが何かして、日本人全部が同じだと思われたら嫌ですよね。それと同じで、そういうことに対する配慮がメディアには今ないんですよ。

米原　ＣＮＮは湾岸戦争のときに、油にまみれた水鳥の映像を流したでしょう。でも、爆撃が終わって、多国籍軍が勝利してから、あれはヤラセだったとわかった。だから、今回だってわからないですよね。

辻元　私はこういうときに一番大事なのは市民の力、自分自身の市民力《しみんりよく》だと思うんですよ。市民とは、経済的にも政治的にも自立していて、自分の判断で政治とコミットメントする人です。

それから社会性——地域や、周りのいろいろな人と連帯していけることも大切です。

米原　小泉首相の支持率が九〇%というから、全然希望を持てないんですけどね、私は。

辻元　そう。今、メディアの調整も含めて実は市民力が試されている。この番組がおかしいなと思ったらテレビ局に、「こういう報道はちょっとおかしいんじゃないですか」という、まずは自分の小さな一歩を。

米原　そうか、気づいたことを自分からどんどんやっていかないとダメなのね。

辻元　自分から発信することができる社会をつくることが、諸々の問題を解決していくことにもなるのかなと思っています。だから成熟社会の処方箋は、「市民力をつける」。

米原　なるほど。辻元さん、ほんとに朱に染まらないでくださいね。

（二〇〇一年九月二十一日収録）

（「公研」二〇〇一年十一月号）

人脈だけ旅行鞄に入れて vs. 星野博美

星野博美（ほしの・ひろみ）

一九六六年東京都生まれ。会社勤務、写真家・橋口譲二氏のアシスタントを経てフリーに。『転がる香港に苔は生えない』で大宅壮一ノンフィクション賞受賞。その他の著書に『謝々！　チャイニーズ』『銭湯の女神』『のりたまと煙突』『迷子の自由』『愚か者、中国をゆく』『対話の教室』（橋口譲二共著）など、写真集に『華南体感』『ホンコンフラワー』がある。

亡命者に門戸閉ざした日本

米原　ご本を読む限り、星野さんは中国と中国系の人々に並々ならぬ興味と親近感をお持ちですよね。今回の中国・瀋陽の日本総領事館での亡命阻止事件（二〇〇二年五月）をどうご覧になりましたか。

星野　報道を観ていると、国がどうのということよりもディテールに目が行ってしまうんですよね。絶対「謝々」と言っただろうなとか、つい「あ、どうもどうも」と言っちゃっただろうなと（笑）。

米原　そうかなあ。感謝する気持ちはなかったのかしら。

星野　ウーン……。感謝する気持ちではなく、日本人の「どうも」的な感覚で言ったんじゃないかなと思いました。それほど大きな問題になるという意識もなく、その場をおさめちゃった、というような。

米原　すべてを曖昧に穏便に。面倒なこと一切に関わりたくないということね。総領事館はあの時点でカメラの存在を知らなかった。ビデオが全世界に公開されなければ、おそらく事件そのものが無かったことにされたのでしょうね。そんなふうに闇に葬られた亡命未遂が過去にあったのやも知れない。今さらながら撮影したNGOの読みには敬服しますね。

総領事館に駆け込もうとしたあの家族は、本国に送還されたら処刑か収容所送りでしょう。それでも女の子を抱き上げずに、中国官憲の帽子拾って埃払って手渡す日本人外交官は、無知なのか想像力が欠如しているのか。

というか、人間としての自然な感情を抑制し慣れているという点では、優秀な官僚なんでしょうね。その意味では、今回の醜態、領事館だけの責任ではないと思うの。逃げ込んだ二人は十五分間も館内に滞在しているのだから、北京の大使館や東京の本省と連絡を取り合う時間はタップリあったわけだし。基本的には日本の政策に忠実に従ったんだと思いますよ。

ほら、フランス大統領選で極右政党のルペンが二〇％も得票して不気味がられてるけれど、ルペンの移民・民族政策は日本がお手本なんだもの。

星野　同じことをしながら、なぜか日本では極右と呼ばれない（笑）。

米原　日本は海に囲まれてて移民難民問題が地続きの国ほど深刻じゃなかったからですよ。でも、地球規模で貧富の格差が広がっているから、景気が悪いとはいえ経済先進国の日本にも合法的非合法的に経済移民はどんどん入ってきている。当然、低賃金無権利の彼等に仕事を奪われる。それがまた日本人の賃金の足を引っ張り、治安の悪化にもつながっていく。それで儲けているヤツを恨めばいいのに、いきおい外国人に矛先が向かう。だから今後、民族主義は盛んになるでしょうね。欧州も経済統合して垣根を取り払った必然の結果として右翼が台頭してきているでしょう。急激に異民族が流入してくることは、文化や社会の不安定、下手すると破壊にもつながる。

だから瀋陽の総領事館を非難することは簡単だけど、あの駆け込んだ北朝鮮人家族を受け容れたら、次々に他の領事館で駆け込みが起こる可能性がある。日本は、それをすべて受け容れる覚悟ができているのかというとはなはだ心許ない。今の日本の法律は亡命者に対しほぼ門戸を閉ざしているもの。

ヨーロッパ諸国が亡命者や難民を受け容れるのは、かつて植民地の宗主国だったという面もある。あれは一種の責任の取り方でもあるし、元植民地と元宗主国は経済的政治的文化的結びつきが今も強い、という背景もある。

一方で、アメリカは元々が移民の国。原住民を殺戮し奪った土地にアフリカから強制連行した黒人の奴隷労働でインフラを整えて発展してきた。その後も3Kに相当する仕事を移民にやらせてきた。移民はそれを通してアメリカ市民になれるという希望を持てたから一生懸命働く。それがアメリカ経済の繁栄を常に下から支えてきた原動力になっている。だから亡命者や移民に対して開かれている国なんですね。

日本はそうではない。でも、瀋陽の領事館に駆け込んだ人たちについては、受け容れなくてはいけないと思う。だって朝鮮半島の悲劇については、日本には責任があるでしょう。南北朝鮮が分断された直接の原因は、あそこに駐留していた日本軍の武装解除のために連合軍が進軍したことだもの。本来なら日本が南北に分断されていたはずなのだから。

北朝鮮も崩壊間近？

米原　星野さんは、中国東北部のほうは取材されてないですよね。

星野　行ったことはあります。ずいぶん前になりますが、一カ月間くらい滞在していました。

米原　瀋陽にも行かれたの。

星野　ええ、瀋陽も行きましたし、ハルビンや牡丹江なども。個人的に東北部は好きですね。中でも瀋陽は特に好きな町です。

米原　私は一九八三年にあるテレビ番組の取材通訳で一カ月かけて北京↓瀋陽↓長春↓満州里を経てシベリアからモスクワまで鉄道旅行したことがある。瀋陽でめぼしい餃子屋は全部行ったかな（笑）。華北人はノンビリしていてお人好しで、生き馬の目を抜く華南人とは、人種が違うんじゃないかというくらい違いません？

星野　私は中国に行くと「絶対お前は遼寧省か山東省（東北部）出身だ」と言われま

す（笑）。

米原　北京語も話せるんですね。著書の中で広東語を勉強した顛末がすごく面白かったけど。

星野　広東語のほうが得意ですね。北京語は高校生のころＮＨＫのラジオ講座で始めて、大学の第二外国語で専攻し、旅行で通じる程度です。

米原　中国国内の朝鮮族の居住地域なども行ったことがあるんですか。陸続きで言葉が通じる、血縁者もいるということで、国境を越えて入ってくる人が多いと聞きましたが。そういう越境者と直接会ったことがありますか。

星野　私が行ったのは十年以上前なので、そういう動きはまだ全然なかったんです。北朝鮮がどうやら大変なことになっているらしいということが、ようやく世界にわかり始めた頃で……。

中国側から鴨緑江という川の向こうに北朝鮮側の人が肉眼で見える。そのくらいの近さなんですね。そこでずっと向こうを見ていたりしたことはありますよ。線路が通っていて、列車が来ると人々が列車の屋根に飛び乗ったり、窓からぶら下がったりしているのが見えました。

米原　ベルリンの壁が崩壊する寸前、東ドイツの住民が大挙して同じ社会主義国のチェコスロバキア↓ハンガリーというルートで西側へ出ていったのを思い出しますね。

北朝鮮も崩壊間近なのかなって。社会主義国間の国境って比較的緩やかじゃないですか。

星野　そうですね。グラデーション的に、少し緩やかなところを通って、また次も少し緩やかなところを通って最終的には出ちゃう、みたいな。米原さんの本を拝見していて、今の北朝鮮の亡命の動きとヨーロッパの動きが重なって見えます。

米原　ただ当時のハンガリーと今の中国はずいぶん違う。自由化の考え方にしても、ソ連東欧は、経済の自由化に先行して政治の民主化をめざしたけど、中国は経済だけ自由化して権力は独裁のままでしょう。

星野　そこは絶対譲らないですからね。

米原　まっ、結果的にソ連は崩壊しちゃった。中国・共産党の指導部で大激論があったらしい。ロシアみたいに政治の自由化を先にやると、あのザマになる。だから、中国はあくまでも経済の自由化を先行させる、と決断したという話です。

星野　私は香港にいたので、「お金」「自由」「政治的不自由」ということを考える機会が多いんですが、香港にいると、中国はまず経済を豊かにして、それから民主化すべきだという考え方の人が多いです。

米原　普通の中国人もそう思ってるんですか？

星野　いえ、これは香港での話です。お金を持たないと教育が受けられない。教育を受けないと民主化はできないと。ただ、それも〝諸刃の剣〟みたいなところがあって、いったんお金を持ってしまった人は政治的不自由については目をつむるんです。

米原 一度特権を享受しちゃうと、病みつきになるのかな。他人に譲りたくなくなる。

お金だけが世の中の価値

星野 返還後の香港で起きていることは、「君たちの生活の安定は約束するから黙っていなさい」という中国当局のやり方がまさに功を奏しているんです。香港は今や中国なしには商売できないから、自由を求めすぎれば商売が制約される。だから政治的自由と物理的自由を切り離してしまうんです。

米原 階級社会じゃないですか。

星野 ええ、なっています。おそらく今、中国はそういう意味でも本当に逆戻りしていますね。お金があれば教育を受けられるわけで、良い家庭教師をつけて良い大学に行かせ、そしてアメリカに留学させる。

米原 そうすると、いずれまた革命が起こるんじゃない？

星野 そう思っちゃうんですよ。ただ、中国の文化大革命にはいろいろ大きな罪があるんですけど、体制が一回引っ繰り返ったことで、例えば男女平等や職業の貴賤がないとか、農民でも大学教育が受けられるといったことが一回徹底したんですよね。それ自体はいいことを生んだと思っているんです。

米原　日本も身分差については比較的無くせた国だと思うな。小学校しか出ていなくても総理大臣になれるとか。戦後の農地改革やシャウプ勧告による過激な累進課税の導入で、どんな大金持ちも三代目には普通の人になるでしょう。日本ではヨーロッパみたいに相続殺人は起きないものね。保険金殺人は毎日のようにあるけれど。ソ連は、労農階級の子弟に進学や出世の門戸を開いたけれど、一方でノーメンクラツーラ（幹部要員）の家族には特権が保証される固定した階級社会でもあった。大学入学も就職もコネがまかり通っていた。

星野　中国がこのまま経済の自由化だけ推し進めていったら、何十年後か何百年後かわからないですけど、また一度引っ繰り返るぞと思っちゃう。

米原　中国は、一応社会主義を自称しているから、人間みな平等だという建前がある。実態は階級社会で、ものすごく貧富の差があるのにね。この欺瞞は国民一人ひとりの心に不満を生むでしょうね。不条理感を。

星野　よけい反発が強くなりますよ。

米原　資本主義の市民社会を経た人間と、そうでない人間のメンタリティーって全然違いますよね。人間が近代化していない。よく言えば素朴というか。で、中国は資本主義の経験をわずかにしているけれど、買弁的で地域もひどく限られていた。

星野　「清朝が倒れた」「共和国になった」と言っても、実態は全く昔と同じままでしたから、市民社会という時代を経験した人は少なかったと思います。

米原　ロシアもそう。資本主義の時代は農奴解放令の一八六一年から一九一七年の十月革命までの一世紀未満。市民社会を経験したのは、都市部のわずかな人たちだけですね。革命当時の識字率が二割。そういうところで革命やると、恐ろしいことになりますね。中世に逆戻りというか。

星野さんは、香港のどんどん変転していく感じがお好きだけれど、日本は絶対ああはなれないですよね。香港みたいになれる国は世界に一つか二つで十分なのでは(笑)。

星野　あそこは人工都市であって、国ではないですからね。特殊な状況から生まれた、造られた場所だからできるのであって、もともとの文化が根強くある場所では、まずムリでしょう。

米原　ええ、不可能ですね。

星野　香港はお金だけが世の中の価値で……。

米原　あと、食べ物ね。

星野　ええ(笑)。身分や出身、親がどれだけお金を持っているかは全く関係なくて、

「今あなたはいくら持っていますか？」——これですべて判断される。金の前ではすべての人間が平等なんです。そこが一番好きでした。

米原　封建制から資本制に移行するときに、今まで身分とか、特権とかで神聖視されていたものがなべて貨幣に換算されて、価値体系がひっくり返りますよね。フランス革命の時もロシア革命の時もそうだった。今もそれは続いている。亡くなったダイアナ妃だって〝情報の商品〟として価値があるからパパラッチに追いかけられた。そうやって神聖なもの絶対不可侵なものがどんどん無くなっていく。それが身も蓋もなく露骨に繰り返されるのが香港なんでしょうね。

星野　香港の友達のおじいさんの話なんですけど、兄弟の中でも共産党に入る人と国民党に入る人がいて、おじいさんは国民党だったので追放された。でも今では自由に中国に帰っているんです。何でそんなことができるのかと聞いたら、弟が共産党の幹部だから、と。中国へ行くとみんなが言うことを聞いてくれるから自由だという（笑）。そういうところは大家族を利用してうまく時代を乗り切っている。

香港でもお金がある人は子供に教育を受けさせる。そして子供たちをみんな違う外国へ行かせるんです。

米原　保険みたい。

星野　ええ、そういうことです。

——中国からアメリカに留学する傾向はますます盛んなようで、そのまま就職してしまう人も多いようですが、彼らは将来的に中国に帰ろうと考えているんでしょうか。

星野　かつて生活が苦しくて中国を出た人たちは、いつか故郷に帰ろうという思いがあって、故郷からお嫁さんをもらったりということもありました。現在、日本に来ている福建省の人たちもその傾向が強いと思います。

でも、出国するためにはお金が要るわけで、今アメリカに行っている人たちは、密航者であってもそんなに貧しい人たちではない。多分、向こうも引き払わない、こっちも引き払わないという形で、両方残すと思いますね。世の中がどう転ぶか見ながら、時が来たら決断するという人が多いと思います。

その感覚がちょっと日本人にはないものですね。日本人は自分の人生の五年先、十年先しか考える習慣がないと思うんですが、彼らは一世紀先のこととか考えているんです。それで今の自分の決断をする。たとえば日本人である私は自分の歴史を三十数年と捉えていますが、彼らは自分がここに到達するまでの近代百年ぐらいを考えている。そういう考え方、視点の違いがあるなと思いますね。

米原　彼等は国がどうなるかということに関わろうとはしないのね。自然現象みたいな感じで見ている。

星野　まず第一は自分および自分の周りが生き残ること。世の中がどうなろうと自分たちは有利なほうに行くんだという、そこは徹底していると思います。そこに私は憧れるんだけど、絶対なれないなと思う。

米原　そういう人々って、農民じゃないでしょう？　いわゆる都市生活者、商人とか……。

星野　そうですね。その土地から根を切れる人たちですから。私は中国の農民たちと話をしたことがないけれども、多分、全く違うと思います。あの根の切り方はすごく潔い。切るときはパッと土地と縁を切るけれど、人脈だけはそのまま旅行鞄に入れて移動するというやり方です。

米原　食べ物、宗教、言葉、要するに文化は背負っていくのよね。

星野　向こうで生まれた子供たちはまた変わっていくと思いますが、小さなコミュニティさえあれば彼らは生きていけます。

香港でも、公園に座っているとおばあさんたちがたむろしていて、「いったい何語なの？」と思う言葉があちこちのかたまりから聞こえてくる。広東語が一言もしゃべれなくてもこの土地で六十年生きている、というような人たちが大勢いるんです。

米原　小さなコミュニティ内だけで自足できるわけね。その中の誰かが代表して社会や外部との交渉能力を発揮すればいいのだから。

星野　そうなんです。小さなコミュニティが香港じゅうにありますよ。歩いていると

「福建省〇〇村の会館」という小さな集会所があって、そこに転がり込んでしまえば受け入れてもらえる。そこで相互扶助し合っている。だれかが困っていれば金銭的にも助けるし、病気になれば……。

米原　無条件に面倒見てくれる。そうすると、保険制度とか保険会社なんていらないねえ。

星野　香港に今まで福祉が根づかなかったのは、それもあると思うんです。自分たちで何とかするから。

米原　本来、どこもそうだった。日本だってちょっと前までは大家族制と村落共同体が、そういう役割を果たしていたのよね。そういう伝統的な相互扶助機構を壊しておいて、その代わりを国や自治体がやらない。どちらかがキチンとしていればいい。共同体方式のほうが、おそらくフレキシブルで人間臭くて居心地がいいのかも知れない。

異民族を支配し管理する方法

星野　香港の場合は、宗主国であるイギリスがそれにちゃっかり便乗した面があるんですよ。

米原　そうそう、さすがに植民地の運営がうまい。日本は下手ね。自分の国の言葉を押し付けたりして。

星野　イギリスは、押すところと引くところを心得ている。あれは特殊技術だなと思います。軍隊にはネパール人を使い、警察にはインド人、中国人は商売が得意だから金勘定だけやらせておく。世界中を上から見て、その人たちの得意分野に就かせてやらせているんですよ。

米原　インド人シスターに福祉活動やらせたり。

星野　そうなんです。学生時代、香港に行っていたときは全く気づかなくて、何でこんなに有色人種のシスターが多いんだろうと思っていたんですよ。後になって、これはイギリスが植民地を有効活用して、自分たちが憎まれないように作り上げたシステムなんだとわかってきました。

米原　でも、そういう中で有色人種同士の憎み合いが増長されたりしませんか？

星野　香港はわりとうまく共存していると思います。もともと口が悪い人たちだから、彼らにわからない言葉で「あのインド野郎が」みたいなことを言うことはある。でも、排斥はないですね。インドの人たちも広東語をしゃべりますし。

米原　インド人って、広東語でもしゃべり出すとなかなか止まらないのかしら？

星野　止まらない。とにかくしゃべり続ける（笑）。

米原　わたし会議通訳でしょう。インド人がしゃべり出すと、辟易するの。国際会議でインド人を黙らせて、日本人に喋らせることができたら名議長だと言われてるんですよ（笑）。

星野　香港にはカレー屋さんがたくさんあって、私はインド人がいたら英語に切り替えて話したりするんですが、「カレーください」とか言うと、ダダダーッと広東語でしゃべってくる。すごく変な感じ（笑）。

米原　ロシアもかつては大帝国で百五十ほどの民族を支配していたでしょう。意外にも各民族はロシア人に対しては好意的なんですよ。その代わり小民族同士が反目し合っている。

アルメニアの都エレヴァンの丘の上にナヒチェヴァンの碑というのがある。十九世紀末に青年トルコ党による大虐殺があった。その犠牲者を悼む碑。百五十万人が殺され、百五十万人が国外へ離散した。ロッキード社のコーチャンとかウィーン・フィルのカラヤンとかは、この時のディアスポラの末裔ですね。

その後も、アルメニア人は受難の道を歩むんです。アゼルバイジャンなどトルコ系の人々のアルメニア人に対する憎悪はすごい。一方的に苛められているみたいで、可哀想だなあと同情していたんです。ところが、その後、ロシアは異教徒の他民族を支配するのに、同じキリスト教正教会のアルメニア人に任せていたということを知ったんですね。直接の恨みを全部引き受けさせられた。

星野　自分だけは嫌われずに。

米原　そう。戦前、共産主義者としてモスクワへ渡ったのに、大半はスパイ容疑で銃殺されましたよね。二十八年間も強制収容所をたらい回しにされて（団結して反乱起こさないように、囚人の移動は頻繁にあったのね）、それでも生き残った寺島儀蔵という人が回想記を書いている。囚人、看守いずれも多種多様な民族構成なんだけど、観察していると、ロシア人だけは一切民族差別しない、他の民族出身者は必ずするのにって感心してるの。イギリス人もそうなんでしょうね。異民族を支配して管理する方法を心得ている。

昔の良家の奥さんは女中を使うのが上手だったのと同じでね。成り上がりの奥さんは下手でひどく恨まれたりする。日本もにわか成金みたいに十九世紀後半から植民地持って大急ぎで収奪しようとしたからものすごく恨みを買った。香港のイギリス人は、日本人ほど恨みを買ってないんじゃない？

星野　そうですね。香港では昔、警察官はインド人だったので、中国人をなぐるのはインド人。イギリス人のお偉いさんは馬に乗って、疫病が大発生した収容所に手土産持ってやってきて「皆さん、お元気ですか」と。そうすると、「ああ、イギリス人はいい人」ということになる。

米原　老獪ですね。そこへいくと、日本なんて……。

星野　今回のワールドカップでも、キャンプ地誘致というのはとても日本的でしたね。ものすごくふっかけられても、全部「イエス」と。ホテルも「全部改装します」とか言っちゃって。韓国では全然お金を使わずにやっていると聞いています。

米原　日本人て本質的に商人じゃない。ベースは農耕民族ですね。その上澄みの部分だけで商売やろうとする。全存在をかけて駆け引きすることができないでしょう。オメデタイというか、客観的に相手と状況を読んで値踏みすることができない。

星野　交渉も下手ですし。

毛沢東の別荘はあきれるほど豪華だった

米原　星野さんの主なフィールドというか縄張りは華南ですね。私は恐くてちょっと行けない地域。

星野　私が行ったのは、ベトナムとの国境に近い中国の中でも一番はずれのほうです。帰国したら白髪がどっと増えていました。今はあまり行きたくない（笑）。もう少し緩やかな旅をしたいですね。もとは、福建省を見てみたいという気持ちからなんです。ガイドブックに載っていない町だから、とりあえず行ってみようと思っただけで。

米原　よく行ったなあと思って。しかも一人で行くなんて……。

星野　それはあまり大した決断でもなかったですよ。

米原　格闘技とかできます？

星野　いえいえ（笑）。

米原　でも、確かにご著書にあるように少年に間違えられるかもしれないね（笑）。

星野　旅行を重ねるうちに、危機を察知する力は備わってきているので、そんなに無茶はしないんですよ。今まで一度も危険な目に遭ったことはない。「自分探し」とかしないし（笑）。他人は危ないと言うんですが、自分としては安全な旅行をしているつもりなんです。

米原　だけど初対面の人の家にあがってご飯ご馳走になって、身の上話聞き出したりしてるじゃないですか。

星野　ちょっとこの人ヤバイなと思うときは誘われても断るし、ちょっと押しが強い人とはもう会わないとか、だいたい勘でわかります。ですから、身の危険、お金を取られるとか、そういうことはなかった。お金がなさそうだから、あまり期待されないんですね（笑）。

米原　私が初めて中国へ行ったのは、一九六四年の暮れ、一家がプラハを引き揚げて帰国する途中に立ち寄ったんです。父が所属する日本共産党が中国共産党と決裂するのは六六年だから、まだソ連憎しでとても仲が良かった頃。プラハ↓モスクワ↓イルクーツク↓北京↓広東と飛行機で移動して、広東↓香港は列車で、香港↓東京は飛行機でというルートで、中国には二週間ほど滞在しました。

北京では、その後文革で粛清された彭真北京市長主催の歓迎夕食会があって、康生（その後文革小組長）や胡耀邦（その後共産党主席）とお食事しましたよ。

広東では郊外にある毛沢東の別荘に泊まりました。その豪華さにはあきれ果てましたね。私と妹のスイートが五部屋から成っていて、一部屋が四十五坪ぐらいの広さ。ベッドも四畳半ぐらいの広さでアラビアンナイトみたいに天蓋付きなの。何もかも桁外れなの。

ところが、北京も広東にしても市街を歩くと、人々の服装とか住宅はひどく貧しげなのよね。もう十四歳になっていたから、このすさまじい貧富の差に疑問というか恐怖を感じましたね。

九歳の頃、ソ連共産党に招待された両親に付いて行ったときのホテルもすごく豪華だったけれど、社会主義は貧富の差はないと思っていたから、ああ革命後これだけ時間が経つと、一般国民の生活レベルもずいぶん向上するんだな、なんて解釈していたんですよ。でも、この頃はソ連にもかなり貧富の差があると気付いていた。それにしても、中国のは桁違いだった。

それから、こんなこともあった。広東から香港に向かう列車に、まだ十歳未満かな、あどけない少女たち十二、三人を引き連れた男が乗り込んできたんです。少女たちは、服装は貧しくて野暮ったいんだけどハッとするような美しい顔をしている。きっと農村から買われて香港で売春婦にされるに違いないって思いましたね。この階級差は何なんだ！　と怒りが込み上げてきましたよ。

米原　星野さんとはずいぶん違う中国を見てますでしょう。

星野　昔、毛沢東の別荘に泊まったという話を香港でしたら、結構商売できるかもしれない（笑）。

米原　でも日本に帰ってきて、いわゆる庶民の暮らしになるわけですよね。そのギャップを当時ご自分ではどう消化していったんですか。

米原　チェコスロバキアでの生活そのものは、そんなに贅沢ではなかったんです。あそこは社会主義国の中でも最も賃金差の少ない国で。最大が五、六倍かな。ソ連が二十倍、中国はもっとあったでしょうね。

日本に戻って、子供心に意外にも貧富の差が少ないのと、普通の人の平等意識が強いのに驚きました。ただし、日本人は、みんな同じにすることが平等だと思い込んでますね。違うのに平等、対等っていうのが、本当の平等なのに。勉強嫌いな子も高校、大学行かせるみたいな。大切なのは、大卒も中卒も対等だってことのほうなのに。

競争が苦手な日本人

星野　香港に住んでいると日本はいい意味でも悪い意味でも社会主義国だなと思います。

昔、中国で買い物に行くと、お釣りをボーンと投げられたり、「ない！」と一言のもとにはねつけられたりして、「サービス悪いなあ」と思ってたけど、最近、日本がそうなりつつある感じがします。本屋さんに行って、「〇〇という本を探しているんですけど」と言うと、「そこになければないです！」。以前、日本人は働けばお給料が上がると思って一生懸命働いたけど、最近はそういう希望が持てないからでしょうか。マニュアル以外のことはやらないし、自分が愛想よくしたところで、クビをいつ切られるかわからないから、それ以上はやらないと決めてるみたいな……。昔の社会主義国家みたい。

米原　少なくとも銀行や特殊法人は社会主義ですね。絶対潰れないように国家が税金注いでくれるし、経営失敗の責任とらないし。

星野　結構、給料もいいし。

米原　みんな役人を批判するくせに、子供を役所に入れたがる。どうせなら国民全員公務員にしたらいいんじゃないかしら。日本人は競争が苦手なんですよ。市場で正々堂々と競争するよりも、天下りを受け容れて競争無しに公共事業にありついて税金のおこぼれでやっていこうとする企業が多いでしょう。まともに市場競争するのは本性にあってないんじゃない？　官僚がたった一度の試験でキャリアとノンキャリアに分かれているのも、競争を排除したいからなのね。どうせなら社会主義やったらいいのに。

学校も実際には熾烈な競争の場なのに、それを懸命に隠蔽している。平等だからこそ競争があるのに、他人を蹴落とすのは罪だみたいな。この本音と建前の乖離も社会主義的ですね。

星野　小学生のうちから、友達関係の中に本音と建前がある。それが若い人たちの心の闇につながっているんじゃないかなと最近思い始めています。

私たちが小さいころ、子供同士ではそんなに複雑なことはなくて、大人になるに従ってそういうことを身につけていったと思うんです。今の子たちはまだ自我もできてないグラグラしているときに、本当は付き合いたくないけど周囲の顔色を見て付き合うみたいな複雑な駆け引きがあって、すでに本音と建前の世界で生きている。そのことが若い人たちを相当苦しめているんじゃないかという気がするんです。

米原　それに比べると香港は〝本音〟だけの社会ですね。建前イコール本音みたいな。

星野　言葉もすごくストレートですから。ちょっと丁寧に言うだけで冗談かと思われる（笑）。

米原　私もプラハから帰国したてはとまどいました。向こうでは、非常に攻撃的な人間関係で、みんな自分のことは棚に上げて批判したり攻撃したりする。自分の非は極力認めない。でも、それは他人が指摘して攻撃してくれるのが前提条件になっているのね。私も当初、相手も攻撃してくる腹づもりで、ガンガン攻撃的な話し方してたんだけど、のれんに腕押しなの。誰も私を攻めないの。そうなると、かえって不安になってくる（笑)。一年かかってようやく日本的コミュニケーションのあり方がわかったの。自分の言葉を相手がどう受け止めるかと思いやって言葉を選ぶのね。なんて優しい民族なんだろう、すごい、と感動しましたね。

でも、しばらくすると、それは自分が傷つきたくないためでもあると気付きました。日本でインターネットの掲示板がこれだけ流行るのは、そのせいですね。匿名だと恐ろしく攻撃的になるんですね。自分の顔と名前をさらすとなると、とたんに優しく丁寧になって、攻撃性を抑制する。これは結構恐い……。

星野　日本が特殊ですよね。

米原　まあ、これも日本人の個性で、吉凶両面ある。だから無くす必要はないと思うんです。無くならないだろうし。どの民族も同じになったらつまらないしね。

幾重にも硬い鎧をつけた若者たち

――お二人の話を伺っていると、グローバル・スタンダード、イコールアメリカン・スタンダードではないとあらためて思います。どんなことに最近一番関心を持たれているのか、大変興味があるのですが……。

星野　今、日本の若い人たちのことを考えてみたいなと思っています。昨年は東京で高校生とワークショップをやったり……。

米原　誰がオーガナイズするの？

星野　私の師匠である橋口譲二さんです。

米原　彼は若者や子供たちにずっと興味を持ち続けている人ですね。

星野　インドでの試みが最初だったんですが、それから私も十五、六歳の人たちとコミュニケーションをとっています。穏やかだけど、実は結構辛辣な、言葉の殴り合いみたいな、ということをやっていて、対話することで互いが身にまとっているものを剝いでいく、という試みを続けています。例えば街で携帯メールを見ていたりする若い人たちの人間関係がどうなっているのか考えてみたい。

米原　妹（井上ユリ）が料理教室を主宰しているんだけど、いろんな人たちが集まって来る場なのね。宮内庁の女官の娘からリストラされたオジサンまで。そこで、妹が出した結論が、「人間はみな個性的で面白い」。ただその面白さが会った瞬間に伝わる人と、ものすごく時間がかかる人がいて、日本人は後者が多いと言ってます。

私も時々、大学など若い人に講義や講演する機会があるんですけど、みんなゾンビみたいに同じ顔して無反応なの。気味悪い、恐いって思ってたんだけど、それは仮面だったのね。

星野　自分を出すところへ到達するまでに時間がかかるんですよね。いろんな情報や人間関係の複雑さを身につけていくうちに硬い鎧を幾重にもつけてしまっている。今、それを取り外そうということをやっているんです。

米原　ロシアの指揮者ロストロポーヴィチが超優秀な日本の若い音楽家を育てるプロジェクトに参加しているんですが、ピアニストも作曲家もバイオリニストも演奏はパーフェクトで非の打ち所ないのに顔が能面みたいに無表情なの。「音楽する喜びを顔に出せーっ！」って彼が熱弁ふるうんだけど、一朝一夕に変わるものではない。

他のロシア人も、日本人は自己の感情を抑制しすぎているという印象を持つようです。阪神大震災のときも、大袈裟に嘆くのではなく黙々と悲しみを受け止めている被災者の姿が感動的でしたものね。感情を表に出さない文化なんですね。

星野　文化としてだけならいいんですけど、今の子たちを見ている限り、そうじゃない。例えば携帯電話の番号をすぐに交換するのに、実際かかってきた時に、名前を見て電話に出なかったりする。だったら番号を教えなければいいのに、目の前では拒否しないんです。自分が安全な場所にいて面と向かわなくていいところで通信を拒むという、ものすごく面倒くさいプロセスを踏んで拒否するんですよね。
同じようなことが諸々の場面であるみたいなんです。まずは自分を傷つけないようにする。向こうも面と向かって傷つけてこないんだけど、でも実はすごく傷つけ合っている。もっとシンプルにできないのか、そんなことをワークショップで話し合っています。
まだ十数年しか生きていない彼らがそれほど気を使わなければならない社会をなんとか打破できないか。模索中ですが、そういうことを考えています。

米原　それは「運動」ですね。

星野　世の中をいっぺんに変えようということではなく、身のまわりの、取りあえず知り合ってしまった一人、二人と、その子が何とか希望をなくさずに楽しく生きていけるような世の中だったらいいなと、そういう感じです。

アメリカに誉めてもらいたい小泉さん

米原　私はやはり有事法制が気にかかります。天才的ネーミングに騙されてますけれど、実態は「自衛隊＝軍隊」「有事＝戦争」でしょう。では、日本はそんなに戦争したいのか。戦争したくてたまらないのは、アメリカでしょう？　湾岸戦争後もイラクを爆撃し続けてきたけれど、公然と大々的に攻撃したい。それには日本の戦力だけでなく国力を最大限動員したい。それに答えてどうぞご随意にと献上してアメリカから誉めてもらいたくて仕方ないのでしょう、小泉さんは。

アメリカって本当に恐い国だと思う。公然と逆らうと虫けら扱いで空爆してくる。その機会をいつも狙っている。日本は広島、長崎に原爆落とされ、北朝鮮は絨毯爆撃、ベトナムは北爆、湾岸戦争でも、アフガンでも次々に新しい兵器を投入して大量殺戮をする。そういう目に遭うのは火を見るより明らかだから、表向き従うふりをするのは仕方ないと思うけれど、小泉みたいに魂まで売ることはないじゃない。そのための「貞操帯」の役目を果たしているのが、憲法なのよね。

日本が自らの意志で馬鹿な戦争をすると決め、多くの若者が殺され、国土が焦土と化し、周辺諸国の恨みを買ったとしても、それは自分たちが選んだ政府がしたことだから自業自得なわけですよ。でも、自分たちが選んでもいないアメリカ政府の意志で、多くの命と財貨を失い、恨みを買うのは馬鹿げているでしょ。有事＝戦争法案について国会で議論するのは、安保条約と周辺事態法でアメリカの下請けになっている立場を脱してからにしたら、と言いたい。

創作の分野では、今回の〔大宅壮一ノンフィクション賞〕受賞作『嘘つきアーニャの真っ赤な真実』の続編で、プラハ・ソビエト学校時代の同級生の足跡をたどる男の子たちの物語を準備しています。一九六〇年代にアルジェリア独立運動の闘士で投獄された父親を持つ少年、東ドイツから来た少年、ハンガリー動乱に少年兵として参加していたために、同級生よりも四歳年上だった少年。彼等はそれぞれ故国に帰っていったのですが、どの国もその後激動の時代に突入する。その中でどういう人生を歩んだのか、という話です。国や民族のヒストリーと個人のストーリーがシンクロするところに興味があるんですね。

（「公研」二〇〇二年六月号）

III

通訳、それは痛快な仕事　vs.田丸公美子

田丸公美子（たまる・くみこ）

一九五〇年広島県生まれ。東京外国語大学イタリア語学科卒業。イタリア語会議通訳、翻訳者。エッセイストとしても活躍。著書に『パーネ・アモーレ　イタリア語通訳奮闘記』『シモネッタのデカメロン　イタリア的恋愛のススメ』、訳書にレンゾ・ピアノ『航海日誌』（共訳）がある。

通訳を仕事に選んだ二人の対照的な理由

田丸　同じ通訳者だけど私たちって対照的よね。あなたは帰国子女のエリートで、私はずっと日本で育った努力型。私が六歳のころから青雲の志で通訳者を目指したのに対して、万里は「でもしか」で通訳者になったわけだし。

米原　田丸はアイスクリームと青い目の金髪の青年にひかれて通訳者を志したんだものね（笑）。私はもともと通訳者になる気は全然なかった。帰国子女で日本の受験制度に適応できなくて、ロシア語で受験できる東京外国語大学に入ったの。でも父が共産党の幹部でおまけに代議士だったから名前が知れ渡っていて、卒業しても企業が採ってくれない。仕方なく大学院に行ったけど、そこを修了後はさらに就職しにくくなった。通訳なら資格はいらない、親も関係ないでしょう。ほかに仕事がなかったのよ。

田丸　私も大学卒業後、すぐにフリーの通訳者になるつもりはなくて、外資系企業で社長秘書をやる予定だったのよ。在学中からガイドや通訳のアルバイトをしていたけれど、いきなりフリーの通訳者になるのは怖くてね。その外資系企業は、日本の有名メーカーの初任給が三万七千円程度だったあの時代に、六万三千円出すということだったんだけど、卒業まであと二カ月というころになってから「給料に差をつけるのは問題なので全員五万三千円にする」という電話が入って。冗談じゃないと思って、内定をけって通訳者になったの。そのときは背水の陣という気持ちだったわ。始めてみると自然に仕事が入ってくるようになったけど。

米原　私の場合、ロシア語同時通訳の草分け、徳永晴美さんに出会ったのも幸運だった。話が抜群に面白い快男児で、それまで通訳って他人の耳と口になる、つまらない仕事と思っていたのが、徳永さんみたいな傑作な人がいるってことは、面白い仕事なのかもって思い始めたのよ。

仕事がなかった時期の勉強が後で役に立った

田丸　私は、展示会の通訳から始まって、次第にレベルアップして逐次通訳、同時通訳と成り上がっていった、いわば「地方巡業を重ねて成功した演歌歌手」タイプ。万里は、そういう経験はないでしょ。いきなり同時通訳から？

米原　いや、逐次通訳からだった。

田丸　でも、下積み経験は少ないよね。

米原　下積みも何も、基本的に仕事がなかったのよ。ソ連軍が一九七九年にアフガニスタンに侵攻した翌八〇年なんか、丸々一年間カレンダー真っ白。西側諸国が一斉にソ連との交流をボイコットしたでしょう。オリンピックも不参加、その後も「冬の時代」が続いたし。予定していた通訳の仕事はことごとくキャンセルだもの。

田丸　国際情勢の影響は大きいわよね。英語通訳も九月十一日のテロ以降、キャンセルがすごく増えたらしいわよ。

米原　でもね、何とか生きていけるものなのよ。仕事がないときは、翻訳やガイドや旅行添乗員で稼いだり、通訳の勉強をしたりしていたの。

田丸　勉強って、モチベーションがないとなかなかできないんじゃない？

米原　ロシア語通訳者は理想主義者が多くて、勉強好きだから。

田丸　イタリア語通訳者と全然違う（笑）。

米原　仕事がなくなった時期に、みんなで集まって通訳理論や同時通訳論をまとめたの。暇だったから、みんなで勉強した。楽しかったわよ。語彙集も作ったし、ロシア語通訳協会もこの時期にできた。そうしたら八五年にペレストロイカが始まって、その後は仕事の洪水。

田丸　まるで特需よね。

米原　やがてソ連邦が崩壊し、ロシアができて、十年間くらいものすごい仕事量だった。そのときに稼いじゃったから、家が建てられたの。

田丸　「ペレストロイカ御殿」ね（笑）。

米原　ただ、ロシア語通訳者は、お金にはあまり執着しない人が多いのよ。

田丸　その割に通訳の最低料金をしっかり決めているよね。

米原　それも冬の時代にロシア語通訳協会で決めたの。一匹オオカミである通訳者は、基本的に立場が弱い。仕事を取るために料金を安くしていくと、とめどなく安くなっていくでしょ。だから歯止めを作ろうということになった。

田丸　その歯止めは利いてるの？

米原　利いてる。みんなで勉強したり、安い酒場で酒を飲んだりして、団結したことが大きいわね。

田丸　まさにロシア語らしい。イタリア語は料金に関してダンピングの連続よ。通訳者は好き勝手にやってるし、絶対団結しないと思う。

米原　ロシア語通訳者とイタリア語通訳者って、人間のタイプが違うわよね。ロシア語はロシア革命とかドストエフスキーとか無政府主義とかに関心のある人が多いから、理想主義的。服装も地味だし、化粧もしない人が多い。

田丸　イタリア語は派手。ミニスカートに網タイツという女性もいるし。お嬢さまタイプが多いしね。

米原　シベリアン・ハスキーとチワワが同じ犬だというのも不思議だけど、それくらい、タイプが違うよね。

田丸　それってイタリア語通訳者がチワワってこと？（笑）

言葉ではなくて意味を伝えるのが通訳者の役目

米原　通訳の仕事って、聞き手と語り手の間を取り持つことよね。語り手の言うことを素早く最大限正確に、しかも聞き手にわかりやすく伝える。語り手がわかりにくく言ったのを、そのままわかりにくく伝えたら、聞き手には届かない。

田丸　通訳者がかみ砕いてそれぞれの言語に訳さないとね。

米原　通訳者のことを translator ではなくて interpreter と言うのは、「解釈者」ということだものね。話者が一番言いたいことは何かを理解してそれを伝える能力が求められる。語数が多いほど情報を盛り込むことはできるけど、聞いた人に伝わるかはまた別なのよ。音としては聞こえても意味として頭に入るわけではないから。通訳者は意味として伝えるところまで責任を負っていると思う。

田丸　でも同時通訳で相手の言いたいことをつかむのは難しくない？　同時通訳は木を見て森を見ずというか、次々に迫り来る木を全速力で数えていく感じ。

米原　私は初めて同時通訳をやったとき全然できなくて、思わずイヤホンを放り投げ、ブースから飛び出したの。そうしたら師匠の徳永さんが追いかけて来てね。

田丸　え、通訳者はもう一人いたの？
米原　幸いなことに。そのとき、徳永さんに「わかるところだけ訳せばいいんだ」って言われて、開眼した。それまで言葉を必死で追いかけていたんだけど、言っていることを理解するためには、ちょっと引かないといけないのよ。この距離感がわかったら同時通訳もできるようになった。言葉に集中していたのを意味に集中するようにしたの。
田丸　それは余裕だな。同時通訳では最終的に何を言いたいのか、先が見えないことへの不安がやっぱり残るけどね。どうしても一瞬では言えない言葉がある。ほんの一秒でも間があれば訳せるんだけど、同時通訳の場合は次々と先に進むから、妥協してお茶を濁していくしかない。逐次通訳なら、一番いい言葉が出てくるけど。
米原　でも、一方で同時通訳はすさまじく集中するから、ばか力が出ることもあるでしょ？
田丸　確かに、集中力がすごいよね。エンドルフィンが脳に出てくるのがわかるもの。
米原　悪魔というか、天使が降りてきたように感じることがある。逐次通訳では出てこない名訳が出てきたりして。
田丸　それはある。よく準備はいい加減なくせに本番はものすごくできる人がいるでしょ。あれはエンドルフィン効果だろうね。

米原　もちろん、もともとの能力がなければ、いくらエンドルフィンを出しても駄目だけど（笑）。

田丸　無い袖は振れないってことね。

英語一辺倒の時代、独自の文化が捨てられてしまう

田丸　最近、世界的に英語一辺倒になってきているでしょ。英語を話せるイタリア人も増えてきたわね。日本でも近ごろは、講演者やパネリストを招請するとき、英語ができることを条件に人選する傾向がある。

米原　そうなると話がつまらないよね。人選が限られてしまうし。独自性のある人でも、英語で表現するときにその独自のニュアンスを捨て去るからね。でも捨象されてしまう部分こそが文化なのよ、本当は。

田丸　差異こそが文化よね。

米原　それを捨てると、全然面白くない無味無臭のものができあがる。

田丸　英語以外の通訳については、厳しい時代よね。今後需要が増えるのは、司法通訳と放送通訳かしら。両方ともすごく深い世界だから、英語以外の言語の通訳をやっていこうという人は、しっかり勉強しないとね。

米原　でも、英語一辺倒の風潮は長続きしないよ。私はいろいろな言語の通訳者がいることは、その国にとっても、重要なことだと思っているの。その背後には母語以外のある言語を学ぶ人たちが一定数いて、教材や辞書もあるということでしょう。つまり、ある民族が他民族を知るための情熱や蓄えてきた知識とか学習のノウハウが背景にあって、初めて通訳者は生まれるわけ。これはその国の文化の力だと思う。それにもちろん、通訳者はほかの民族を知るための貴重なチャンネルだしね。いろいろな言語の通訳者を育てることは、ほかの文化の情報のチャンネルを増やすことであり、その国自身の文化も豊かにすると思うの。

田丸　その点、ロシアはすごい。情報こそ資産というのが徹底していたよね。

米原　最近は国力が落ちているから前ほどではないけど、昔は八十五カ国語でモスクワ放送をやっていたからね。クレムリン宮殿の大会議室には同時通訳のブースが三十八あった。国連だってそんなにはない。ブースの数がすごいのではなくて、それだけの言語の同時通訳者を養成できたという文化的な力がすごいよね。

学歴も性別も関係ない通訳は痛快な仕事

米原　通訳者を目指す人はなるべく間口を広げ、どんな分野の仕事が来てもすぐに対応できるよう、基礎学力を付けておくといい。自分が知らないということを学習の過程で自覚するためにもね。

田丸 「無知の知」は本当に大事。知識欲というか、好奇心がない人は駄目ね。そしていつまでも謙虚でないとね。

米原 やっている最中は自信満々でやったほうがパフォーマンスがいいんだけど、準備するときや、終わった後は謙虚モードにならないと勉強しなくなるから。

田丸 私は反省するけど、あなたはあまり反省しないんじゃないの？（笑）

米原 そうでもないの。二度と同じ轍《てつ》は踏むまいとする。

田丸 同じ間違いをしないことが大事ね。

米原 間違いが一番の学習法。一番印象に残るから。

田丸 通訳のときにわからなかった単語は絶対忘れない。翻訳では同じ単語を何度も引いてしまうけど。

米原 通訳の仕事ってさわやかよね。生まれも学歴も性別も関係ない。

田丸 子供がいてもできるし、休んでも復帰できるし。嫌なときは断れるのも魅力。

米原 ただ能力がなければ二度と雇われないというだけ。これほど痛快な職業はない。気持ちいいわね。

田丸 ところで、万里は、通訳はやめて、今は完全に文筆業よね。

米原　通訳業界の産業廃棄物をリサイクルして出版業界に流して甘い汁を吸ってるの（笑）。ただ、通訳の現場では自分の意見を出せないでしょ。だから大量の情報が蓄積されていく。そのたまった情報をやがて解釈していきたくなるのよね。

田丸　その気持ちはわかる。私も三十年間通訳をやって、今度は自分のほうから何か発信したくなってきたもの。

米原　田丸は面白い本を書くと思うよ。

田丸　売れなくなったタレントはヌード写真集を出す、売れなくなった通訳者は本を書き始めるというのが私の持論なんだけど。

米原　あら、売れてるくせに！（笑）

（取材・文　原智子）

（アルク『通訳事典』二〇〇二年度版）

許せる通訳？　許せないワタシ？　vs.田丸公美子

許される？　フェロモンさえ出ていれば

米原　ほんとうの通訳の現場ではだいたい一パラグラフぐらいの発言をスピーカーがして、それを通訳がメモして記憶して、訳して差し上げるということをする。

田丸　通訳の現場では、スピーカーは好きなときに切ればいいんですね。好きなだけしゃべっていいんです。ですから、五分もしゃべり続ける人、文の途中で終わる人もいるわね。

米原　一時間以上しゃべったという例もあります!!

田丸　好きなところに止まる権利があるのが、スピーカーなんです。私たちは、キーワードをメモして、何分話されてもちゃんとそれを再生できる記憶力が必要になる。

ここでイタリア語がおわかりの方、どれぐらいいらっしゃいますか。今、裾野が広がってるから。お一人？　皆さん隠してらっしゃるんじゃない？

米原　「能ある鷹は爪を隠す」というやつね（笑）。ロシア語がわかる方は？　ゼロ？　今非常に私は心躍ってますね、ロシア語わかる人は一人もいない（笑）。

田丸　よかった、ばれない。何を言っても。

米原　日本ですと英語が義務教育ですから、八〇%ぐらいまではだいたい何を言ってるかわかるんですよね。あとの二〇%がわからないから英語の通訳を雇うんだけど、ダメな通訳は肝心な二〇%の部分を訳さない。それで、二度と雇われないんですね。ところが私ども英語以外の通訳は、圧倒的多数の人たちが元の言語で何を言ってるかわからないところで訳すわけですから、実はどんな嘘を言ってもばれないんです。

田丸　そう。ほんと、嘘つきは通訳の始まりなのよ。

米原　まだそれでも、ロシアは隣の大国だから元抑留者とか、ロシア語がわかる人が思わぬところにいるので油断できない。それにロシア語族は性格的にまじめな人が多いから嘘は少ない。だけどイタリア語市場は、ほとんど田丸公美子さんの独占状態なんですよ。

田丸　嘘ですよ（笑）。

米原　いや、ホント。だから、質は下げ放題、値段は上げ放題と言われている（笑）。

田丸　そうなのね（笑）。イタリア語の業界は若くてフェロモンさえ出てれば、何でもありの世界だから。
米原　ご自分についてはどうなんですか。
田丸　昔は、ブイブイいわせたもんですけどね（笑）。

夢のようなおいしい話？

田丸　実は、通訳になるのに資格はいらないんです。高度な技能職であるにもかかわらず、国家試験もないし公式の認定施設もないという状態なんです。Iさんだったかな、ちょっとスキャンダルをおこして、今看護学校に行ってる人。私、スキャンダル大好き（笑）。
米原　『あげまん』の、下げまん役やった人？
田丸　そうそう。あの人が「アメリカの大学に留学後帰国し、同時通訳の資格を取得」と新聞に自分の経歴を書いていたけど、これ詐称なの。通訳には一切資格がないんです。資格がないということは、日常会話ができれば、もう通訳ができると思い込む人がどんどん参入する自己申告市場なの。イタリア語はその最たるもので、一つのエージェントに六百人ぐらい所属していて、さらに毎日二人ぐらい面接に来る。「ボンジョルノ」「グラツィエ」「アリヴェデルチ」って三つ言えれば、今日から通訳できる、と思っている。私がイタリア語で「こんにちは、田丸公美子です。今日、通訳をさせていただきます」と言うと、もう「なんて上手にイタリア語をしゃべるんだ、どこでイタリア語を習ったんだい？」そういうふうに褒めてくれるんですね。とくに、自称通訳が若くてきれいだと、絶対にクビにしません。傷つけないように、ちゃーんと大事にしてくれるんで、どんどん甘やかされて、どんどん下手になって、しかも値段上げ放題ということになるわけですけれど（笑）。

米原　ああ、でもロシア語はそうはいかない。いくら自称通訳でも、一度行って通じなかったら二度と雇われないだけ。ロシア語通訳協会の事務局長をやっていた時に顧客から「若くてきれいな人」というリクエストがあるの。でも「若くてきれいだけれど通訳が下手な人と、若くもないしきれいでもないけれど通訳としては優秀な人とどちらがいいですか」とたずねると結局、「やはり通じなくちゃ困るから、後者の方を」となったわよ。容貌に自信がある方はイタリア語通訳に、ない方はどうぞロシア語へ。

優秀な通訳の条件は？

田丸　通訳のタブーは、絶句と「わかりません」。だから、上手な嘘が即座に編み出せない人は通訳にはなれないのね。とくに駆け出しのころって、通訳も高校生レベルの単語能力しかもっていないわけです。そんなとき、小泉さんみたいなイタリアの政治家が「いかなる難局に遭遇せしとも不退転の決意で邁進する所存です」なんて難しい言いまわしをしたとしましょう。ところが私はその中の「決意」という単語しかわからない。でも事前の準備で、この政治家は構造改革を強く主張している人だという情報を入手していれば、「決意」という単語一つから推測し、ふくらませて「構造改革を断固推進する決意を新たにした次第でございます」と嘘が言えるの。それもさも本当らしく聞こえる立派な日本語で堂々と言うと誰も疑わない。実は内心ドキドキものなんだけどね。そうやって、いくつ嘘をついたことか。だから、今も毎月、焼肉のタンを食べて舌を補給しないと。毎回、五、六枚ぐらい（笑）。

米原　でも、一度嘘をつくとそれをゴマかすためみるみる嘘が雪ダルマ式にふくらんでいくでしょう。それが破裂してバレてしまう危険もある。

田丸　バレることもある。だから質疑応答のときは、質問も答えも全部自分一人で訳すようにしないと（笑）。

勇気ある通訳が命を救う

米原　でも私はね、キーワードだけちゃんと訳して、中身はぜんぜん違うことを言って生き延びた。今、私が皆さんの前にいるのは、そのとき殺されずに済んだからだということがあるんですよ。

田丸　そんなことがあったの？

米原　うん。世界各地で紛争地域がありますね。ちょっと前はユーゴだったけど、もう少し前は、アルメニアとアゼルバイジャンで盛んに殺し合いをやっていた。そのアゼルバイジャンに招かれて行った日本の市長さんが、出されたコニャックを一口飲んで「ああ、僕はアルメニア・コニャックが大好きなんだなあ」って言っちゃったんです。今、現に殺し合いやってる「アルメニアのコニャック」ですよ。アルメニア・コニャックという日本語は、同じ発音だからアゼルバイジャン側にはわかっちゃうんですよね。でも、それをそのまま通訳したら私ここから帰れないだろうし、明日カスピ海に二人の死体が浮かんでる、と思ったのね。だから、絶対にこれは訳してはいけない。どう訳したかというと、「アルメニアのコニャックは世界一と言われていたが、お国のにはかなわない」。それで、アゼルバイジャン側はものすごく喜んで、助かったんです（笑）。ただ、嘘もあたかも本当のように聞こえなくちゃ、嘘の意味がない。バレバレの嘘はだめね。

田丸　だから、いろんな知識も必要になってくる。「許せる通訳」というのは、すぐに嘘が言える通訳のこと。通訳には女が多い。嘘つきが多い。厚顔無恥でなきゃいけない。ほんとに男の人、通訳に少ないわね。

米原　男の人が少ないのは、おそらく気が弱いからフリーでやっていけないの。男はどこかに帰属していないと、不安でしょうがないんですね。

田丸　そう、それはあるわね。あと、通訳ってタイトルがない。課長、社長、と上がっていかないからね。永遠にただの通訳だもんね。給料同じだし、今日出てきた人と全く日当は同じ。同時通訳の会議で通訳レベルAの人が三人一緒にいたら、今日が三回目の若い人も、私たちも、給料はほとんど同じじゃない。

米原　うん、通訳レベルAに到達したら同じですね。でも、レベルAに達するには、最低十年かかるでしょう。言語の習得に五年と通訳術の習得に五年。

田丸　キャリア二十年の人と一年の新米の人と同じだから、それは男の人には耐えられないんじゃない？

米原　そうね。免疫学者の多田富雄さんも言ってるけど、「女は存在」だけど「男は現象」にすぎないからね。自分の存在に絶対的自信を持てないんだよ（笑）。

田丸　「主席通訳」とか欲しいんじゃない、タイトル好きだから（笑）。

緩やかだった脈拍が突如一六〇に

田丸　皆さん、通訳には逐次通訳と同時通訳があるのはご存じですよね。逐次通訳というのは原発言があって、それを聞いてメモを取りながら訳す。こちらで大事なのは記憶力と再現できるかどうか。同時通訳になると、全然間を空けないで、隔離された遮音密閉ブースに入って、耳に入れて同時に訳す。あなたはどっちが好きですか？

米原　私は、両方好き。同時のほうが記憶の負担がないのよね。どんどん吐き出していくから。逐次は、すごく記憶しなくてはいけない。それと、同時だとかなりいい加減でも許されるけれども、逐次だとダメなのがばれてしまう。

田丸　そう。同時でいいのは、面《めん》が割れないのと、単独でやらずにすむこと。二時間四十五分までは二人。それ以上になると必ず三人体制で、二十分交替ですから。

米原　重量挙げの選手がバーベルを持ち上げる瞬間、脈拍が一四〇になるんです。普通六〇～七〇ですよね、一分間の脈拍。同時通訳の最中は一六〇になるんですよ。そのぐらい集中するわけです。だから長時間はできない。

田丸　脈拍が上がるのは、脳に充分に酸素を送るためなのね。その上、脳がエネルギー源のブドウ糖を要求しているのか、仕事中に猛烈に甘いものが食べたくならない？

だから痩せないよね。ともかく同時通訳って、先が読めないのに何か休まずに言い続けなきゃいけないのが辛い。たとえばイタリア語にスポンジという意味の「スプーニャ」という単語があるんだけど、風呂上がりに「スプーニャちょうだい」と言っていれば「タオル」と訳す。ところが「ギリシャ名産のスプーニャ」というときには「海綿」になるし、テキスタイルの説明のとき使われたら「パイル地」と訳さなきゃいけない。つまり脳内フロッピーからたくさんある訳語を呼び出して、前後の文脈から一番ふさわしい言葉を瞬時に〝選択〟〝決定〟しなくちゃいけない。その間、スパコン並みとはいわないまでも、脳は最高速度での回転を続けているわけだから疲れるよね。

米原　ただ、集中していると、ある以上の能力が出るでしょう。時々自分でもビックリするような名訳が出てくる。神様が降りてくるのよ。悪魔が降りてきて平常心失って大失敗することもあるけど。

揺るぎなき通訳理論を確立

米原　言葉を訳すときに、何をこの人は言いたいのかという丸々全体を、そのまま液体か空気みたいなものとして自分の中に入れて、それを別な言葉にしていく。つまり、概念に一番ふさわしい言葉あるいは文体・語順を選び取って出していくということをするほうが、時間がかかるようで実は早いんです。そう思わない？

田丸　あなたは論客で理論家だからね。私は、感性で生きるイタリア人だから。

米原　たとえば、ピアノを演奏するときも、音符どおりに弾いているときと、この作曲家が言いたいことや、音楽によって描かれているイメージを浮かべながら弾くときでは、全然音が違うんですね。その音が人々にしみわたっていく深さみたいなのが違うんです。言葉も、表面だけなぞらずに、その背後にある意味をすくっていくと訳しやすい。

田丸　そうしないと、ただの言葉の羅列になっちゃうわよね。

夢幻のスタンディング・オベーション

田丸　ベネチア映画祭で北野武の『HANABI』が金獅子賞を受賞したときの授賞式を、イタリアのテレビが実況中継してる。正装した映画界の重鎮たちが、何百人も参加しているすばらしい会場。司会が「今日はたけしさんが英語がダメということなので通訳さんを準備しています」と言うんです。付いていた通訳はベネチア大学日本語学科を出た美しいイタリア人女性。そういうときはテレビ映りのいい人が採用されるのよ。

米原　なんか、その言い方にはジェラシーが感じられるわね（笑）。

田丸　そう。スキーのアルベルト・トンバなんか〝二十代前半で美人の〟という条件が付くから、私なんて絶対に呼んでもらえないし、「ブスはブースで」って言われて全然表に出してもらえない（笑）。たけしが「またイタリアと組んでどこか攻めよう」って日本語で言ったら、通訳の女の子が「攻めようってなんですか？」ってたけしに聞いてる。「攻めよう」がわからなかったら、どうしようもない。「攻めようというのはだなあ」と、その場で説明もできない。たけしはあせって英語で〝Let's try again with Italia and go to some country to war.〟と言ったんです。「またイタリアと組んで」というのは、第二次世界大戦の日独伊三国同盟のことを指すって日本人ならすぐわかる。今世界中をアメリカ映画が席巻していて予算の低い良い映画が認められない。公開してもあまり客が入らないでカンヌもベネチアもいら立っているという状況もわかる。だから「どこか」はアメリカに決まってるけど、「どこか」と言ったからには、通訳の方も決して〝アメリカ〟と言っちゃいけないの。だからたけしの言葉を「次は日伊文化同盟を組んで低予算でも良質な映画を作ることでどこかの国と戦おう」って訳したら、向こうは culture（文化）という言葉がすごく好きだから、スタンディング・オベーションというぐらいみんな喜んで拍手したのに（と、口惜しがる）。

米原　通訳はどういうふうに訳したの？

田丸　訳さなかった。たけしの英語がわかんなくてすごくシラけた。でも通訳がちゃんと言ったら、ほんとうは観客は反応してくれたのにね。

米原　つまり、田丸公美子を雇わなかったのが失敗だと彼女は言いたいわけです（笑）。

田丸　その婉曲なメッセージが伝われば、幸いです。（会場爆笑）

（文責・前田和男）

（WORD FRIDAY 二〇〇一年十二月七日、『WORD vol. 10』所収）

許せる通訳？　許せないワタシ？　vs.田丸公美子〔ウェブ版〕

米原　さて、通訳を実際にやってみましょうか。固有名詞だけは言語の違いを越えてちゃんと聞こえますから、これを訳さないと、「あいつはちゃんと訳さなかった」とばれてしまう。皆さんも、固有名詞を拾うように気をつけてください。じゃ、発言をどうぞ。

田丸　——イタリア語で発言——

米原　これだけ長く、全然わからない言葉を聞かされると、どんな訳であれ、ありがたいものです。そのありがたい訳をこれからお聞かせします。

「イタリア語と申しますと、テレビ『イタリア語講座』のジローラモさんが大ブレイクいたしまして、イタリア語の学習人口を増やしてくれて、裾野が広がっています。イタリア語というと、食べたり、遊んだり、おしゃれをしたりするのにとても都合のよい言語のようだし、学習するのも楽しそうだし、『いいな』と思われているようですけれども、実際に通訳業で食べていこうとしますと、通訳現場というのは学術会議とか講演でして、そういうところで通訳を務めるには、やはり、かなりのイタリア語力が要求される。つまり、あまたの誘惑に打ち勝って、机に向かい書物や辞書と格闘し、コツコツ勉強していかなくちゃいけない。このコツコツが苦手な人、どうしても嫌な人には、一つ手段があります。それは、田丸公美子を雇うことです。ただし、けっして安くはない通訳料を払う覚悟がおありの場合であるならば。その手がない場合は勉強してください」

田丸　よくできました。では、私が通訳になりましょう。

米原　――ロシア語で発言――

田丸　ロシア語って想像がつかない言葉が多いですけど、アフガニスタン、ニューヨーク、ビン・ラディン、カンダハルがわかりました。そして"Try the other hole"がわかりました。さすが米原さん、放送文化賞をもらっただけあって、時事ニュースがお強いですね。訳しましょう。

「アフガニスタン情勢は最終局面を迎えているようです。ニューヨークの同時多発テロに対する報復としてアメリカは長期の空爆をしております。またＣＩＡの精鋭部隊を送り込み、潜伏先とみなされるカンダハル近辺の山岳地帯に無数にある洞穴を捜索していります。しかしテロの黒幕が次々と居場所を変えているため、パシュトゥン人の協力を仰がなくてはいけません。彼らの多数は英語もできないために、たとえばある洞穴の捜索作戦が無駄に終わって、ＣＩＡ側が"Try the other hole"（次の洞穴にいこう）と言ったとき、そんな言葉でも通訳を介さないといけません。ともかく、平時であれ戦時であれ、異なる言語が交わるところに通訳は不可欠です」

米原　ビン・ラディンを忘れましたね。

田丸　あ、もうこれで通訳クビかしら（笑）。

米原　ところで、皆さんは元の言語がわからないから、通訳の言うことを信じるしかないわけです。皆さん信じました？　実はキーワードだけをもとに、それぞれ創作したんです。ほんとうは何を言っていたかをばらします。じゃあ、どうぞ。

田丸「皆さんは、イタリア語がわからなくても、生きていくのになんの差し障りもないと思ってらっしゃるかもしれない。しかし、人生にはいろんなことが起こります。実際私の知り合いの男性の夢の中に、毎日テレビ番組のジローラモさんが出てきてイタリア語でしゃべる。彼はイタリア語がわからないから、イライラしてしょうがない。それが毎晩なんで、ついにノイローゼになって精神科医のところに駆け込んだ。そうしたらその先生は、『イタリア語の勉強を始めなさい、そうしたら夢もわかるようになって楽しめるようになりますよ』と言った。彼はこのカウンセリングに満足しなかったのか、その後お医者さんのところに来なくなった。八カ月後、お医者さんが町で偶然、彼に会った。とても太って幸せそうに見えたから『イタリア語を習得されたんですね』と言ったら、彼は、『いいえ先生、もっと簡単な解決策を見つけたんです。

イタリア語の通訳と寝ることにしたんです。しかも、その通訳が幸運なことに、あの床上手で有名な田丸公美子だったんで、もう夢も見なくなりました』と言いました」というのが本当でした（笑）。

米原　では、私は田丸さんが時事情勢ふうに訳してくれた私のロシア語スピーチを訳します。

「アフガニスタンは世界最貧国の一つで、二千円もあれば一家族十人、一年間暮らせるというほど日本に比べて生活水準の低い国です。しかし一方で、とてつもなく貧富の差が大きいために、たとえば歯の治療をするために飛行機でニューヨークを往復してしまうような大金持ちがいる。つまり、大金持ちは日本の金持ちなんか比べようもなく金持ちであります。さて、カンダハルに大金持ちのビン・ラディン夫妻というのがおりまして、なかなか子供ができない。アメリカに不妊治療で大変有名な医者がいるというので出かけて行って、さまざまな検査をしますが、原因がわからない。二人とも正常なのに子供ができないのはおかしい。最後に治療法がなくなってしまい、医者が『申し訳ないけど、二人はどうやってベッドでやってるのか、この場で僕にみせてくれ』と言われた。『嫌ですよ』と言いますが、子供がどうしても欲しいので、仕方なくやって見せた。すると先生は『ああ』と納得して、処方箋を書いてくれた。その処方箋を英語ができる知り合いのパシュトゥン人に持っていって『これどんな薬なのかしら、訳してくれない？』と言うと、"Try the other hole"（別の穴に挑め）と医者は言っているといいました。こんな簡単なことでも通訳は必要だ、厨房でも閨房でも異なる言語が交わるところには通訳は不可欠だ」というお話でした。

田丸　私と米原さんは、けっこう対照的なんです。彼女は帰国子女で、ほとんどいきなり同時通訳の世界に入ったんだけど、私は六歳のときに「通訳になるぞ」と決めて、青雲の志で、ガイドから始まってアテンド通訳を一歩一歩。今、あなたは文筆業に移ってるんだけど。

米原　いえ文筆業だからこそ通訳を一番やりたいんですけれど。ネタの宝庫だから（笑）。ただ、通訳は準備が大変なんです。原稿を抱えているとその準備ができない。

田丸　毎日、試験勉強のような暗い日々ですよね。ところで、通訳には逐次通訳と同時通訳があるんですが、これがけっこう誤解されているの。文字通り同時に訳す同時通訳と、元の発言が終わってから訳す逐次通訳の違いを、皆さんあまりよくご存じないのではないかしら。ということで、イタリアの名優マルチェロ・マストロヤンニが来日したときのビデオをお見せします。

（田丸さんが「ニュース・ステーション」でマストロヤンニの同時通訳をしたときの映像と、別の通訳が『徹子の部屋』でマストロヤンニの逐次通訳をする映像を見ながら、違いを具体的に紹介。また、通訳によって、マストロヤンニの性格が豹変するさまも実感。)

田丸　逐次通訳は人前にでるから、わからない単語があっても辞書が引けない。同時通訳は、ブースの中にいるから辞書をひいたり、一瞬マイクをオフにするスイッチを押しながら「今のなんていう意味？」と仲間に聞けるという楽なところがある。飴をなめたり、脚を組んだりもできる。ただし、逐次でやった内容は覚えていて、同時でやった内容はほとんど頭に残ってない。

米原　集中してどんどん忘れていかないと、次が入ってこないし、集中力が働かないからね。同時通訳の場合、元の言葉の速さは調節できない。話す人の速さに合わせて訳していかなくちゃいけないから、田丸さんのように速くしゃべれる人は遅くしゃべる人に合わせやすいけど、私みたいに遅くしゃべる人は速い人に追いつかない。

田丸　同時通訳は言ったところから、ともかく訳さなきゃいけないんです。たとえば、「先進七カ国が集まって世界の諸問題を話し合う」と始まった場合、次の「来たるべきジェノバ・サミットの会場を視察したベルルスコーニ首相は」、でやっと主語が出てくる。そういうときは、「先進七カ国が集まって世界の諸問題を話し合うのがサミットですが」、「その会場はジェノバで」、「そこを訪れたベルルスコーニ首相は」、というふうに自分でカットしながら訳す。主語が出るのを待っているとシーンとしてしまう。沈黙ほど恐いことはない。

米原 よく同時通訳の人は、沈黙を恐がって、なんでもいいからしゃべってしまおうとあせっていますね。でもゆっくり待って、理解できた言葉を伝えたほうが伝わるんです。

(ここで、ビデオを使って、米原さんが編み出した聞きやすく、分かりやすい同時通訳のノウハウを会場に伝授。)

田丸 米原さんみたいにゆっくり、間を置いてもきちんと伝わる。非常に大事なメッセージも通訳次第ですね。

米原 テレビの同時通訳を聞いていると、言葉はたくさん出ているけれども、結局何を言ってるのかわからないことが多い。通訳が伝えなければいけないのは、言葉じゃなくて、言葉の奥に潜む意味なんです。そのためには、言葉の数をそろえる必要はない。日常われわれは、いっぱい余計な言葉を言っている。それを学問の言葉で「冗語」といいます。この「冗語」が同時通訳でいっぱい入ってくると、何を言ってるのかわからなくなる。これをなるべく剝ぐことが大切。でも冗語だけ残して重要な情報を省いてしまう人がいるんですよ。

田丸　政治家の言葉にも多いわね（笑）。言葉だけきれいで、何が言いたいのかつかめない。

米原　挨拶は、ほとんど一〇〇%冗語なんですよね。新しい情報を背負っていない。

田丸　謝辞もね。

米原　そうなのよ。

田丸　その謝辞を日本語で、どう言い分けるか。「深く感謝します」とか、「衷心より厚く御礼を申し上げる次第です」とか、女性だと「心より御礼申し上げます」とか、いろんな言い回しをケース・バイ・ケースで自分の中で準備しておく。

米原　最低三パターンね。使い分ける。

田丸　イタリア人は口上手で話し言葉が豊富。プレゼントあげるとイタリア人は「マニフィコ！　スプレンディド！　ファヴォローゾ！　エッチェレンテ！　ベッリッシモ！」って、パーッと言う。でも日本語だと「すばらしい」しかないの。「最も美しい」なんて日本語じゃないし、「卓越した美しさ」だなんて、話し言葉じゃないし。日本語は、書き言葉と話し言葉の乖離が激しい。

米原　日本人は昔からそうなのよ。『枕草子』だって、「あはれ」と「をかし」ぐらいしか出てこないじゃない（笑）。

田丸　形容詞が少ない。だから、「すばらしいです」としか言えない。よくよく考えてみると、日本人はプレゼントをもらうと、「どうも、恐れ入ります」「お心遣いありがとうございます」「大変けっこうなものを」って言ってますが、何も喜びが伝わらない。全然メンタリティーが違うから、しょうがないなあと思うことが多い。困るのは、イタリア語の呼びかけ。「私の宝物よ」「私の人生よ」「私の愛のすべてよ」「最も甘いハニーちゃん」とか色々言うけど、とても日本語には訳せない。

米原　「はとぽっぽちゃん」とか、「私の前足ちゃん」とか。呼びかけの言葉はロシア語でもいっぱいありますね。

田丸　愛する人への呼びかけはイタリア人の特許かと思った。ロシア人も愛するんだ（笑）。

米原　そう、いっぱいあるわよ。

田丸　口説かれた？

米原　それは、もう。「君の黒い瞳を見つめているとその中で溺れそうだ」とか言われた。私は「あなたの青い瞳を見つめているとその中に飛んでいきそうだわ」って言って返したの（笑）。

田丸　その後、何が起こったかもしゃべって。

米原　飛行場での別れの挨拶だったから、何も起こらなかった（笑）。

田丸　そういえば、イタリア人のラブレターがあって、「愛しい愛しい私の宝のマリアちゃん。君の瞳に見つめられるためだったら、アルプスを裸足で越えるのも厭わないだろう。君の優しい腕に抱きしめられるためなら、どんな深い海も泳いでいけそうな気がする。……君のためなら何でもするよ。愛しいマリアへ。ピエロ」って書いておきながら、「P.S. 次の土曜日、もし雨が降っていなければ会いに行きます」。これがイタリア人なんですよ（笑）。もう本当に、話半分なんてもんじゃない。「雨ぐらい、なんだ！」って。

米原　それは、引っかからないことを前提に言ってるんですよ。

田丸　ああ、ダメモトか。

米原　というより、イタリアってカトリック圏だから、ものすごく女の身持ちが堅いんです。

田丸　どこが!?　だれが!?

米原　（笑）イタリアの女はあの甘い言葉に引っかからないように免疫ができている。「結婚してくれなければ僕は自殺する」とか言われても、言語中枢に至るときには「やあ、こんにちは」ぐらいに、自動翻訳されてるんですよ。

田丸　そうね。全く意に介さないわね。

米原　それから、欧米では同じ言葉の反復を嫌いますね。修辞法で、小学校の作文から、繰り返しを避けて文章を作っている。たとえば、「小泉首相」と出てきたら、「第何代総理大臣」「構造改革の旗手」「小泉孝太郎の父」…と言い換える。

田丸　それはイタリア語も同じ。サッカーチームですら、「ACミラン」と言わないで「赤黒のユニフォームのロッソネーロ」と言ったりして、すごくレトリック。

米原　同じ言葉を使うのは美学に反するだけではなくて、繰り返し同じ言葉を使う人は教養がないと思われる。ロシア人は、「ペレストロイカの父」「ソ連邦最後の大統領」「ライサの夫」……と言うことで、「ゴルバチョフ」がどんな人なのか、ということを文章全体でわかるようにしているの。元発言者はそうやってがんばっているのに、日本語に訳すときは、全部「ゴルバチョフ」って訳すわけ。そうじゃないと日本人に伝わらないから。困るのは、逆のとき。日本人は「小泉首相は」「小泉首相は」って言う。そのまま訳してしまうと、ロシア人は「この人はなんて教養がないんだろう」と思うんだろうなと思うと、通訳としては変えてあげなくちゃいけないのよ。

田丸　割増料金ほしいぐらいね（笑）。「懐かしい」という言葉は向こうにはないから、友達に会って「懐かしい」って言う場合は、「長年会ってないけれども、あなたに会えてすごくうれしい」というふうに表現する。三輪車とか自分が使っていたのを見て「懐かしい」ときは、「私の幼年時代を思い出すものだ」になる。そのまま訳せるものって、ほとんどない。通訳は自動的に訳語が出てくるんだろうと思われると、心外な部分があるわよね。

米原　一つの単語と一つの単語が等記号でつながることは、ほとんどない。ヨーロッパの言語同士だとそれがあるけど。たとえば、英語の「プレイ」とロシア語の「イグラーチ」という単語は同じなわけ。発音は違うけど、「遊ぶ」「ゲームする」「試合する」「役を演ずる」「楽器を演奏する」という風にまったく同じ意味群をカバーしている。だから自動的に置き換えられる。でも日本語の場合は、その時々に応じて違う訳語をもってこなくてはいけない。

田丸　文の順序も違うから、本当に日本語の通訳って大変。頭の疲れが全然違うと思う。

米原　われわれは、その場にあわせて全く違う訳を作っているから、ある意味じゃ本当に嘘スレスレなんですよね。でも、嘘とも言い切れない嘘なんですよ。

田丸　「許される嘘」ね（笑）。

米原　本当に涙ぐましい努力。たとえば日本語とヨーロッパの言語のように、文法だけではなくて語彙が包括する概念の単位が全く違う言語間での通訳理論が出てきたら、本物だと思うわね。

田丸　あなた理論家だから、書けば？　でも、あまり売れなさそうね。数は絶対出ないわね（笑）。

米原 あら、わが名著『不実な美女か貞淑な醜女《ブス》か』は、その試みなのよ。単行本で七刷りまでいったし、文庫本で五刷りまでいっているから（二〇〇一年十二月時点）売れてるほうよ。それでね、私、われわれが、どうやってしゃべっているかということを考えたんです。まず言いたいことが、概念としてまとまってくる。そしてその概念を人に伝えるために、コード化する。みんなにわかる信号に直して、言葉として声に出したり文字にして表現するわけです。言葉っていうのは、音として入ってきたものを、解読して、初めて何を言っているのかがわかるはずなんです。だから、話し手の「何を言いたいか」と聞き手の「何を聞き取ったか」という二つの概念が近ければ近いほど、コミュニケーションが成立したことになる。これが途中で狂うと、通じない。私、通訳をやっていて、うまくいく人とうまくいかない人がいる分かれ目は、これだと思っています。言葉を訳すときに、単に音や文字として転換しようとすると、うまくいかない。何を言いたいのかという液体か空気みたいなものを、全部そのまま自分の中に入れて、言葉にしていく。概念から言葉あるいは文体・語順を選び取って出していくほうが、時間がかかるようで実は早いんです。そう、思いませんか。

田丸 背後にある意味をわからないで訳すと、ただの言葉の羅列になっちゃう。同時通訳が一日終わっても何を聞いたか覚えていないってことになるのは、概念化されてないというところに原因があるのね。ただ、同時の場合は、概念化は非常に難しいと思う。私は、逐次のほうがはっきり見える。同時通訳は、横にある木の名前を言いながら、どんどん全速力で走っていくという感じ。まさに木を見て森を見ずの状態。でも逐次通訳だと、ちょっと先や森の出口が見えて、「ああ、こういう森なんだ」と全体像を把握する余裕がある。

米原　そうですか。私はスタニスラフスキー方式の「役を演ずるのではなく役を生きよ」で、発言者の立場になってしまって話すと、自然に出てきちゃうんです。私が同時通訳できるのは、そのおかげです。ちょうど、不祥事が続いて会社の幹部が土下座して謝った。でも謝った言葉は印象に残ってないでしょう。

田丸　心がこもってない。なりきってないから。

米原　謝る気持ちになっていなくて、決まりきった紋切り型の言葉を棒読みしているだけだから、その言葉は印象に残らない。通訳も同じで、意味を伝えるのであって、単に字句を伝えるのではないんですよ。それで、冒頭の二人のスピーチの訳に戻るんだけど、田丸のスピーチの一番言いたい部分「イタリア語に困ったら田丸を雇う」というメッセージを私の訳は見事伝えていたし、私のスピーチの眼目「異言語の交わるところ、どこでも通訳が不可欠」というメッセージを田丸の訳は伝えていたから、両方とも見た目はウソだけど実態は結構真実に忠実だったわけです。

（WORD FRIDAY 二〇〇一年十二月七日、会員専用ウェブサイト向け）

毒舌とフェロモン vs.田丸公美子

十年ほど前、ロシア語、イタリア語の同時通訳の最前線に立つ同志として知り合った米原さんと田丸さん。以来、都内某所で秘密裡に、英、仏、スペイン語の同志たちも交えた五者会談=「五目並べ」が開催されるようになった。そこで炸裂する門外不出のホンネ、シモネタ、ガセネタの数々。一部は米原さんの爆笑エッセー『ガセネッタ&シモネッタ』にも詳しいが、同じシモネッタ嬢でも、米原さんがスカトロ派であるのに対し、田丸さんがエロス派と、微妙な差が。対照的なキャラの二人が、女の友情を語ると——。

米原 最初に会ったのは、いくつもの言語が参加する会議。通訳は言語駆使能力をひたすら他人のために使う仕事だから、自分の言葉や考えに飢えているのね。休憩時間に会ってはスピーカー(発言者)の悪口を言い合って、ずっとしゃべりっぱなしだった。

田丸　（間髪入れず）それ、やめて〜ぇ！〝スピーカー様を褒め称える〟と言ってよ。万里は作家になっちゃったけれど、私たちはそんなことが活字になったら、失職するんだから（笑）。だいたい、万里ほど上下関係に無頓着な人もいない。下の人には愛されるけど、上の人には顰蹙《ひんしゅく》を買いまくる。絶対おもねらないよね、上の人に。

米原　あ、そう？

田丸　好き嫌いも激しくて、嫌いだと電話もしないでしょう。万里みたいに自然体で生きられたらなあと、私も思うわ。

米原　なに、田丸は嫌いな人にも電話するの⁉

田丸　（あきれて）〝人間界〟の義理とかあるでしょう。お世話になるとか。

田丸さんいわく、初対面のときから、「万里とは、相撲で言えば格が違う。見合ったときからもう負けてる」と、横綱の風格を感じたとか。実は、ふたりは一歳違い。ともに東京外語大学で学んだが、学年は、現役で入った田丸さんが二年先輩だ。

米原　私たち、会うとご飯食べたり、お芝居観たり。あと何してる？　あ、あなたのオンステージか。田丸一人がしゃべって、みんなが笑い転げてる状態。頭の回転が私の五倍、舌の回転が十倍だから、喜劇の台本書きと演出と女優を瞬時にこなしてるもんね。

田丸　いえいえ、とんでもございませんワ。私は権力者におもねる太鼓持ち。私があなたにつけたあだ名は〝エ勝手リーナ〟王妃。もちろんご存じでしょうが、ロシアをヨーロッパの大国に押し上げた女帝、エカテリーナのもじりでございます。最初から私たちは主従関係にありまして（笑）。

米原　私、あなたみたいに容貌の美醜に異常にこだわり、男を過剰に意識する女性って、珍しかった。四十代になると、男にどう見られるかなんてどうでもよくならない？

田丸　（ご託宣風に）どうでもよくなってはいけません。女が女でなくなる。

米原　（なんも興味もなさそうに）そう？

田丸　友人力より、女力で勝負しなきゃ！

米原　会議通訳で、あなたが網タイツはいてきたのを見たときは、ビックリしたなあ。あれ、日本の男は引かない？

フェロモンの慈愛、毒舌の一太刀

田丸　引く引く（笑）。でもいいの。イタリアは、女の魅力をどこまで見せるかが勝負。

米原　やっぱり美形のほうがいいわけ？

田丸　連帯と団結のロシアと違って、イタリアはフェロモンとカオスの世界だもの。

米原　ふ〜ん。そういう環境で通訳が巧くなったのはスゴイよね。あなただけがちゃんと勉強してる。聞いてて分かるの。あまりに知的水準、語彙力が違うから。

田丸　（小さくなって）やめて、やめて。ワタクシなぞフェロモンだけでございまして、そんな発言が載りましたら、出る杭で打たれてしまいますわ。〝エ勝手リーナ〟様、計算していただかないと。

話はフェロモンの効用から、男性に対する処し方に。田丸さんが「万里は男に厳しい。一刀両断。寸鉄人を刺す」と評すると、米原さんが「違う。あなたが甘すぎるの」と、ここでも二人の違いが明らかに。

田丸　〝私の人生に男はいらない〟と悟ったのは、早かったって言ってなかった？

米原　そうそう、四十くらい。

田丸　早くないよ。ちっとも早くねぇよ（笑）。でも友だちは――

米原　いっぱいいる。男女の関係なく。

田丸　どういう基準で選んでるの？

米原　選んでるわけじゃないのよ。気がつくと、いるのよ。

田丸　私の親友が米原万里さんの血液型はB型じゃないかって言うから、メールで聞いたことあったじゃない。そうしたら〝人類を四つに分類しようとするバカとは友だちにはなれません。ちなみに私はO型です〟と返事がきた。

米原　ああ、あったわね（苦笑）。

田丸　その画面を、ちょうどうちの息子が見て、「何なんだ、この尊大なヤツは。バカにもいいヤツと面白いヤツがいるじゃないか。こんなこと書くヤツ、こっちから友だちになるのはお断りだ！」って叫ぶの。私が「控えなさい。エ勝手リーナ様ですよ」って言ったら、急に静かになって、「そうか。あの人ならしょうがないか……」って。ゴリ押し、ムリ押し、万里ならなんでも通る。それで許される部分がかなりあるわけ。自覚してないでしょう？

書を読む友は、人生のかけがえのない財産

米原　（動じず）こうなんだと思うの。私の毒舌に耐えられる人が、私の周りに残るのよ。

田丸　ま、裏表がないからね、毒舌にも。誉められたときもそのままだし、クサされたときもそのまま。計算づくや悪意で言ってるんじゃないと分かるから許せるんだけど。でも、傷ついてる人、多いと思うよ。

米原　そぉ〜お？　そう言えば、以前に会った人と再会したときに「いや〜、米原さんに叱られて」とか「米原さんにはさんざん悪口言われて」とか言うのよねえ。叱った記憶、ないのに。〝ああ、いつの間にかこの舌が〜〟って感じよ。アハハ。

田丸　あなたは私なくして、外に出てはいけません。ワタクシが尻ぬぐいをしてさしあげますので。私のことを、万里は〝トゲ抜き地蔵〟と呼ぶように。

米原　（世の不思議に想いを馳せるように）何十年経っても、覚えてるものなのねぇ。

田丸　で、友の話だけど——

米原　なに、あなた、「ゆうゆう」〔初出誌名〕に雇われてるの？〔同誌の企画タイトルは「友人力のある人はここが違う」〕

　田丸さんが「友の話——」と振るのは、実はこれで四回目。太っ腹で話の流れにまかせる米原さん、細い体で激流に逆らい、本流に戻ろうとするけなげな田丸さん。全文を採録できないのは、つくづく残念……。

田丸　で、バカとはつき合わないのね（笑）。

米原　というか、話してて面白くない人とは、自然と縁遠くなっていかない？　時間がもったいないじゃない。あと、差別する人って嫌ね。差別とか、美醜で明らさまに女を差別する男とか、身分差別とか、家柄鼻にかけるヤツとか、学（校）歴偏重もその一つだけど、人間としての魅力に欠けるヤツほど、そういう非本質的なところで他人を差別するんだよね。

田丸　私も差別意識はダメ。あと、お金にキレイな人。それも人間としての誠実さの一つだと思うから。それと、与謝野鉄幹に♪妻をめとらば、才たけて〜って歌があるけど、〃友を〃の部分は知ってる？

米原　教えて。何て言うの？

田丸　〃♪友を選ばば書を読みて、六分《りくぶ》の俠気、四分《しぶ》の熱〃って言うの。書を読む友も大事なんじゃない？

米原　そうね。本を読まない人って現実べったりで考えに奥行きがないんだよね。

大人の風格

田丸　友だちの定義って、その人のために喜んで時間を使えるかどうかでしょう。

米原　で、いっしょの時間が充実しているかどうか。

田丸　ところが時間ということになると、五十代は、親の介護とか、自分の体にもガタがきて、友だちのために使う時間が減るの。五十代って微妙な年代だと思うわ。

米原さんは最近、二人暮らしの相手だったお母さまを看取ったばかり。田丸さんは老親の介護に広島に通っている。

田丸　万里は人を妬まないわね。

米原　そうね。プラハの学校は五十カ国以上の子どもたちが机を並べていたでしょう。みんな違っていて当たり前。共通点があるとうれしいという世界だったから。

田丸　万里っていうのは、やっぱり人を引きつける魅力があると思うわ。姑息なところが全然ないの。やっぱり、風格ね。人間の大きさが違うのよ。

米原　体重と幅と奥行きがね。どうしたの。なんでそんな〝月並み〟なこと言うの？

田丸　あなたのスケールは日本には入りきらない。（ヤケになって）私、結婚してるのよ。夫がいるのよ、子どもがいるのよ。少しはうらやましがってよォ～（と、自爆）。

米原　勝手にやってなさい（笑）。この名演、内輪で楽しむのがもったいないでしょう。

田丸　（平常心に戻り）妬まない、自慢しない。おおらかよねぇ。格の違いだけど、それを感じさせないから疲れない。針より重いものを持つと疲れる私が、よ！

米原　あなた、針仕事やるの？

田丸　つくろいものと刺繍は得意よ。

米原　私は全然だめ。大工仕事とかテレビの修理は得意なんだけど。

田丸　万里は性格もなにもかも、男だよね。間違ったよね、性別を。

米原　でも料理好きだもん。伝統的な男女分業の枠にまだとらわれてんの？　見なさ

い、このナイスバディー。正真正銘の女でしょうが！（笑）

（まとめ・文　温水ゆかり）

（「ゆうゆう」二〇〇四年一月号）

イタリアの男と日本の男、ここが違う!?　vs.田丸公美子

米原　『シモネッタのデカメロン』すっごく面白かったけど勿体ないよ。四冊分ぐらいのネタをギューッと詰め込んでるんだもん。もっと稀釈して嘘も入れたらいいのに……読者はお得だけど。

田丸　万里の新刊『パンツの面目ふんどしの沽券』は民族学的、人類学的で、私みたいなお手軽なエッセイと違って文献もすごい。私は中身に、あなたは容器にしか興味がないから、パンツ。

米原　ハハハ。二人ともシモネッタだけど分業してるのね。私はスカトロ系で、田丸はエロス系だから競合しないんだ。

田丸　ただ万里はスカトロ学術系ね。私、学術のガの字も全然ないから。

米原　学術系じゃなくて、経験不足を文献で補ってるの。田丸だって、自分のエロス体験不足を棚に上げて他人の話ばかりじゃないの。若き日の自分を語るところは清く

貧しく美しくを地で行ってて微笑ましい。

田丸　実は書けなかったけど、私の上を通りすぎていった男が大勢いて……（笑）。

米原　いや、絶対にない。私より少ない。

田丸　万里とはシモネタ小話で盛り上がっても、お互い自分の体験談は一切しないものね。秘すれば花。『デカメロン』の境地には到達できない。

米原　でも何でこんなにたくさん色々なネタが集まったの？　まさか毎回お客に性生活についてインタビューしてたの？

田丸　向こうから話すの。学生時代から聞かされてる。

米原　ふつう外国人の異性にここまで話すか？　塩野七生さんとか須賀敦子さんにイタリア男がそんな話している図は浮かばないよ。私の妹も三年ほどイタリアで料理修業をしてたんだけど、妹から聞くイタリア人観と、田丸の本から浮かび上がるそれとはかなりずれるんだよね。

田丸　やっぱり私のフェロモンのせいね。

米原　フェロモンがないからよ、おそらく（笑）。話を聞いてもらう尼さんなのよ。

田丸　寂しい。やる女じゃないの？

米原　やる女にはこんな話はしないよ。

田丸　日常の会話だよ、イタリア人にとっては。万里は『デカメロン』は読んだ？

米原　家の本棚に文庫があって、中学のころ読んだ。艶笑話《えんしょうばなし》ばかりで、最初興味津々だったけど、ウンザリしちゃった。

田丸　健康な性欲の塊の男女たちが、恥じらいもなく、明るく堂々と話すの。私、イタリア語に「厭世的《えんせいてき》」という言葉はないんじゃないかと思うわ。

米原　ところがね、私の妹は、とにかく女がいたらくどかなくてはいけないというイタリア文化の中に身を置くのは、そういうことを人前で表明するのをはしたないとする日本のような文化に身を置くのと同じくらいに辛いものだと言うの。例えば通りの向こう側をすごい美人が歩いていたとする。日本の男なら、通りを渡って声をかけたいのを自制する。イタリア男は、内心どうでもいいと思っていたとしても、通りを横切って声をかけなくてはならない。

田丸　そうでないと男とみなされないと。

米原　そうそう。いつも女に興味があるふりをし続けてなくてはならないのよ。

田丸　私だってあえてシモネタ好きを演じてるのよ。今度の本を出すのも恥ずかしくて、つい、いい年をして、とか思っちゃうのね。

米原　うーん、演じているだけで、ここまでシモネタは集められないよ。

田丸　ボッカッチョはペトラルカと同じ時代じゃない。最高のラテン語使いで、薫り高い文芸作家のペトラルカに、ボッカッチョは心酔しきっていたのね。ところがペトラルカは、君の才能は認めるが『デカメロン』は愚作だと言ったのよ。俗語のイタリア語を使わないで、ラテン語でもっと高尚なものを書きたまえと言われて、ボッカッチョは自分の書いた『デカメロン』の卑俗性を恥じ、ラテン語で学術書を書き始めたけれども、全てが中途半端で、どんどん落ち込んでいった。だから私はあなたの路線を踏襲しないで、卑俗だけど、堂々とふてぶてしくエロスを追求する。路線を変更しちゃいけないのよ。

米原　おっ、ボッカッチョに自分をたとえてしまいますか！　それなら、ほら、よがり声が漏れないように寝室の壁をコルク貼りにした社長の話とか、以前田丸が話してくれたもっと赤裸々な話を入れるべきだよ。まあ、次回のお楽しみってとこかな（笑）。

田丸　イタリア男は女を見たらくどくのが礼儀とか言われてたじゃない。ところがEUに組み込まれたせいか、彼らもかなりビジネスライクになったなと思ってたの。先日仕事した社長も、そばで訳す私に一切関心を示さなかったのよ。ところが午後、すごく美人のインタビュアーがきて、「まず来日の目的をお伺いします」と言ったら、「あなたに会うためです」（笑）。「それでは第二の目的は？」「あなたを夕食に誘うことです」（笑）。やっぱり変わってないのよ。女を選び始めただけなの。三十年経ってやっと黒子の通訳になれたと、喜ぶべきなのかな。

米原　イタリアではセクハラをしないことがセクハラだって書いてるよね。日本だと、「Aさん、今日のスーツ素敵だね、口紅も新しくしたんじゃない?」と言っただけでセクハラになる。Bさんにも Cさんにも言わないで、美人のAさんにしか言わないから。イタリア男は、美人だろうとブスだろうと、職場の女全員に声をかける。

田丸　だからブスも誤解してブスだという自覚がなくなり、幸せに過ごせる。

——全員をとりあえずくどくにしても、男にも好みがあるわけですし、ちゃんと本命にはサインを出しているんですか。

田丸　好み? いつでも誰とでもできるのが男というものです。好き嫌いを言ってはいけません。女を幸せにするのが男の務めだから。微力ながら務めなくては。

——お仕事みたいじゃないですか（笑）。

米原　妹がイタリアで勤めていたとき、毎朝、男たちに「結婚しようよ」「さもないと僕は身の破滅だ」とか言われ続けて、そのうち言語中枢に達するときには「おはよう」としか聞こえなくなるわけ。イタリア女性は毎日そう言われ慣れてるから、「こんにちは」「やあ」ぐらいにしか聞こえないのよ。

田丸　ところが日本から来た女の子が、その気になって、ほんとに寝ちゃうから、くどいた男も困ってたりするのよ。

米原　挨拶のつもりだったのに。

田丸　いつのまにかベッドにいるぜ。

米原　男にとって誰でも見境なくくどくことはすごく大切なの。光源氏やドン・ファンやカサノヴァがなぜこれほど愛されているかというと、老若美醜にかかわらずあらゆる女性とやったからなのよ。

田丸　つまり功徳を施しているのよね。

米原　そう。狭い自分の好みに縛られていると、愛されないのよ。

田丸　日本人は言葉にしてほめるのが苦手だから。イタリア人の豊富なほめ言葉を訳すのにいつも困る。スプレンディッドも、ファビュラスも、マーベラスも、エクセレントも、すべて「素晴らしい」としか訳せない。書かせると類《たぐ》い希《まれ》なとか、語彙《ごい》も増えるのに……。

米原　「類い希な美しさ」って、ちょっと声に出しては言えないもんね。冗談や皮肉としか受け取られないだろうし。

田丸　日本人は、平安の昔からくどくのも和歌だったくらい書くのが好き。そのDNAが生きてるから、若い人も話すための携帯をメールの道具にしちゃってる。日本人は口にした言葉のほうに言質《げんち》をとられるという責任の重さを感じるのかもね。イタリアと商売してる知人は、最近日本人秘書ともイタリア語で話すことにしたみたい。二人きりのオフィスで「今日の君は綺麗だね」なんて日本語で言うとセクハラになるけど、イタリア語だとすらすら自然に言える。聞いたほうも軽く流せるから、重苦しかった人間関係がスムースになったって。日本語は上下関係に厳しくて、名前で呼び合わないからなかなか親しくなれないのよね。

米原　尊敬語と謙譲語もあるしね。

田丸　挨拶で、「若輩者の私が先輩各位をさしおいて僭越《せんえつ》にも……」なんて言われても、先輩、後輩という概念すらないイタリア語には訳せない。

米原　時間があればなるべく忠実に訳してたなあ。日本の文化って面白いなって思ってもらいたいから。ただ、実際はヨーロッパのほうが階級社会よね、日本よりも。

田丸　すごい階級社会。トイレもみんな分けてるし、絶対付き合わない。

――くどく時は階級は関係ないんですか。

米原　単に寝る場合は関係ないんでしょうけど、結婚するとなると拘《こだわ》るみたいね。

田丸　結婚は全然別よね。でも、昔は知性があって肩書のある人が好きだったけれど、年とった今は若さにひかれるわね。パーでもいいから（笑）。男も同じだろうなと。

米原　それは田丸自身の話ね。毎日ストレスがあって、根詰めて仕事する人は、相手がパーなほうがいいんじゃない。

田丸　だよね。万里は知性を求めないんだ。

米原　全然求めない。理想は樵《きこり》タイプ。

田丸　手頃なのがいないから、イヌ、ネコに走る。

——人のオスはね、みんな米原さんより知性は低いから。

米原　そんなことないけど。いないのよ、手近に樵タイプが。遠くにいるのは面倒だし。

田丸　そこがいけないのね、あとさき考えずに走らなきゃだめね。

米原　本の中で、電車に乗ってて寝たくなる男がいるかどうか品定めする女の話があるじゃない。

田丸　私、考えたこともなかった。

米原　えっ、嘘！　私、いつも考えちゃうわよ。ＡＢＣにランク付けして、絶対寝てみたい、寝てもいい、絶対に寝たくないって、三種類に分ける。絶対寝たくないＣが九九％強かな。でも田丸は男に甘いからＡが二〇％ぐらいでしょ。

田丸　私は男という生き物を愛してるのよ。だから寝る、寝ないとは別に、誰にでもいいところを見つけてあげて存在をそのまま受け入れる。あなたは存在も許さないでしょ（笑）。

米原　そんなことない。寝ないだけであって、別にＣでもいいじゃない、面白ければ。

田丸　下半身限定のＡＢＣ。じゃあ話術とか優しさとか、ほかの付加価値で売っている人は生きていてもいいのね（笑）。

米原　当たり前よ。私の場合、ＡＢＣランク付け機能は自動的に働くの。もう考えもしないうちに勝手にカテゴライズしてるのよ。
田丸　私たちが知ってる人でＡは誰？
米原　ゾルゲとゲバラ。
田丸　イタリア版の三つの悪徳――バッコ（酒）、タバッコ（煙草）、ヴェーネレ（女）。やめられないもの、依存症になるものね。日本語だと「飲む、打つ、買う」。
米原　「買う」ってのが悲しいね。人間同士の関係になれないのね。
田丸　そうなの、日本語はかっこよくくどく話し言葉に乏しいのも原因ね。まず女をほめないと駄目じゃない。日本人ってほめ下手だよね。特に万里なんかほめ下手だよ。
米原　違うのよ、私はほめたときに効果があるように日頃けなしてるの。
田丸　じゃあこの本をほめて、今（笑）。
米原　すごいのは、全て実話というところ。ジャーナリストや作家だったら、相手は警戒して絶対話さないプライバシーをさらけ出している。通訳って存在としては透明じゃない。いないことになっている存在だから、これだけ話せるんだろうなあ。みんな誰かに話したくてたまらないんだけど、誰にでも話せる話題じゃない。あなた、ちょうどいいのよ。セックスの相手だったらここまで話せないもの。
田丸　ムカツク（笑）。

米原　第二に同国人でないから後腐れがない。異国の人だけど、言葉は一〇〇％通じる。身近にいて、一緒に食事をしたり買い物をしたり、とにかく日常生活の面倒を見てくれて、通訳するためなんだけど、自分のことを懸命に理解しようとしている。これほど、身の下話を打ち明けるのに理想的な相手はいないものね。でもね、私はいろんなロシア人の通訳をしてきて小咄《こばなし》という形で男女の話はタップリ聞かされたけど、自分の体験をこんなに話してくれた人は一人もいない。ところが、田丸は吸取紙みたいに次々にイタリア男たちのエロス体験を聞き出してるんだよね。

田丸　イタリア男は日本の主婦みたいに話好きだもの。

米原　田丸がロシア語の通訳だったら、きっとロシア男たちからも聞き出したんだと思うわ。ホントに不思議で仕方ないの、どうしてここまでいろんな人たちから恥ずかしい話を聞き出せたのか。

最後に注文。イタリア男について日本人が思い描く像を、もっと裏切っても良かったんじゃない。ほら、女漁りばかりしてた男が、半身不随になった奥さんを立ち直らせた話とか、ああいう話がもっと読みたい。それから、田丸自身の貧しい学生時代の話がとても良かった。逆照射するように全体を引き立てていて心打たれた。こういう自伝的な部分はもっともっと書いてほしい。

田丸　あのころみんな貧乏だったもんね。

米原　当時の光景が浮かんでくるんだよね。基本的に生真面目なんだね、田丸は。

田丸　ストイックだからね。万里よりはるかに。

――田丸さんて、根は真面目で、だけど話はくだけて、やんちゃな男も全部受け入れてくれる感じですよね。

田丸　いざ寝るとなるとノウハウはもってないから。パニクる。

米原　でも読者とは、寝なくていいわけだから。

田丸　そういう男性読者にどんどん読んでほしいわ。

米原　いや、これ、女の人も読むと思う。男性のサンプル集だもの。

（初出「本の話」二〇〇五年九月号、田丸公美子『シモネッタのデカメロン』文春文庫所収）

IV

言葉の戦争と平和　vs. 糸井重里

糸井重里（いとい・しげさと）

一九四八年群馬県生まれ。法政大学文学部中退。コピーライター、「東京糸井重里事務所」代表。七〇年代以降、一貫してメディア、サブカルチャー界をリードし続け、九八年からは「ほぼ日刊イトイ新聞」(http://www.1101.com）を主宰。著書に『オトナ語の謎。』『インターネット的』『思い出したら、思い出になった。』、編書に『はたらきたい。』など多数がある。

もうひとつの世界を持つということ

糸井　外国語を勉強することって、世界観をもうひとつ持つということだと思うので、ぼくなんかは、その「冒険物語」に対して、いちばん興味があるんです。語学をやって、どう苦しかっただとか、どう良かっただとか。とにかく、外国と日本のまんなかに、ものすごい川が流れていますから……。ある国と日本のどちらもちょっとずつ知っている人なら、たくさんおられるでしょうけれど、米原さんのように、世界をふたつ重ねて見るという人になることは、とても難しいはずですよね。ドップリ入らないと、

米原　通訳をやっていく場合には、両方とも、ほぼ同じレベルで知らないと、雇ってもらえなくなりますから。

糸井　……あ、単純に、職業として、そういうものなんですか?

米原　そうです。両方ともちょっとずつ知っているというかたちでお金を稼ぐ通訳は、できるのかしら?

糸井　いや、ぼくは、「ほとんどはそうだ」と思って見てるんですけどねぇ。たしかに、どんな世界でも、ピンからキリまであるのでしょうけれど、「観光案内に出てい

るようなことを知っていれば、だいたいは、チャラッとごまかせちゃう」というところがあるんで……。翻訳をなさっている場合なんかだと、自分が背景を知らなかった場合には改めて解釈したりとか、そういうこともあるくらいですよね。

米原　でも、観光案内って相当難しくて。

糸井　本当は、そのハズですよね。

米原　ええ。かなり難しいですよ。日本語でやるとしても、東京を案内するとしたら、通訳より難しいと思いますね。

糸井　怖いなあ。

米原　つまり、通訳するときには「もとの発言」があるから、それを別な言語に移しかえていけばいいわけです。話し手依存型で話をつくっていけばいい。だけど、案内するときには、順序からはじまって、「ある建物の何について話そう」とかいうことを、ぜんぶ自分で組み立てなくてはいけない。だから、何語でやるにせよ観光案内は、難しいんじゃないかしら。ロシア語でやるにせよ、日本語でやるにせよ、最初からものをつくるって大変だと思いませんか。

糸井　大変ですね。聞き手の方の興味がどの辺にあるかということもありますし……。十六世紀の話をいくらしても、聞きたくない人には仕方がないですし。

米原　そう。観光案内の場合は、「あの建物何だ？」って聞かれたときに、「知らない」っていっちゃだめなんですよ。

糸井　米原さんも観光案内は、なさった？

米原　何でも、したことはあります。ロシア語はとても政治的な言語で、国と国との関係が悪くなると、途端にあらゆる交流がなくなって、仕事もなくなるんです。そしたら、通訳だけでは生きていけないから、ガイドをやったり、翻訳をやったり、何でもやるわけです。知らなければ、知らないでいいんです。「あれは通産省のビルです」とか、「ああ、あれは建設省です」とか、「あれは家庭裁判所です」とかいっちゃえば。だって、ほとんどの人は二度と日本に来ないんだから（笑）。

糸井　そうか。

米原　うん。「何だかわからない」というよりも、名前をいった方がいいんですけどね。

糸井　通産省のビルかどうか知りたいとも思ってないかもしれない。

米原　そうそう。ただ、家庭裁判所とは何か、というのを話せばいいわけですよ。これは未成年者と、それから離婚問題、基本的にはそれを扱う裁判所ですとか。

糸井　丸暗記風に、「いつできた建物で」とか、「最初に何々総理大臣のときにどうだ」とかいうことって、知っていると妙に押しつけたくなるじゃないですか。

米原　言いたくなりますよね（笑）。

糸井　あれ、こっちとしてはえらい迷惑なときが多いですよねぇ、正直に言うと。

米原　ええ、退屈なことが多いですね。日本語のガイドさんの話を聞いていると、だいたいそれが多いですものね。

糸井　多いですねえ。そうじゃない人もいるんでしょうけど。薬師寺の高田管長、あの方が修学旅行生を案内するのを、ぼくは直に修学旅行生として味わったことがあるんですけど、これはおもしろかった。お寺をまわるなんてことは、高校生には、何の興味もないわけですよね。それを、あの坊さんは何ておもしろいんだと思って、いつまでも覚えていましたね。

米原　それで、その話の内容も覚えていらっしゃるでしょう?

糸井　いや、内容は……。実は「スカート」という言葉ばっかり覚えていましたね。「屋根がスカートになっている」。坊さんの口から関西弁で聞く「スカート」っていう響きが、声の質まで含めておもしろかったんですよ。

米原　比喩が斬新ですよね。

糸井　そういうことですねえ。そういうたとえ話も、結局、観光というよりは伝えるということのアイデアだから、これはほかの人に案内されたら覚えてないんだろうなあと思っているんですけど。

「他人の代表」という集中力

糸井　通訳の人は、「国が違う」ということの間を、一瞬にして、つなぐわけですよね。快感はあるんですか?

米原　そうですね……。つまり、ふつう、「つまらない話」って聞かないですよね。

糸井　ええ。

米原　そういう時には、「単に意味のない音が流れているとして、その時間を別なことを考えてやり過ごす」とか、居眠りするとか、しますよね。でも、通訳はやり過ごすわけにいかない。どんなにつまらない、あるいは難解で誰にもわからない言葉でも、「とにかくここにいる聞き手全員を代表して、私が聞き取らなくちゃいけない」と思うと、何かを聞き取れるんですよ。責任感というか、自分ひとりを代表してたなら聞き逃すことでも、ほかの人を代表して聞いていると思うと、ものすごい集中力が生まれて聞き取るわけです。

糸井　「自分の言いたいこと」なんていうものじゃないですよねえ。「誰かの言いたいこと」ですもんね。

米原　そうです。「この人の言いたいことを、この人を代表して言う」となると、「私が自分で自分の言いたいことをしゃべるとき」よりも、もしかしたら熱心に、より正確に、間違いなく伝えようとするわけですね。

糸井　なるほどね。それは、何に似たような感じですか？

米原　郵便配達。「人の手紙」じゃないですか。それでも、それを必ず相手に届けることを一生懸命にやるでしょう？　まあ、宅配便でもいいですけど。

糸井　それは、極端に現金書留だったりしたらよくわかりますね。

米原　そうなんですよ。そういう義務感。まあ、それで金を稼いでいるからそうなるんでしょうけれども。タダでやるときも時々ありますけど、それでもその立場に立つと、ものすごく集中力が生まれるんですね。

糸井　ふだんは、集中力のあるほうですか？

米原　いや、ないんじゃないかなぁ。

糸井　ご自分の認識としては、そうなんだ。

米原　時々ありますけども。同時通訳も、最初にやったときは「できる」とは思わなかったんです。

糸井　ぼくらには、ものすごいことに思えますよね。

米原　ええ、そうです。でも、確かにやっている最中、そうとう集中しているなあと思った出来事がありまして……。私、四十過ぎたころ、四十肩になったのね。あれは、すごく耐えがたいじゃないですか。寝てても起きてても何しても、鎮痛剤も何にも効かないし。本当にいても立ってもいられないんだけれども、同時通訳中だけは痛みがないの。つまり、それだけ集中しているんだなあと思いましたね。

糸井　よく野球の選手が、デッドボールが当たって、シューってスプレーをかけて平気で一塁に行くじゃないですか。あのスプレー、ぼくはかけてもらったことがあるんですけど、ほんとうは、効かないんです。

米原　おまじないなんですか。

糸井　そうでしょうねぇ。「まったく効かない！」ですから。その辺にあるサロンパスとか、ああいうのをかけても同じで、特に服の上からなんてまったく効かないのに、みんな、やっていますよね。

米原　でも、本人たちは効いた感じになるんですか。

糸井　もともと、「イテーッ」って言って、シューってやるという儀式なんで、その儀式で「痛くないことにしよう」ということでしょうね。それはもう痛みにまったく効かないです、素人には。

米原　でも、プロには効くわけね。

糸井　プロには効きます。ラグビーのやかんもそうですよね。〝魔法のやかん〟という、気絶してもそのやかんで水をかけると治るというのがベンチにあるんですよ。それもただの水なんですけど、魔法のやかんという儀式で、かけると治る。

米原　じゃあ、ブラインド療法ってあるじゃないですか。

糸井　ええ、それですよ。

米原　にせものと本物の薬を飲ませると、けっこう効いちゃうという……。

糸井「飲ませる」という儀式が大事なんでしょうね。四十肩って、ずうっと痛いという話はぼくも結構聞いたことがありますけど。

米原　なったことない？

糸井　ぼくはないです。ただ、自分のカラダのことで言うと、ぼくは昔、ぜんそく持ちだったんですよ。だけど、テレビのオンエアのときはせきが出ないんです。これはやっぱり、気持ちが違うんでしょうね。「自分の姿が、絶えず映っているぞ」という状態の時、緊張しているつもりはないんです。いつもどこかで、「これはせきが出たら大変だな」と思うんだけど、だいたい出なかったですね。ダメなときは、本当に寝こんじゃうぐらいの時。それだけすごいことなんだなぁ。スポーツ選手なんかに近いくらい、肉体全部が反応しているということですね。

米原　同時通訳も、脳味噌を、筋肉として使う感じです。たとえば、重量あげの選手がバーベルを持ち上げる一瞬だけ、脈拍が「一四〇」まではね上がるんですよね。同時通訳は、だいたい十分から二十分ぐらいやるんですけど、私はその時、脈拍が「一六〇」ですね……。だから、ものすごく脳のある部分に、集中しているんだと思うんです。

糸井　「すごい走り」と同じですね。

米原　そうですね。やっぱり長くは続かないから、十～二十分ぐらいで交代しています。必ずブースの中は三人ぐらいでチームをつくって入るんですけどね。

糸井　もう純粋に血流が変わっているということですね。脳にどんどん血液が行ってて。「二六〇」って、すごいですね！

米原　だから、通訳は入る前に、まずでんぷんを摂りますね。でんぷんをとってコーヒーを飲みます。

糸井　正しいですねえ。甘いものじゃだめなんですね。でんぷんの糖質じゃないと。

米原　そうそう。

大事なところを摑めばいい

米原　私、本当にはじめて同時通訳をやったときには向かないと思って、ブースを飛び出ちゃったんですよ。「ああ、私には向かない、こんなの」……十分もやれなかったんじゃないかなぁ。でも、師匠の徳永さんという人が追いかけてきて、「万里ちゃん、全部訳そうとするからできないんだよ。わかったことだけ訳しなさい」。そう言われて、わかったことだけ訳していたら、やっぱり伝わった。

糸井　いま、米原さんは割に簡単におっしゃったけど、「わかる」と「わからない」のその違いって、わかるんですか？　「わかったことだけ訳していても大丈夫」とまで思えるには、明らかに、壁を一つ乗り越えていますよね……。

米原　人間は、情報としては、例えばAということを伝えるのに、A、B、C、D、E、Fぐらい、いろんな言葉を使ってしゃべるんです。その中の一番言いたい「A」だけをつかんで伝えればいいんですよ。たとえば、会議の時に議長が「では、次は壇上にインドの代表に上がっていただいて発言してもらいましょう」というふうに言ったとしたら、その場においてはもう、「インド」というのだけを訳せば大丈夫。通訳はそれをぜんぶ一字一句違わないように訳そうとしちゃうわけですね。「壇上」だとか、「発言」だとかを。しかし、役割としては、通訳はいちばん大事なところをつかむことに集中すればいい。もしも、すこし時間があったら、「インド」だけではなくて、「では、次はインドの代表の方、どうぞ」とか言えばいいわけです。

糸井　オフィシャルな場所の翻訳のほうが、逆に意味の順列がはっきりしているから楽ですね。仮にロシアのだれかさんと日本のだれかさん、偉い人同士でもいいけど、「ここはケーキでも食べながら」という話しあいのほうが、通訳はむずかしい？

米原　それでも対話形式の話はやりやすい。すでに文脈があるから、こちらもその場にふさわしい、適当なことをいえばいいわけですよ。

糸井　言外に、おれはおまえに好感を持ってないというようなことを言ったり、「俺はとても好きだ」みたいなことを交ぜて、ほかの言葉との変化球で進む会話も、あるじゃないですか。ああいうときは、どうなりますか?

米原　それはやっぱり結構むずかしいです。つまり、そこまで本人のことを知らない場合が多いですからね。いきなりその場で通訳するということが多いので、わからないですけど、でも、やりとりがある限り、通訳がわからないことは聞き手にも、おそらくわからないことだから、相手に聞いてくれますよね。「それはどういう意味ですか」とか。そこから怒ったり、いろいろな反応があるから、軌道修正をしていけるんですよ。だから、最初はちょっと通訳としてブレていても、少しずつ対話の中で軌道修正して何かまとまるという……。

糸井　つまり、対話そのものの構造がやっぱりベースで、間に通訳がいるということは関係ない、と思っちゃった方がいいわけですね。ゼロである、と。

米原　そうですね。むしろモノローグで誰か偉い人が演説なんかをする時、たとえばアメリカとかロシアから大統領かなんかの演説が流れてきて、これを一方的に通訳する場合は、誰も問い返しもしないから、わからないんですよ。例えば大統領が間違った発言をしちゃって、「クリントン」て言わなくちゃいけないのに「フォード」って言ったりしたときに、普通の対話関係なら「あ、それ、クリントンじゃないですか」と聞き返せるけれど、聞き返せないでしょう？　それをそのまま私が「フォード」と言ったのを「フォード」と言うと、絶対通訳が間違っていると思われるから、そういうときには「クリントン」と修正しちゃったりすることもある。

糸井　明らかにわかっているときですね。

米原　明らかに違うってわかっているときにはね。

糸井　最近だと、「ショー・ザ・フラッグ」〔米国同時多発テロ事件後の二〇〇一年九月十五日に、米国のアーミテージ国務副長官が日本の駐米大使に対して言ったとされる言葉〕というのが何かえらい話題でしたけど、いろんな説が何種類も出たような気がします。米原さんなんかもああいうとき、興味がおありですよね。

米原　そうですね。でも、あれは「旗幟を鮮明にせよ」という意味ですよね。

糸井　解釈によっては、本当に「旗を見せろ」というのもあったし、いろいろで、自説を皆曲げないものだから、本当のことはもう、わからなくなっちゃっているんだけど……。

米原　そうですね。でも、もうそうなると通訳のせいにできないですね。政治的な立場がいろいろ変わってきてね。

糸井　ブッシュみたいに失言と間違いが多そうな人との間で通訳を任されるって、つらいでしょうね。
米原　そうですね。

無難な翻訳＝誤訳

米原　誤訳というのを見ていくと、だいたいは官僚のやる通訳です。いちばん大事な首脳同士の会談では、ほとんどフリーの通訳は雇われないんです。
糸井　そうなんですか。
米原　だって、国家機密になるから。基本的には、フリーの通訳は、記者会見とか学会みたいに、みんなに開かれていて、みんなに知ってもらいたいときに雇われるだけ。誰にも知らせたくないときには、商社でも、自分の通訳を雇いますし、外務省とか各省庁でも、自分の通訳を雇うんです。そのときに誤訳がよく出てくるの。なぜか。お役人は責任とりたくないんです。基本的に、あれは、「責任とりたくない仕事」なんですね。
糸井　そうですね。「黙っていれば安全なんだったら、黙っている」というケースですね。
米原　そうそう。で、無難にしたいんです。基本的には字句どおり訳すのが、いちばん無難なんですよ。でも、日本とほかの国とはぜんぜん字句の意味が違うから、字句どおり訳すと、かならず誤訳になるんですよ。だから、無難にしようとするがために誤訳になっちゃう。最終的に責任をとらない、「庶務課係長の訳」って言っているんだけどね。

糸井　じゃあ、あれを「旗を見せろ」って訳したわけですね。

米原　いや、わからないですけどね。恐らくそうでしょうと。

糸井　恐らくそうでしょう。

米原　そうだと思います。つまり、「旗幟を鮮明にせよ」と訳したとなると、もう一つ別の解釈が入るわけです。……解釈するということは、「訳した人の責任」が伴うわけですね。

糸井　なるほどね。「俺は旗を見せろと言ったつもりなのに」と、あとで言われちゃ困るということですね。

米原　そうそう。でも、「旗を見せろ」ってそのまま訳しておけば、両方あり得る。たとえとして言ったというふうに逃げることもできるし、具体的に旗を見せろと言ったという言い方もできる。

糸井　直訳すると危ない言葉というのは、相当その言語を知らないとわからないですね。

米原　そうですね。

糸井　ロシアならではの言いまわしとか、山ほどあるわけでしょう？

米原　そうですね、山ほどありますね。私、ＡＢＣＤ（匿名）さんが外務大臣になった時、ソ連からロシアになった直後に公式訪問した際に、記者会見用の通訳として雇われていったんです。その時、恐らく何にも会談の成果がなかったんですよ。でも、政治家ってそういう時も記者会見をしなくてはいけないわけね。で、日本とロシアの記者が会場を埋め尽くしているところで記者会見をする、ということで、記者会見の原稿を二、三時間前に、渡されたんです。それを見たら、結局本当に成果がなかったものだから、「二人はサウナに一緒に入った」というぐらいしかないんですよ。で、私に言わせる言葉に、「文字どおり裸のつき合いをした」とある。「裸のつき合い」って、日本の比喩でしょう？　肝胆相照らしたとか、つまり、率直に飾らないで心からの交流をした、という意味ですよね。

糸井　それ……直訳はまずいですね。

米原　文字どおりとすると、ロシア語には裸のつき合いという比喩がないんですよね。だから、「これは肝胆相照らしたみたいな、そういう意味のロシアの慣用句を使ってもいいですか」と言ったら、「いや、だめだ、米原さん。大臣も文字どおりとおっしゃっているじゃないか。ここのところが大事なんだから、ちゃんと文字どおり裸のつき合いと訳してくれなきゃ困るよ、君」って外務省の報道官がいうわけですよ。私としては、記者会見場で失笑、爆笑の風景が浮かぶんですけど、「まあ、いいか。本人が言いたいんだから」と思った。三十分前になってやっぱり心配になって、報道官に申し上げたんですよ。「さっきの裸のつき合いなんですけど」「米原さん、言ったでしょう。大臣がおっしゃっているんだから、文字どおり訳してくれなくちゃ困るよ、君」「でも、真実かどうかはわからないけれど、ロシアではコズイレフ外相というのはゲイっていううわさなんですよ」そう言って。

糸井　とんちを使ったわけ？

米原　本当にそういうウワサがあったんです。そう言ったら報道官はぱっと青ざめて、「うん、わかった、わかった」電話をとってすぐ大臣の秘書官に電話を入れて、変わりましたけどね。

糸井　それは、例えば「裸の心と裸の心のつきあい」ぐらいにニュアンスを変えても、やっぱり官僚としては嫌なんですかね。サウナに入ったという事実があるから。

米原　つまり、サウナに入ったという事実とかけ言葉にしたかったのね。でも、日本語ではかけ言葉になっても、ロシア語ではかけ言葉にならないわけですよね。

糸井　違うかけ言葉になっちゃう。結局のところは、事実を訳す仕事と、心を訳す仕事と、本当は両方を重ねながらやっているわけですよね。

米原　こういう一回限りの記者会見みたいに、ほとんど十五分か二十分ぐらいの会見で、会見が終わったらすぐ飛行場に直行して飛んで帰るというようなところだと、本当は通訳が介入しちゃいけないんですけどね。本当はそのまま訳して笑われればいいわけですよね。通訳がクッションになってしまうと、最後まで本当のつき合いにならないわけです。ああ、日本にはそういうことわざがあるのかとか、ああ、それをかけておかしかったんだなあとか、いろいろ笑ったり失笑されたりして印象に残るつき合いができるから。

糸井　本当に透明になるって、そういうことですね。

米原　本当に透明になるなら、そのほうがいいんですよ。

真意をごまかさないほうがいい

米原　ソ連邦が崩壊した直後、政治家のＷＸＹＺ（匿名）さんが、大統領とかその国の閣僚全部の前で演説したの。そのときに、「貴国は非常に貧しい。これからは日本が大型円借款をするので期待してほしい」と言っちゃったわけ。言った言葉は日本語だから、そこにいた商社の人たちから何から、みんな並んでいて真っ青になったんです。でも、おそらく通訳官が何かごまかしてくれるだろうと思っていたら、通訳官が、そのまま「プアカントリー」と、ロシア語でそれに相当することを言っちゃったわけです。もう大統領も首相もみんな顔がこわばったって。ロシアからしたら、そうとう悔しい言葉だと思う。つまり、援助される身になってみれば、すごく屈辱的なんですよ。本当は援助なんてしてもらいたくないんだから。ひがみみたいな傷があるところに、塩を塗りこむみたいな感じじゃないですか。

糸井　事実、言った言葉なんですよね。

米原　言って、そして通訳官はロシア語にそのまま「貧しい国」と訳して、それであとからその原稿の英語版を渡したけれど、そこにも「プアカントリー」って書いてあったのね。

糸井　だめ押しですね。

米原　だめ押し。「米原さんなら、あそこ、ちゃんとごまかしてくれるよなぁ」って言われたんだけれども、「うーん」って唸ってしまった。考えてみたら、やっぱりその時に、「ああ、日本はそういうふうに我々のことを考えているんだ」と相手が思って、そのあとに、できればやりとりがあったほうが、いいのではないか、とも感じるんです。通訳がクッションを入れてごまかしてしまうと、永遠にお互い錯覚したままでいるわけですから。ですから、ちゃんと真意として、本当に相手のことをどう思っているかということを交換した方がいいんですよ。

糸井　「ガン宣告」みたいですね。ガンだと告げられたとしても、例えば一年なら一年生きられるということを知っておいたほうがいいですという人もいるから。だけど、それは事実だけれども、言わないほうがいい場合もあるし……。

米原　そうそう。そういうことは、たくさんありますよ。私は、その場かぎりで帰ってしまう仕事の場合にはやっぱり、誤解を生みそうな言葉を通訳としてその都度ごまかしますけれど、たとえば二週間ぐらい一緒に過ごす相手の場合には、ぜんぶ、そのまま訳しますね。

糸井　ある意味でいちばん誠意のある形というのは、「プアー」を訳すこと、なんでしょうねえ。

米原　そうなの。透明になったほうがいいですよね。そう思いません？

糸井　つまり、エディターじゃなくて、トランスレーターだということの意味ですよね。

米原　そうなんです。トランスファラントになったほうがいい。

糸井　でも、それは、若げの至りでエディターになりたがっちゃいますね、それが素人だったら。

米原　そこは、トルシエの通訳が……（笑）。

糸井　あれも、おもしろかったなあ。

米原　おもしろかったですね。トルシエって、選手をすごい傷つけるじゃないですか、それをそのままま増幅してやるでしょう？

糸井　ボディーランゲージまで使って。

米原　そう。日本人の通訳を雇ったら、あれを、やわらかくするでしょうね。

糸井　スポーツなんかの場合には、そのほうがよかったかもしれないですね。

米原　そうなんだろうと思いますね。

糸井　ぼくらが小学生のとき見てた阪神の通訳というのに、有名な人がいて。

米原　関西弁でやるのね。

糸井　そうなの。どんなに長くしゃべっても、「まあ、よう頑張ったねえ……」って（笑）。聞いているこちら側としては、「今まであの人が一生懸命に説明していたことは、何だったんだ」という……。「まあ、一生懸命やったよ」いつも、そんなことを言うんです。ほほえましいという人もいるかもしれないけど、客を、たかくくってることでもある。どちらにしても、本当のつもりがないから。

米原　そうですね。でも、映画の字幕なんかもけっこう、そんな感じじゃないですか。

糸井　たまにわかるときがありますよ。「……あ、字幕と実際はずいぶん違う」って。

米原　そうそう。で、それでけっこうちゃんと全体として映画の内容は伝わっていたりして。逆に、ぜんぶ訳すと、短い時間では読み切れなくなったりするでしょう？

糸井　映画の場合には、そこでエディターとしての腕を見せるみたいな、そういう商売ですよね。

米原　ええ。ですから、同時通訳中は時間という制約があるから、おのずと編集しちゃうわけです。編集するというか、とにかく言いたいことをつかんで、それを伝えるということをするんですね。

糸井　エディターになったりトランスレーターになったり、両方の立場をきっととっているんだと思うんです。

米原　そうでしょうね。

どれだけ自分を殺せるか

糸井　人の話を伝えることに関してぼくがよく思うのは、「カギカッコの中は触っちゃいけない」ということなんです。野球の選手がよく言うんですけど、今だと、例が思い浮かばないんですが、ちょっと昔に水野というピッチャーが巨人に、いたんですね。その人は「阿波の金太郎」と呼ばれていた人で、四国の田舎の子なんです。そうすると、新聞記者の取材に対して、どんなに丁寧に答えても、翌日の紙面では、「ワシは……」って言葉で報じられるんです。水野さん本人に会うと、「俺は、『ワシ』なんて言ってない！」と言うんです。広島の選手だと「じゃけえ」だとか……。言ってないセリフまわしを、スポーツ記者が、勝手に入れるわけですよね。つまり、読みたい人に合わせている。清原だって「ワシ」って言ってないんです。だいたい、「ぼく」って言っているんですよ。ぼくは、人のイメージに勝手に合わされちゃう、ということに関しては「カギカッコをとればいいんだけど、カギカッコの中のセリフをいじることは、本当は、いけないよなぁ」って言っているんですけど。

米原　ただ、通訳の場合には、もとの言語が他の人にはわかんないじゃないですか。一人称についていえば、日本語は「私」とか「あたし」とか「あたい」とか「わし」とか「おれ」とか「ぼく」とか、大量にあるけれども、英語だとかは、一人称単数は基本的に一つですよね。複数も一つですし。そうすると、それをどう訳すかは翻訳次第なんですよ。その選択は難しいです。

糸井　その人の価値体系みたいなものを、ある程度、把握しない限りは、できないですね。

米原　できないですね。でも、通訳がつく場合はだいたいが、公の席ですから、だから、普通は「わたし」ですね。いきなり「ぼく」なんて言ったら変でしょう？

糸井　じゃあ、ポピュラリティーのあるロックスターだとか野球の選手だとかのときは困りますね。

米原　そうですね。それで、通訳の場合、記者のような「カギカッコ」って、ないんですよ。つまり、透明人間にならなくちゃいけないから、「存在しないこと」になるんです。

糸井　「地の文」がないわけですね。

米原　そう、地の文がない。「彼はこういっている」と言っちゃいけないのが、翻訳なんです。「彼」はなくて、そのまますぐ「私は」になる。

糸井　嫌な役割だなぁ。例えば僕が若げの至り通訳ができたとしたら、さっきの「プアカントリー」みたいなときには、いったん「プアカントリー」を言っちゃってから、「そういっていますけど、これはちょっと誤解されますね」って、入れたくなりますねえ。

米原　入れたくなるのね。

糸井　やっぱり自分をどれだけ殺せるか、ですね。

米原　そうですね。最初つらかったんですよ。

糸井　つらいでしょうね。

米原　つらい。同じ人の通訳を一週間ぐらいやっていると、その人を絞め殺したくなります。どんなにそれ以前は尊敬していたとしても。つまり、自分の考えと、かなり違うわけです。自分とは違う人間にならなければいけない……。言葉って、結局、自分自身にものすごくかかわっているところなんです。自分の感情とか考えとか、それを他人に伝えるために自分自身がモノを考えたりするときにも言葉を使っているから、これを完全に他人のために使うということは……。

糸井　大変なことですよね。

米原　苦しいんですね。

糸井　自分の物差しみたいなものは何センチメートル何ミリメートルでできているという、手のサイズみたいなものがありますよね。そのサイズでふだんブロックを組み上げたり、つなげたりしているのに、急に一尺、二尺ではかっている人の話をしなきゃならないわけですね。

米原　そうです。価値観とか美意識もぜんぶ違いますから、それをなるべく正確に的確にずうっと表現し続ける、というのはつらくて……。

糸井　聞いているだけでイヤですもの。

米原　イヤです。通訳をやっている人はみんなその時期を経過するみたいですね。ある時期から、何かふっと離れられる。遊体離脱みたいな感じで。

糸井　今、何を思い出したかというと、歌舞伎を思い出したんですよ。歌舞伎の片岡仁左衛門さんに、ゲストとしてお話を聞いたことがあるんですけど、その時、「歌舞伎というのは型で覚えるものですから」というお話があって、本当に明るいスタジオをしているときに、合掌してお参りをしますね……？」というポーズをとったんですね。見事に、お参りをしているんですよ。で、その姿に、圧倒されたんです。そんなにものすごいものを、気持ちじゃなくて、型で覚えると言われた。その後、今度は玉三郎さんとお話をして、玉三郎さんは西洋演劇もなさるし、歌舞伎もなさる。そのときに、西洋演劇をやる時に、どうしても型でやりたくなるんで、揺れるんですって。で、二つを使い分けているんですって。型で覚えちゃったものというのは、自分の心とは全く関係なく、型から型へ移動していくのであって、そこのところで、例えば三島さんの戯曲とかをやりますよね。その時には、本当に最初はやりづらかったと……。玉三郎さんとかは、どうも、自分の中に二つの人がいるらしいんですけど。

米原　私は三人いますね。

糸井　それはどんな三人？

米原　つまり、聞くときは、自分ではなくて、まずは、聞き手の立場に立って、聞くんですよ。つまり、伝えるときに聞き手にわかるように伝えなくちゃいけないから、聞き手の立場に立って聞く。だけど、それを聞き手に話す時には、話し手の立場に立って話す、ということをやります。「私は、こう思います」と言う。その二つから、ちょっと浮いた感じで神様みたいに両方見ている者もいる、という。その方がやりやすいです。

イタコになること

米原　さきほど、「型」っておっしゃったけども、通訳は、それとは違いますね。つまり、先ほど言ったように、「字句どおり通訳する」ということは不可能で、結局は話し手の言いたい内容を伝えるというのがいちばん簡単なんだけれども……その、言いたい内容を伝える時には、言っている人の立場になる方が早いんです。話し手の立場になったほうがいい。同時通訳するときには、何を言うかわからないまま聞いています。次に何を言うか、予想しながら文の形をつくっていくわけですね。そうすると、予想する時には、その人の立場になった方が予想しやすい、ということなんです。

糸井　イタコですね。

米原　そうそう、イタコみたいに。だから「そうなるふり」が必要なわけ。一方で、それをちょっと突き放して見る立場と、今度は聞き手の立場と……ぜんぶが必要です。だから、完全に「型」ではないんですけれど。

糸井　そうか。

米原　それで、とんでもないとおっしゃるけれども、字句どおり訳すことの方が、ずっと大変なんですよ。字句どおり訳せる人は、天才だと私は思うんですね。

糸井　そういう人もいるんですか。

米原　時々いるんです。本当に早口で。

糸井　ああ、そうか。その場合、「早口」が大事ですね。

米原　早口で、かつ、聞き取る能力もすごくある人。

糸井　つまり回転数の高い人ですね。

米原　思考の回転も舌の回転も速い人ね。

糸井　そうか。マシンとしてすごい優秀じゃないとできないですよね。

米原　できないです。ただ、そういう人の訳がわかりやすいかというと、わかりにくいんです。

糸井　長所の中に欠点ありですねえ。

米原　そうなんですね。

糸井　そうでしょうねぇ。ぼくは今、聞いているだけでつらかったですもの。どのようになさっているかを説明受けているだけで……。割とぼくは同化するタイプなんです。

米原　イタコ的な才能があるわけね。

糸井　どうもパターンとしては宗教家タイプなんだと思うんですけど、相手がつらいだろうなと思うと、どこかそれを引きずっちゃうタイプなんで。

米原　俳優に、向いているんじゃないですか。

糸井　向いてないんです。俳優よりもスタッフの側にいるものだから、「どう自分が下手か」がわかっちゃうんです。

米原　ああ、そうか。

糸井　だから、重心が違うんでしょうね。でも、きっと俳優さんはそういうセンスをもっと投げ出せるんでしょうね。

米原　そうですね。

糸井　きょう、ちょうどその話を、朝していたんだけど。ぼくはたまにお遊びで俳優の役をさせられる時があるんです。そういうことは好きだから、カラオケと一緒で、「やるよ」って言ってやるんですよ。絶対下手なのがわかっているわけだけど、でも、ものすごく好きなんです。その話をかみさんは知ってるもので、かみさんは俳優だから、「あなた、好きだから」なんて言うわけです。「もう、おかしくてしょうがない」みたいに。で、「何でできるわけよ？　おまえだって、最初にやったときは素人じゃないか？」と訊いてみたら、「でも、できると思ってた」って言うんです。その姿勢の差は大きくて、つまり、ぼくは俳優を「できない」と思ってやっているんですね、とても好きなのに……。彼女は、できない時から、「できた」と思いこんでいるんですよ。だから、彼女の場合は、今見ると、とんでもない下手くそなのに、その時から、演技する場面が終わるたびに、自分では「できた！」と思って帰っていたというわけです。

米原　そうですね。さめ過ぎてるとできないかもしれない。踊りでもそうですよね。自分が夢中になってないと、人を夢中にさせられないですよね。

糸井　ということは、米原さんも通訳しているときには、何かあるモノが憑いているみたいになっているんですかねえ。

米原　どうなんでしょうね。

糸井　さっきの神様の立場をもうひとつ持っているわけですよね。

米原　ただ、本人だけは「自分はきちんと通訳している」と思いこんでいるけれど、客観的に見るとすごい誤訳、というのがいっぱいあるんですよ、他人のを見ていると。自分のは棚に上げちゃうんだけれども。ロシア語だから、おそらく両方できる人は日本にあんまりいないじゃないですか。だから、かなりウソを言ってもバレないですが、そういう誤訳は、やまほどありますね。

神と透明とのジレンマ

米原　英語の通訳だと、もう、どの会社にもどの官庁にも、「俺は英語がよくできて、きょうから来た通訳なんかよりもずっとできるから、あいつが間違えたら俺が指摘してやって、教養あるところを見せてやろう！」というような人がいます。ＥＦＧＨ（匿名）県の知事なんかも、そうですけど。

糸井　嫌だなあ（笑）。

米原　嫌なんですよ。もともと、それを指摘したくてしょうがないというだけの人だから。

糸井　あぁ……わかるなぁ、そのムード。

米原　姑みたいに、どうでもいいところで指摘するんですよ。ですから、通訳をやっている最中は、「ここにいる中では、私が一番うまい。私がやるしかないんだ！」という風にやっていないと、パフォーマンスは、よくないんです。

糸井　でしょうねえ……。

米原　ところが、その気持ちを、姑の指摘みたいな形でくじかれると、その後、もうやっていけなくなっちゃう。

糸井　たまんないでしょうね。

米原　うん。それをＩＪＫＬ（匿名）知事にやられて、三カ月間、失語症に陥った通訳がいますね。

糸井　失語症になるほうの気持ちは、めちゃくちゃわかりますよ。例えば、クライアントの中に、クリエイティブ出身の人がいるとして……。今はキャリアができちゃったんで、「言っていいですか」みたいな感じの指摘になるんだけど、ぼくが若くて相手が年上で元クリエイティブだったら、「その案はさあ、一つの可能性としてね」なんて言われると、嫌なんだなぁ……。まちがいじゃない指摘なだけに、「わかっちゃいるんだけど、おまえとケンカしている場合じゃないよ」というところもあるじゃないですか。重しをつけて走らされているみたいな。

米原 そうですね。ただ、やっている最中は「自分しかいない！」と思ってやらなくちゃいけないんだけれども、そのパフォーマンスがよくなければ二度と雇われないわけですから、やっぱり客観的に自分を評価できないとダメですけど。通訳をやる前は自信がないまま、そのぶん一生懸命準備したほうがいいし、やり終わった後、やっぱり反省しなくちゃ、うまくなっていきませんからね。通じなければ二度と雇われないわけですから。そうすると、やっぱりやってみて、その時は本当に話し手になり切りながら、しかも同時に、客観的に、神様みたいにちゃんと冷たく見ている目も必要なんですよ。

糸井 役割として上に立たない限りは、仕事にならないということですよね。言語に関してね。

米原 そうですね。

糸井 その場の司祭みたいな役割を果たしちゃいますね。

米原 そうですね。けっこう、権力持っちゃいますね。

糸井　持っちゃいますよね。……そういう方だったんですか（笑）。

米原　英語の場合は、けっこう難しいと思うんですよ。そこらじゅうにわかる人がいるから。でも、そうじゃない言語の場合は、完全に違うストーリーを聞かせて満足させるということもありますので。

糸井　ワザを見せちゃうわけ。

米原　生命にかかわるときとか、ちょっとそれを言いますね。食事を選ぶときなんか、自分が食べたいものに誘導していくとか。

糸井　あぁ、それはしたほうがいいね。そういうことも混ざんないと、仕事内容が、カラダに悪過ぎますね。

米原　どうなんでしょうね。ただ、そういう時に、自分が勧誘して誤訳したというのは何か申しわけないというか、罪の意識を持つんですよ、宗教的に……。

糸井　最高権力を持っていながらも、自分はゼロであれという、すごい引き裂かれた場所にいるわけですから。

米原　そうですね。

糸井　リーダーシップをとるというのが、あらゆる場所で日本人はとっても苦手で、リーダーじゃないという顔をしながら動かすのが、いちばん好きですよね。

米原　そうですね。責任はとらなくていいですからね。

糸井　で、「何かあったら水に流して」とか、いろんなやり方でその都度やっていくのが、非常に日本人に向いている生き方なんだけれども、今のお話を聞いていると、米原さんは、自分がここではいちばん言語に関してのリーダーシップを、実際に持っているわけです。「そこの場所に立つ」という決意は、何か相当思考の大転換がないとできないと思うんですけど……。その考えを獲得するのって、いつですか？

米原　いや、本当に通じてなくて困っている時に通じたというのは、話している両方ともがうれしいし、私も、うれしいんですよ。

糸井　つまり、「私がやっていることは人のためになっている」という実感があって、リーダーシップをとるわけだ。

米原　そうそう。これは、何か本当にうれしいみたいですね。

糸井　みたいですねって（笑）。

米原　ほんと。わかりあえるというのがあって、それはたとえ誤訳であるがための誤解であってもね……でも、何を言っているのかがわかるというのは、すごくうれしいんですよ。

ロシア語の地獄

米原　通訳は、あくまでも「家来」なんですよ。「ご主人」は、話し手と聞き手です。

糸井　そうですよねえ。それが、どこまで行っても、矛盾を生みますね。

米原　そうなんです、絶対に……。でも、「従属している者を抱えてはいるけれど、実は支配している者が従属している」という関係は、いつも、あるでしょう？

糸井　マゾが強気のサド・マゾとかね。「もっといじめて！」って。言われてるから攻撃しなきゃいけない。

米原　そうそう。結局、通訳がいないと、何にも通じないわけですから。通訳が下手だと、どんな高邁なことを言っても、すごく幼稚なこととしてしか、伝わらないわけです。だから、本当は支配しているんですけれども、でも、通訳は、個人の主体としては何にも言えないんですよね。

糸井　ひどい立場だよなぁ。米原さん、通訳に向いていたんですか？

米原　いや、ぜんぜん向いてないですよ。「わたしには向いてない」と思っていました。

糸井　でも、いますよね、ここに。向いてないと思っていたけれども……。

米原　そうですね。やりはじめたら、とてもおもしろいと思った。

糸井　あぁ、「向く」「向かない」じゃなくて、興味のほうがグッと前に出たんですか。

米原　はい。最初はもちろん、そのままでは食べていけないから、通訳をはじめたんですけどね。だから、「本当は私に最も向いた別の職業がこの世の中にあって……」というか、そういうことは、最初は思っていました。そんな「天職」に出会うまで、通訳は時間の割にはお金がいいし、私はロシア語というのもある程度できるから、「これでまずは食いつないで、食いつないでいる間に天職に出会おう」と。そう考えていたら、何か食いつなぎの仕事が、すごくおもしろかったという。

糸井　もうちょっとさかのぼって、これはもう何度もお答えになっていることで、面倒くさいかもしれないですけど、ロシア語との出会いについて直に聞いてみたいんですけれども。

米原　私が小学校三年、九歳のときに、父親の仕事の都合でチェコスロバキアのプラハに移り住みました。そこで結局、五年過ごすんですけれども、最初、親は私を、地元の学校に入れようと思っていたそうなんです。しかし、よく考えると、チェコ語だと、教科書も先生も、日本に帰ってから手に入らない。「ロシア語ならずうっと勉強が続けられる」というので、ロシア語の学校に入ったんです。ソ連の外務省が経営するチェコスロバキア在住のソ連人のための学校でした。だから、すべて授業はロシア語で、ソ連からやってきた先生が教えるという学校です。

糸井　そのときの戸惑いがやっぱり聞きたくなるんですが……。

米原　もうすでに、三年生でしたから……。

糸井　とんでもなくツライですよね。

米原　とんでもないです。だって、ロシア語はぜんぜんできなかったんですから。まったくできないところにほうりこまれて、毎日通わなくてはいけないでしょう？　私、学校へ行くのが毎日ツラくてツラくて、本当に行きたくなかったですね……。何にもわからないのに、一日じゅう教室に座ってなくちゃいけなくて。ときどき意地悪な子がいて、日本から持ってきた私の筆箱なんかを取り上げちゃったりするんだけど、それに抗議もできないでしょう？　言いつけもできないでしょう？　それから、みんなが笑っているときに一緒に笑えないでしょう？

糸井　九歳の子がねえ……。

米原　あれはつらいですね。本当に、「いつこの地獄は終わるのか」と思いましたね。……で、肩凝りと偏頭痛。

糸井　カラダに来ちゃう。

米原　体に来ちゃうんですね。きっと大人だったら、自分で荷物をまとめて帰っちゃうと思うんです、あんな状況に置かれたら。でも、子どもは、しょうがないですね。

糸井　親はそのときにどういう立場をとりました？

米原　親は、私が学校から宿題を持ってくると、その宿題を全部辞書引いて、日本語に翻訳してくれましたね。

糸井　支え棒になってくれたんだ。
米原　そして、だんだんだんだん、少しずつ薄皮がはがれるようにわかってくるんですね。
糸井　ぼくらみたいに外国語が全く苦手な人間にとって、その薄皮までには何があるんだろう、と思うんです。
米原　日本語だって、結局ほんとうは少しずつそうやって覚えてきたわけですけれども。例えば名詞は、コップとかそういうものはだんだんだんだん、わかってきますよね。それで、本当に必要な単語というのは人間頻繁に使うから、学習というのはドリルで何度も何度も繰り返すことですよね。何度も何度も耳にしたり、何度も何度も文字で目に入ったりすると、自然に身についていくんですよ。
糸井　接する機会を圧倒的にふやしていくということですね。
米原　ふやしていく。だから、それは、外国語の才能あるなしは全然関係ないんですね。

オクテの方が、完成度は高い

米原　私が通った学校はだいたい五十カ国ぐらいの子どもたちが学んでいました。ロシア人が半分、ロシア語をできる人が半分で、あと半分はまったくできない子ばっかりだったんですけど、私も含め、半年後には全員が、できるようになっちゃうんですよ。それは外国語の才能とは、関係ないんです。

糸井　カリキュラムというのは、一日何時間で毎日、みたいな……？

米原　低学年は、四十五分の授業が四時限。四年ぐらいから六時限になるのね。それで、一クラス二十人ぐらいで。

糸井　で、理科だ、社会だみたいなことを教えるわけですよね。

米原　ええ。だいたい、三年までは国語と数学しかない。毎日国語の時間がたくさんあって、国語でぜんぶ教えちゃうのね。理科も社会も歴史も地理も、ぜんぶ国語で。

糸井　つまり、読みものとして、例題として、社会があるわけだ。

米原　そうそう。読みものの内容が社会的なものだったりするんだけれども。ロシアは、とにかく「言葉があらゆる学問の基礎体力だ」という考え方なのね。だから、これを徹底的にやるんです。国語といっても文法と文学に分けて、文法はむしろ、本当は母国語なのに、徹底的に外国語として突き放して勉強していましたね。

糸井　そのメソッドは、今、考えても、いいものだった？

米原　非常にいいですね。日本人が外国語を勉強する時に苦労するのは、結局、私たちは日本語の、自分の国の言葉の文法を、ちゃんとやってないからなんですよ。

糸井　そうです。

米原　つまり、客観的に一つの体系を、自分の国の言葉を持ってないんです。だから、もう一つの体系をやるときにゼロからやらなくちゃいけないんですね。でも、一つの体系をきちんと把握していれば、次の体系を身につけるのは、はるかに楽になるはずなんです。だから、母国語でそれをやる方がいいんです。母国語を、きちんとやった方がいいんです。……と、私は思うんですけど、まあ、それはそれとして。とにかく五十カ国の子どもたち、ロシア語を半年後にはみんな自由にしゃべれるように、また、書いたり読んだりできるようになるんですね。ただ、おもしろいことに、ロシア語と親戚関係にあるスラブ語の、例えばチェコ語とかポーランド語、そういう国から来た子は、大体二、三カ月でロシア語ができるようになります。近いから。スラブ系ではなくても、同じインド＝ヨーロッパ語族、フランスとかドイツから来た子は四、五カ月かかる。で、日本なんて遠いじゃないですか。言葉としての親戚関係は全然ない言葉ですね。アラブとか、モンゴルとか、朝鮮とか、そういうところから来た子はやっぱり六カ月ぐらいかかる。時間がかかる。

糸井　でも、二カ月しか違わないですね。

米原　まぁ、そうです。でも、大きいですよ、子どもにとっての時間というのは。ただ、身につけたロシア語を見ると、言語的に離れた国のほうが、完璧に身につけるの。

糸井　え？　それはどういう……？

米原　私も電話で話すとロシア人に間違えられる。これは自慢じゃなくて、日本人はみんなそうです。モンゴル人とか、離れている子はみんなそうなの。言葉の選択とか、文法とか教科書では明示されない言葉の相性とか、いろいろ細かい文章化されない規則がありますでしょう？　そういったものも正確に身につけるんですよ。それからイントネーションとか発音なども完璧に、本国人と変わらないものを。ところが、とても近い言葉を母国語にして、実際にロシアで生活してゆくような子、この子たちは永遠に自分の国のなまりを引きずったまま、ロシア語を、しゃべるんですよ。その後もそのままロシアに留学して、大学へ行って出て、大人になってロシア語で生活してるのに、自国語なまりそのまま丸出し。何年やっても。

糸井　何かわかる気がしますね。

米原　結局、よくわかったのは、本人が努力家だとかまじめだとかというのとはまったく関係なく、脳には省エネ装置がついてるの、サボり装置が。だから、自分が既に持っている言葉のパターンがあって、それが似ているロシア語があったとすると、新しいものを身につけないで、もう既に持っているもので間にあわせようとします。

糸井　そうできているんだ？

米原　だから、近隣国の子は、覚えが早いんです。ところが、日本語みたいに離れていると、使える引きだしがないんですよ。だから、最初のまっさらから身につけなくてはいけないから、そうすると完璧に身につくんですよ。

糸井　それはそうだ。

米原　だから、何かに関して、すごく習熟が遅い子とかいるじゃないですか。それは別に言葉に限らず、そういう子って、逆に完璧に身につく可能性があるんですよね。

糸井　ということは、回り道をした方がいい、ともいえますねえ。

米原　そう。だから、すごく器用で、すごく早く身につける子というのは、優秀ではあるんだけれども、表面的だったりするんですよ、身につき方がね。言葉については本当に私自身の体験で、これは確信を持っていえますね。

糸井　一番遠い語族だったからよかったと。

米原　遠いから、うまくなる。

愛と憎悪

糸井　以前に、スポーツ系の方とお会いして聞いたのですが、「とっても才能のある選手は金メダルを取れない」んですって……。

米原　あ、そうだろうね。

糸井　その人を追い抜こうと思っていた、「ちょっとマシな人ぐらいの人」が、自分より先を走っている天才を見定めて努力していくと、金メダルなんですって。金メダルの選手って基本的には、本当に才能のあるやつが先にこぼれてくれて、その結果、あそこの位置にいるそうで、その話には、リアリティーありますよね。

米原　ちゃんとできちゃう人は、それをできるということを、あんまりありがたいと思わないという面がありますね。苦労しないで手に入れるから。結局、人間って自分がかわいくて、自分が努力した量が多いほど、それを貴重に思えるじゃないですか。

糸井　それは、何かを学んでいくときの大きなヒントですね。

米原　そうですね。だから、何かたとえば男の人でも、虫が好かない人のほうが、けっこう本当はよかったりすることある……それはないか（笑）。

糸井　男だと、それはないですよ。

米原　ないですか。でも、嫌いでも好きでも、気になるんですよね、結局はね。

糸井　そうでしょうね。たぶん自分にどこかで一本通じているものがあるんでしょう。

米原　そうですね。

糸井　ぼくを大嫌いだというメールを送る人って、ぼくのことをよく知っていますもん。ひととおりぜんぶ知っていますもん。……ほんと、嫌いなんでしょうねぇ。

米原　そうですよ。「愛」の反対語は「憎悪」じゃなくて「無関心」だというぐらいだからね。

糸井 そういうことですね。でも、そいつに愛されたいとも思わないですけれども……。やっぱり時間というものがあるんで、だいたいのケースでは、憎悪したままで、人間の寿命って来ちゃうんだと思うんですよ。なおるまでつき合わないもの。

米原 いや、憎悪というふうに自分は認識しているけど、実は愛だったりすることはあるんですよ。だって、そんなに心のエネルギーを使うわけですから、その人のためにね。

糸井 使っていますよねえ。命をかけて、エネルギーをね。

米原 通訳するときも、正反対の人の言葉のほうが、訳しやすいんですよ。すごく微妙に自分の立場と違う人が、いちばん訳しにくい。つい間違って自分に引き寄せちゃうでしょう? だから、本当に微妙な違いの人の言うことを正確に訳していくことはとっても難しくて苦労するから、何か憎悪しますね……その人を。その、「ちょっとした違い」をね。すごく離れていると、何かとってもラク。

糸井 通訳と通訳の会話を通訳する、という場面とか……嫌でしょうね。つまり、スワヒリ語と日本語をしゃべれる人の。

米原 でも、しょっちゅうありますよ、リレー通訳というの。

糸井 オーッ。

米原　ほとんど国際会議ってリレーが多いですよ。

糸井　そうか。しょっちゅうあることなんだ。

米原　ええ。たとえばインドネシア語で発言したら、インドネシアの人がそれを英語に訳して、その英語が日本語になって、その日本語を私がロシア語にするとかね。それをほとんど同時にワーッとやっていますよ。

糸井　もうイヤ……。

米原　でも、もちろん途中でたくさん、言いたいことが落ちてゆくんですけどね。

糸井　当然落ちるでしょう。

米原　落ちます。

糸井　スワヒリ語の人とロシアの人の間の違いなんて、ぼくらには想像できないですものね。前に話に出た「裸のつきあい」みたいな表現が、その間に、何度も何度も出てきているかもしれない。

米原　ぜんぜん違う話になっていたりする可能性はありますよね。

糸井　何か国際社会って、実は危ういところでつながっているんですね、思えば。

米原　ええ。

糸井　「私、あなた、好き」ぐらいのことが、ベースなんですねえ。

米原　おそらくね。

糸井　たくさんのロジックがやりとりされているんだけど、やっぱり最終的に、「よし」「いや、違う」というところは、大きく感情のうねりみたいなものが支配しますよね。

米原　そうですね。人間は理性よりも感情で動きますね。

糸井　そっちの分量の方が大きいですねぇ。何だこの野郎だとか。それは現場に行って絶えず感じていらっしゃるんですね。

米原　いや、国際舞台では、けっこう、人間は見栄を張りますからね。だから、かなり理性的な発言をします。

糸井　複雑だなあ。

感情をこめると、相手に通じる

米原　理性的な発言っていうのは、割と、人の心に入ってこないんですよ。

糸井　あぁ、「ウソだから」ですねえ。

米原　うん、ウソだから。感情がこもった発言のほうが、相手の心の中に、入るんです。それはもう……例を挙げると、官僚が、いろいろ発表するじゃないですか。

糸井　……言ってること、聞こえてこないですね。

米原　音声としては、聞こえているはずなんだけど、聞いた先から、何を言ったのかを忘れちゃうでしょう？……印象に残らないんですよ。

糸井　小泉さんは、そうじゃないものを持っているんですよねぇ、きっと。だから、人気があったんでしょうね。

米原　そうですね。ちゃんと感情のフィルターを通した言葉は、やっぱり、相手の感情に入っていくんですね。感情を通さない言葉は、感情には入っていかない。それから、言葉って……声を使って出すんですけれども、この声を使って、声を出す時にでも、不思議なんですけれども、同じ言葉でも、感情をこめるとこめないのとでは、聞き手にとっては、まったく印象が異なるんです。たとえば、何か不祥事があって謝るじゃないですか。企業のトップや、あるいは官僚や、警察のトップだったり、何とか省の次官だったり。でも、それは、何一つ印象に残らないでしょう？「いったい、何を言ったのか」が、残らない。まぁ、謝ったんだろうな、というのはわかるし、土下座までしているんだけれども、じゃあ、その人が心から謝っていると思うかというと、絶対に思わないでしょう？

それは、文章そのものを、おそらく部下が書いているからなんですよ。部下はどういうふうに書くかというと、「被害者に対する申しわけない気持ちを絞り出して、それを言葉に結晶させる」のではなくて、おそらくもう、そういう時のパターンがあって、それをいくつか引っ張ってきて、組み合わせて文章をつくる……。

糸井　クレームをつけにくい言葉に、直すわけですね。

米原　直すわけです。それで、企業のトップやお役所のトップは、そうやってでき上がった文案を、心をこめて被害者の気持ちになったり、申しわけないという気持ちをこめて一言一句読んでいくのではなくて、「謝っているというポーズをとにかく社会的に見せなくてはいけない」というんで棒読みするわけですよね。いい俳優さんだったら、それにきちんと思考と感情の両方とも使って、その言葉をいちおう読んでいくだろうから、人を感動させるんだけど、どんなに文章そのものが感動的でも、やはり棒読みするとだめ。棒読みするってどういうことかというと、「字句の音だけを言うこと」なんです。

われわれが、何か言葉を出すときのメカニズムというのは、「本当はまだ言葉にならない状態があって、心の中に言いたいことや考えや感情や、そういったものが何となく形づくられてきて、やっとそれをいいあらわすのに最もふさわしい言葉とか文の形とか、それから言い方、スタイル……といったものがまとまってきて声になって出る」ということなんです。しかし、官僚の書いた文案というのはそのプロセスを経ない言葉なんですよ。感情のプロセスを全然経ない、表面だけの言葉というものには、裏がない。言葉が生まれるプロセスを経ない。もう残骸みたいな言葉なんです。そうするとそういう言葉というのは、相手に入っていかないのね。
糸井　見事に、入らないですよねえ。
米原　ところが、そのプロセスを経た言葉というのは、ちゃんと、受けとめられた時にまた入っていく。ほとんど相似形しているんですよね。
糸井　ぼくはつくづく感心するんですけど、アメリカの俳優さんたちが演劇学校の生徒さんを前に自分のことを語るインタビュー番組があって、あれを見ているともう、これはプロなのか、本当にいい人なのかは、わからないけれども、とにかく、たしかに、すごいんですよ。それぞれの俳優の「自分の言葉」が絶えず出ているんですね。「これはだいじだから覚えておいてね」という要素も入っているし「おれっていう人をわかってね」という内容も入っているし、もう全部……。
米原　それは、セリフを読むんじゃなくて、自分で言うんですね。
糸井　そうです。だけど、質問されて答えるときに、とっさに、あれだけ立派にはできない、とぼくは思うんですね。つまり、書き言葉でさんざん……。
米原　練って。
糸井　ええ。練ってつくったものに近いぐらいよくできているんです。ということは、彼らはやっぱりその訓練までもしているうえで、俳優なんだ、と思うんですよ。
米原　日本の俳優はそこまでできないね。

糸井　できないですね。「ぶっちゃけた話だけどね」というような要素を、「学生さんたちだから、ここでは、ぼくはいいますけどね」といって雑談みたいに言うことに関してでも、必ず何が伝えたいか見えるんですよ。これはねえ、スゴイ！
米原　きちんともう自分の中で、話の構造ができてるんだ。
糸井　だから、大詐欺師ともいえるし。
米原　でも、その言っている瞬間は本当に誠実に言ってるんでしょうね。
糸井　ええ。すばらしいですね。だから、政治家は、きっと、あれを見たほうがいいですね。
米原　つまり、言葉でもって人の心をとらえるという。
糸井　ええ。「夢中になって押しつけてる」というんじゃなくて、「向こうからも歩み寄らせる」ぐらいの引き方っていうか、距離感を持ってるというのは、それぞれの個性が、ぜんぶ違うんですよ。
米原　それはもう全然メモも何も見ないでしゃべるわけね。
糸井　ないです。「質問者がこんなことを聞く」というのは、おそらく前々から言ってあったとは思うんですね。アメリカのやり方ですから。それにしても、すばらしいですねえ。
ああいうことができる人ならば、本当に天下とれますね。

米原　そうですね。小泉さんで、あれだけとれちゃうんだからね。
糸井　そうですね。

熱演だけじゃ、説得できない

米原　今までの大臣や首相たちは、官僚のつくったものを棒読みしてたからね。
糸井　小泉さんは、やっぱり才能があって、相当細かいことを聞くような質問に対してでも、「ワカったワカった」って言って、「やるっていったらやります！」とか、意気を出すでしょう……？
米原　そうそう。
糸井　あれはやっぱり女優ですよね、男優よりも。
米原　そうね。
糸井　スゴいですよ。
米原　ただ、ずうっといつまでもセリフにすぎないところがね……。
糸井　きっと、アメリカ人とかは、話す練習をしてるんでしょうね。
米原　私がプラハにいたときの授業は、ペーパーテストは一切なくて、つまり、マル・バツの選択式はなくて、「ぜんぶ口頭試問か論文」だったんですよ。

糸井　へぇー。

米原　あらゆるテストの、知識の試し方がそう。だから、人前でしゃべる訓練というのは、それは国語であろうと、歴史であろうと、地理であろうと、ぜんぶ、受けましたね。

糸井　そうか。その訓練というのは、さっきの文法の修得もそうですけれど、日本人は、してないですねぇ。

米原　ええ、してないですね。ですから、ものすごく受け身ですよね、日本の試験での試し方って。つまり、マル・バツというのは、既にもう答えがある中で選ぶだけだから、受動的でしょう？　選択式も。

糸井　「黙ってできること」っていう感じで。

米原　黙って、つまり、採点するのも機械でもできちゃうんですよ。口頭試問や論文式になると、先生は大変なのね。つまり、責任持って評価しなくちゃいけないから。マル・バツや選択だと機械にかけちゃえばできちゃうし。

糸井　就職試験の面接の練習というのを、どうも学生さんたちが、するらしいんだけど、結局のところ、演技の幅が一つしかないから、熱心という演技しか、できないんですよね。つまり、下手な役者って「熱演」するじゃないですか。結局のところ、魂を込めてっていうのを、もう熱演でしか表現できない。

米原　できないんですね。幅がないんだ。

糸井　だから、バレちゃうんですよ。ぼくが一回やったことがあるのは、五人ずつ順番に会議をさせたんですよ。で、テーブルの端っこにぼくがいて、「こういうテーマで会議してください」ってやると、熱演できないんです。「熱演は、演技である」ということが、バレてしまうから。つまり、あとの四人に対して真実味があると説得できない熱演だと、議論を進行させられないんですよ。けっこうそれは、よかったですね。

米原　あぁ、人を見るのにね。

糸井　えぇ。ただし、こっちの神経がものすごく疲れますね。

米原　そうでしょうね。

糸井　それぞれの採点をずっとしなきゃならないから。でも、ああいう表現力や根っこにある魂って、実は、ひとつのものですよ、というようなことを、ちゃんと教えたいですよねぇ。

米原　通訳って、人が言っているのを理解して、それから今度それを表現しなくちゃいけないから、「理解するプロセス」と「表現するプロセス」と、両方があるんです。これ、違うプロセスなんですよ。ご存じのように、理解するときには分析的になるんですね。で、表現する時には今度は、統合的になるんですよ。というのは、いろいろなものを、ひとつにまとめて表現しないと、相手に向けては表現することができないわけですから。羅列になってしまいますからね、バラバラの考え、というのは。日本の学者の発言は、羅列が多いの。いかに知識がたくさんあるかということはわかるんだけど、それぜんぶを一つにまとめる統合力というのがない。恐らくこれ、訓練をしてないからだと思うんですね。

糸井　それはやっぱり米原さんの場合には、小学校三年生のときに、文法という形でロジックの組み立て方を訓練したおかげで、日本語の組み立てにまで応用されて、今の自分ができていらっしゃる。

米原　文法というよりも、プレゼンテーションを毎日、やらされたからですね、あらゆる科目で。

糸井　いい勉強をしましたねえ。

ソ連の作文教育

米原　私、三年生まで日本の学校にいて、中学二年で日本に戻ってきたので、日本の教育もある程度経験していますが、日本の作文教育って、何にも評価の基準がないじゃないですか。「よくできました」「大変よくできました」何がどういいのかというのはぜんぜんわからないから、書いて書きっぱなし。だから、その後にさらにうまくなる可能性も、ぜんぜんないわけ。先生の趣味に合うかどうかだけになる。

ところが、ソ連の学校で受けた作文の授業というのは、例えば、「じゃあ、友達について書きましょう」ということになると、名作の人物描写の部分をぜんぶ抜粋してきて読ませるんですよ。例えば「戦争と平和」のナターシャ・ロストワという女主人公にピエールという語り手が出会う場面の前に、彼女に関するうわさがあって、出会って、そのときの第一印象があって、顔とか口とか目の描写があって、その後、直接主人公との交流があって、ある事件があって主人公のナターシャの成長があってと、とにかくそういう風に抜粋を読ませて、その内容の要旨っていうのか、どんな構造になっているのか、というのを書かせるわけです。ツルゲーネフの「初恋」でも何でも、とにかく幾つか名作を読ませて、それがどういう構造になってるかというのを分析させて、じゃあ、あなたがお母さんについてだとか友達についてだとかいうことを書くなら、それをどういう構造で書くかと。まず彼女の評判から書く？　あるいは彼女の目の描写から書く？　そういったことを、とにかく「構造」をまず書かせるわけ。構造を書かせた上で、構造に基づいて、まず作文させる。当初の構造どおり書けたか書けなかったか、というのを確認しながら、じゃあ、構造を変えていくとかいうふうにしてね。

糸井　小学生に？

米原　小学生で。非常に方法論がしっかりしているわけですよ。

糸井　きっと小学生でもその方法論を、今みたいな説明では、すぐには理解できないけど、やらしてみたらわかりますよね。

米原　わかるんですよ。日本もいろいろすぐれた小説があるわけだから、たとえば人物描写の部分について読ませて、「これはどういう構造になっているか、ちょっと分析してごらんなさい」ってみんなにさせたら、けっこう、やれると思うんですね。

糸井　やれますねえ。

米原　とにかく非常に方法論がはっきりして、しっかりしていましたね。物理をやるときには、物理は何をやる学問かということをまず徹底的に教えてくれるし。つまり、化学をやるときも、物理をやるときも、最初の授業は、それは一体どんな範囲を扱う学問で、どういう方法でやる学問かというのをまずしっかり教えてくれてやっていくという。つまり、方法論をしっかり教えてくれる。

糸井　だから、日本の作文ってインパクト主義になっちゃうんで、「泣かせるのがいちばんいい」ということになっちゃうんですよ。要するに感情を揺すぶるというのは、身を切って揺すぶれば一番いいわけで、極端にいうと、クラスで一番不幸な子がありのままを書けば先生に褒められますよね。でもぼくは、あの構造を小学校のときから怪しいと思ってたんですよ。おかしいなあと思ったんです。だけど、それは……。

米原　それは一回限りで終わっちゃいますからねえ。

糸井　でも、次々に引きずって、もっと悲しいことを探せば探せるんですよ。それがどうも子供心にわかったんですよね。だから、作文がものすごく苦手だったんです。

米原　ああ、意外ですね。

糸井　「そんなのないや！」と思ってたんです。で、ウソを書かせてくれるんだったらいいやと思っていましたから、ウソを書くときだけ、作文の点がよかったんです。たとえば擬人法を学ぶからといって、何かモノを主人公にして書きなさい、というときは点がいいんですよ。だけど、遠足に行ったこととか、父のことを書けとか、全部嫌だった。本当にいいたくないことの方が、おもしろいんですよ。

米原　そうそう。

糸井　父親が酔っぱらって俺に理不尽な怒り方をする、ということを書いた方が、点数は高い。でも、俺はそんなことを人に言いたくないんです。そうすると、作文では書きたくないんですね。バカは書くんですよね……「お父ちゃんがこんなことといわはって」。そうすると、いい点数なんです。だから、裸になるかならないかという、AVの基準と同じなんですよね。

米原　でも、日本の私小説ってそうですよね。

糸井　そうなんです。

米原　で、はっきりいってつまんないんですよ。

糸井　つまんないです。

米原　私、日本に帰ってきて、まとめて日本の小説を読んですごいショック受けました。何てつまんないんだろうと思って……。

糸井　でしょうねえ。だから、推理小説は形というものが、ルールが、書いてないけど、ヒントなしに犯人探しちゃいけないとか、そういうのがあるから……。

米原　そうそう。ちゃんと伏線を張らなくちゃいけないとかね。

糸井　そうなんですね。だから、推理小説のパターンの中に、自分の持っている文学的な要素を乗っけていくという作家が、だんだんふえていってますよね。

米原　ええ、そうなんですよ。だって、何か苦痛のような、我慢試しのような感じでしょう？　日本の小説って。

糸井　もっとひどくなると、それが仕事になると、自分から悲しい目に遭うように生きていくっていう。

米原　そうですよね。そういう作家、何人かいますよね。

糸井　それがまた冒険的に外からは見えますから、拍手とかするわけですよねえ。これ、作文教育と同じ構造なんだと思うんです。

米原　ああ、そうですね、そういえばね。いやぁ、私、作文教育では、あんまり自分のことを書けっていわない先生だったですね。だから、個人差があるのかもしれない。
糸井　本当にいいたいことっていうのは、人に言う時期が来るまでは言わないというのが人間じゃないですか。それを先生が出した子を褒めることで点数高くなるみたいな、あの形というのは、基本的にはポルノ映画だと思ったんですよ。若い女の子をだましてやらしちゃうのと同じですよね。
米原　そうですね。
糸井　そうか、米原さん、外から来たから、それがわかるんですね。

書く訓練

米原　ソビエトの学校では自分のことを書くというのはほとんどなかった。ほとんど、「冬について書け」だとかね。
糸井　それは、すごいなぁ。
米原　サーカスについて書けとか、そういう感じで、あまり自己暴露というか、その趣味はなかったですね。日本はきっと、何か明治維新のときにそう思い込んだみたいね、「文学とはそういうものだ」って。
糸井　「文学とは自己暴露である」……。

米原　まあ、自分と向き合うというのはとても大切なことなんだけれども。
糸井　自我の発見っていう、とんでもない大テーマを探させられちゃったんで、慌てて探してみたら裸の自分がいましたみたいな、そういうことかもしれないですね。
米原　それでも、恥ずかしいことを書くということがね……。確かに一方的な自慢話を聞かされるのも困るんだけど、ほとんどの私小説は、「卑下慢」の世界ですよ。
糸井　洋服の文化が育たないのと同じですよね。洋服という、自分さえもちょっと我慢したり、快適だったり、他人の目と自分の心地よさが一緒に存在するようなものの表現というのを、日本はずうっと育てられないで来た。それと、作文教育も同じだと思うんですね。
米原　でも、そういう下地があるから、糸井さんが受けたりするんじゃないですか。
糸井　自分のことはよくわからないんです。ぼくは単純に、書くことは簡単、というところだけを伝えたいんですね。自己暴露するのが得意だったらすればいいし、大ウソつきたかったらすればいいし。よく若い子に課題を出すのは、「自分の好きな食いものを人に勧める文章を書け」。これはみんな名作ですね。
米原　なるほど。
糸井　で、「えっ、これでいいの？」ってわかると、どこがよかったかというのが見えてくる。それはさっきの政治家の答弁じゃないですけど、「思い」なしには書けないんですよ、好きな食べものに関する文章は。

米原　そうですね。おざなりにできないからね。

糸井　ええ。非常に生理的な、内臓感覚まで一緒についてくる文章しか、やっぱり人は受けてくれないんです。

米原　それはうまい方法ですね。

糸井　これは非常に便利です。やっぱりつまんない人は、人が褒めていたものを受け売りで書くんですね。

米原　ああ。そうするとあれね……。

糸井　はい、さっきの官僚になっちゃうんです。

米原　なっちゃうのね。

糸井　だから、サバずしについてや、おやきについてのことをじょうずに書ける子がいたら、その子は、「思いがある」ということは確かなんで、いろんなことに対して課題を出せば、書けていくんです。

米原　そうですね。つまり、いいたいことが自分でわかってない限り、「単に書く」ということは不可能ですものね。

糸井　だから、冬についてということを書けるようになるまでの間を埋めていく、今度は修行が要るんだと思うんですけどねぇ。そうか、外国語を学ぶって、「日本語を学ぶこと」ですねえ。

米原　基本的にはそうですね。日本語を徹底的にやると、外国語をやる時、すごく入りやすくなると思います。

糸井　俺はどうしてこんなに外国語が苦手なんだろう。もう、イラ立つんですよ。

米原　でも、アクターズ・スタジオの俳優さんたちの英語を聞かれるわけでしょう?

糸井　いや、それは日本語訳で字幕が出ている。

米原　ああ、日本語の字幕でね。

糸井　で、悔しいんですよ。

米原　ただ、外国語は必要なければ必要ないと思うんですけど。まあ、知ってた方がおもしろいし、みんなが知らないことをいち早く知れるとか、まったく違う発想法に接することができるとか、そういういいところはあるけれども、差し当たってなくても済むなら、なくていいと思うんですけど。

糸井　「なくて済んでる」から、外国語がだめなんですかね、もしかしたら。

米原　済んでるから。

糸井　この間、ヨーロッパに行って帰ってきて、ぼくは全く語学はだめなんですけど、ヨーロッパだとしょうがないんで、間の英語を使いますよね。そのときのほうが、アメリカへ行って英語聞いているより楽なんですね。

米原　アメリカ人の英語は聞きにくいです。つまり、母国語の人の英語って聞きにくい。聞く立場に立てないから。外国人の英語のほうが聞きやすいですね。
糸井　ちょっと楽なんですね、かえってね。
米原　それで、文法的に正しくなくてもいいんだものね。
糸井　そうそう。だから、たまに、「あ、そういう使い方でいいわけ？」って……。
米原　通じればいいんだものね。
糸井　ですよね。「あ、そうか、ドイツ人でもこういう英語しゃべっているんだったら、俺らが言ってる言葉はあんまり変じゃないか」っていうふうに、ちょっと安心したりして。それは意外と快適だったんです。
米原　通じるといいですよね、通じた瞬間ね。

グローバルスタンダードはない

糸井　ぼくはアメリカへ行ったときに、「単なる笑ってばかりいる静かな好青年」になっちゃうのが、とっても嫌なんです。英語、しゃべれないからね。好青年、もしくは、「いつも何かを求めているだけ」という。……アイウォント、アイウォント、って（笑）。

米原　好青年……。「好」かどうかわからないけど（笑）。

糸井　アメリカに行くと、「俺は何々をしたいんですけど」ってことばかり言ってるんですよ。でも、ヨーロッパに行ったら、何だか知らないけど、どうもそうじゃないことをすこし、しゃべってるんですよ、無理やりに。「あ、ちょっときっかけ来るかもなぁ」とは、思いましたけれど。

米原　アメリカ人は、考えてみれば、糸井さんのような、そういう悩みを持たずに世界旅行するわけですね。

糸井　ラクですよねえ。グローバルスタンダードとかいっちゃって。

米原　そうそう。

糸井　あれ、ラクですよねぇ。

米原　ラクだと思いますけど、逆につまらないかもしれないです。

糸井　うーん、そうかもしれない。機械を使ったりするのには、いま、アメリカは有利ですよ。だいたいが、英語のマニュアルになっていますからねぇ、マシンはね。

米原　ただ、圧倒的大多数の人々は、英語が世界語だっていっても、英語をみんな完璧にはできないんですよ。ひところ、インターネットが普及して、英語がさらに世界語になってしまうと、世界じゅうのインターネットのホームページの九〇％近くが英語で、二位がドイツ語で四％ぐらいで、三位が日本語で三％で、どんどんほかの弱小言語はなくなってしまうって嘆かれていたんだけれども、しばらくしたら、九〇％近くあった英語のホームページが、どんどん閉じられていっちゃったんです。結局、人間は、自分がいちばんよくわかる、いちばん自分を表現できる言葉で話すのではないでしょうか。ホームページなんて、個人的に見ればいいものですよね。

糸井　ええ。

米原　英語だと「何となくわかるもの」に過ぎない。しっかりわかろうと思ったら、母語で見ようとするから、みんながそれぞれの国の言葉で見るでしょう。英語ばかりになるというのは、一つの「幻想」だと思うんですよ。通訳するときにでも、英語でだれか講演をするっていうと、みんな見栄があるから「はい」と言います。学者なんて英語ができて当然という世界だから。でも、わかってるふりしてうなずいたり、笑うとき、ちょっとおくれて笑ったりしている。いったい内容わかってるかってあとで確かめてみると、全然わかってないんです。だから、英語は世界語だっていうのは本当にウソですね。それは観光英語とか、簡単な日常生活に必要な英語はみんな出てくるかもしれないけれども、きちんと大切なことを伝える時に伝わっているかというと、伝わってないですよ。

糸井　そうですねえ。

米原　だから、ちゃんと私たちみたいにプロの通訳を雇って、それぞれ自分の完璧にできる言葉で表現したほうがいいですよ。

糸井 いやぁ、心強い。

米原 ほんとなんですよ。

糸井 本当にそうですね。

米原 私、英語でしゃべっていると、本当に私が言いたいことを言ってるつもりだけども、「これってちゃんとその表現になっているのか」という最終的な自信が、ないんですよ。相手にきちんと届いているかどうかもね。

糸井 だって、アメリカ人同士でも実はそんなことは当たり前で、ちゃんと通じてるはずがないわけですよ。日本人同士でもそうですよね。「わかっちゃいないんだ」っていって帰ってくるわけですから。

米原 それでもまだ日本語であるならば確かめられるんですね、「きちんと伝わったかどうか」というのをね。ちょっと英語になると自信ないです。ロシア語なら、まだ自信あるけど。だから、完璧にできない人が圧倒的に多いわけです。英語は世界じゅうの人が知っているけれども、それはホテルに泊まるときのちょっとした言葉とか、そのぐらいができるんであって、ちゃんとコミュニケーションはできてないですよね。

糸井 帰りの飛行機の中で雑談で話していたんですけど、「この国ってどういう国だよね」っていうのをぼくらは外国に行くと、勝手に決めますよね。非常に雑に決めるんだけれども、「フランスはこうだ」とか、まあ、三行ぐらいでまとめちゃうわけです。

米原　そうね。

糸井　「この国の人はこうだね」。……ずうずうしい話ですけどね。

米原　日本人もそう決められているわけですから。

糸井　日本人が、「おれの国はこうだ」と言うには、どう言えばいいのかを、こないだハタと考えちゃって。昔は多少自慢があったかもしれないけど。たとえば、秋葉原を案内するなんていうのが流行ってたりした時代もあったわけですね。でも、今、日本に観光客を呼ぶ力はないんです。「何を見せるんだ」というと、結局京都に連れていっちゃうみたいな。まあ、こっちも雑なことをやるわけです。「じゃあ、俺たち、自分のいる国を愛して紹介するということを発見しなきゃいけないなあ。今、無理に考えるとどうなるだろうねえ」ということになったら、四季があるということを言い出したんですよ。「それしかないなあ。四季があって水が豊かだ。これ以外、俺たち、つくったものないよね、今」

米原　でも、四季は私たちがつくったんじゃないけども。

糸井　ないんです。だから、あえてつけ加えるなら、「ぼくらの今の日本は、四季があって水が豊かです。私たちがつくったものじゃないんですけどね」という説明で来てもらうしかないなといって、「しょうがねえなあ」って話し相手と別れたんですけど。米原さんだったらどうします？　日本のことを、どう伝えますか。

日本の特色を聞かれたら

米原　外国人に自分の国について話す時は、相手によって、違いますからね。でも、日本にやってくると、まず、「水道の水は飲めるか」ってすぐ聞かれます。日本にやってきた人にとっては、「ミネラルウォーターを買ったほうがいいか、水道の水を飲んでもいいかどうか」というのは、だいじなことでしょう？　そうすると、「ああ、日本の水道水はだいたい飲めますよ」っていいますね、大阪は別にして。

糸井　ちょっと自慢ですね。

米原　自慢です。「日本という国は非常に工業先進国で開発が進んでいるけれども、日本の総面積の八五％は山で、だから、水が汚れる暇がない」と言います。

糸井　斜めだからですね。

米原　そのことで、日本という国が、ちょっとわかるでしょう？

糸井　結果的には、ぼくの言っているのと同じようなことをいって……（笑）。

米原　そうなんです。

糸井　ぼくは、今、農業のほうに、ずいぶん頭の中を向けちゃっているものですから、そうやって日本を見ると、すごくありがたい国なんですよ。

米原　そうなんですよね。

糸井　これがうれしくてねえ。ついつい四季とか言いたくなっちゃったんですけどね。

米原　いや、ほんと。これだけ環境汚染が進んでいるのに、日本って湿気が多いから、いざとなったら、農業国としてやっていけるんですよね。

糸井　東京都の面積の七倍のあいている畑があるんです。

米原　あ、そんなに！

糸井　水が絶えず供給されているんですね。台風一つだって、あんなもの、なかなか来ないですからね。で、全部斜めにちゃんと地下でも流れていくような仕組みになってて見事ですよ。四季があるから、寒暖の差を利用していろんなものをつくれる。

米原　そうですね。本当にいろんなものがつくれる。それで、寒流と暖流があるから、お魚にも、いろんな種類があるし。

糸井　その山というのは、今までの農業のパターンだと、利用しにくい場所と思われたんですけど、実はそっちの方が向いているということが……。

米原　ええ、棚田のお米のほうがおいしいですよね。

糸井　よくご存じですねえ、やっぱり通訳しているから？

米原　いや、違うんです。私、棚田のお米を取り寄せているんです。
糸井　つまり、たっぷりやり過ぎるもの、というのは、だいたいダメなんですよね。
米原　そうです。人間もそうね。
糸井　まったくそうなんです。ちょっと余談ですけど、急斜面で牛を飼うという牧場があるんです。一番ひどいところだと、四五度の傾斜のところに牛がいるんです。これはねえ、牛、実はご機嫌なんです。
米原　ああ、筋肉も鍛えられるだろうし。
糸井　自分の生きる力が呼びさまされるんです。牛って暇ですから、別にどこかへ行くのに時間かかってもいいですし……。
米原　ああ、そうか。
糸井　見ると、牛歩でいく道が、ちゃんとできているんです。そこで育った牛のミルクは、うまいんです。
米原　そうでしょうね。狂牛病の原因って、結局、お乳を搾り過ぎのせいでしょう?
糸井　えさなんですけどね。
米原　一五〇%とっているんでしょう、実際は。
糸井　もともと言えば、いっぱいミルクを出すというのがいい牛を育てたということで、それで賞をもらうような体系ができあがっていた……。でも、今言った牛は、従来の枠組みで優秀とされる牛の八割ぐらいしか出ないんです。

米原　そのほうが絶対いいんですよね。

糸井　そう。おいしくて、高く売れるからいいんです。

米原　ああ、結局ね。

糸井　捨てなきゃならないミルクを絞る必要はないんですよ。そう考えると、さっきの八五％の山間部は全部オーケーなんです。野菜にしても何にしても。

米原　本当は腹八分のほうがいいんだけど、私も（笑）。

糸井　全くそうです。

米原　なかなかそれができない！

糸井　その面でいうと、日本は、すてきなんですよ。自動車の輸出がどうであろうが、何かもともといい場所に住んでいた、という喜びがあるんですね。

ロジックは記憶の道具

米原　今、「つくり過ぎ」じゃないですか。自動車でも何でも。日本の道路面積って先進国の中で一番少ないんですよ。国土面積対道路面積で。だけど、自動車の量が毎年五％ずつ増えていくから、渋滞になるし、空気も汚れるし。

糸井　そういう知識も、外国の人に説明するために、だんだん覚えていったということですか。

米原　結局、「日本に来ると、車が渋滞になる」と言われたりして……つまり、人々はそこに物語を求めるわけです。車が多いって伝えるだけじゃ、ダメなんですね。物語をつくっといてあげなくちゃいけない。

糸井　説明が必要になるわけだ。

米原　そうそう。そうすると、何か日本を知ったような気分になって喜ぶんですよね。

糸井　そんなことは本当はどうでもいいのに……。おもしろいなぁ、その例って。観光案内について、米原さんは最初は「大変ですね」って言っていたけどじつは楽しいですね。

米原　楽しいですね。あと、先ほど作文でウソと本当の話があったけれども、現実の恥ずかしい部分をぜんぶ出してしまうことが評価されるといったけど、本当のことをしゃべるよりも、私はウソをつくほうが恥ずかしいのね。……と思いません？　ウソをついているほうが、本当の自分が出ると思いませんか。

糸井　出ます。その中に自分の考えが出ますから。

米原　考えが出ちゃうから、私はそっちの方が恥ずかしくて。そのまま本当のことをしゃべると、けっこう、ウソを言えるんですよ。恥ずかしい部分をいったとしても、すごく平気でウソを言えるんですね。

糸井　米原さんの本、そのものじゃないですか。

米原　すみません。

糸井　つまり「抑揚」というやつですよね。

米原　そう。本当はみんながフィクションでつくっていると思っている部分に一番自分が出ているから、フィクションするのはすごく恥ずかしいと思いながらフィクションしているんですよ。

糸井　米原さんの本を読むとよくわかるんですよ。

米原　ああ、そうですか。

糸井　あれは、強弱のつけ方がドラマツルギーになっていて。全部本当のこと。だけど、ここのところは大きい音で言うみたいな……。笑いますもの。

米原　ありがとうございます。

糸井　最初に読んだときに、このやり方は発明だなあと思うぐらいおもしろかったですね。

米原　ああ、そうですか。

糸井　でも、あれもロジックの構築ができているからですよね。

米原　さあ。ただ、たぶん、才能がある人はロジックは要らないんですよ。

糸井 あぁ、深いなあ、それは。

米原 おそらく直観で全部できちゃうと思うんですよ。

糸井 古今亭志ん生にロジックは要らないですよね。

米原 そうそう。でも、そうじゃない人はやっぱりロジックで、それを見える形にするか隠す形にするかは別として、ロジックがないとやっていけないですね。

糸井 遠くまで大勢を運ぶためにはトラックで運ばなきゃならないけど、足が丈夫だったら別に大阪まで走れますよね。……というのと同じで、ぼくはやっぱり今の時代では自動車は要ると思うんですよ。ロジックという機械、道具は、すごい武器だと思うんですね。

米原 恐らく日本人がロジックが苦手になったのは教育もあるけれども、紙が余りにも潤沢に手に入り過ぎたせいだと思います。

糸井 おもしろいなぁ、その考えは。

米原 私、通訳していてわかるんだけど、日本の学者はロジックが破綻しているのが多いんです。基本的には羅列型が多いんです。それでヨーロッパの学者は非常に論理的なんです。現実は、世の中そんなに論理的じゃないんですよ。論理というのは何かというと、記憶力のための道具なんですよ。物事を整理して、記憶しやすいようにするための道具。ところが、紙が発達した国は書くから、書く場合には羅列で構わないんですよ。耳から聞くときには論理的じゃないと入らないんです。覚え切れないんです。

糸井　おもしろいなぁ。

米原　だから、日本人とか漢字圏の紙が豊かな文化圏の人たちの脳というのは、視力モードなんですよ。目から入ってくるものを基本的に受け入れやすく覚えやすい脳になっているんです。ところが、ヨーロッパ圏の人々は聴力モードなんです。耳から入ってくるものにより敏感に反応して、より覚える脳になっているんです。製紙業が始まったのは中国ですよね。それで日本も非常に紙が豊かな国で、試験もほとんどペーパーテストですよね。それで、考えをまとめたりするときにすぐ書く。ところが、ヨーロッパでは、紙はものすごく高価だったんです。だから、ほとんどの人は紙を使えないわけです。授業で生徒が紙を使うなんてぜいたくだった。そうすると、紙を使えない人はどうするか。なるべくたくさん覚えなくちゃいけないわけです。覚えるためには論理が必要なんです。論理とか物語とか、そういったものがないと、大容量の知識を詰め込むことはできないんですよ。だから、論理が発達するんですね。

記憶は創造の源泉

糸井　ぼくは前に「保存と運搬をしやすい言葉」という言い方をしたことがあるんです。新聞記事というのは、基本的に保存と運搬をしやすい言葉でつくられている。それをやりとりしている限りは、基本的にはおもしろくないんだ、と思うんです。「おもしろいことっていうのは保存と運搬ができないと思う。でも、保存と運搬のできないおもしろさを追求すると、いつでも保存と運搬ができるようになるからおもしろい」そういう説明をしたことがあるので、今のお話はすごいよくわかるんですけれども。

米原　本当に論理と物語というのは、記憶力のためにあるんだと私は思います。琵琶法師っていますでしょう？　あの人たちは目が見えないですよね。で、膨大な「平家物語」を丸暗記しているわけです。それに、プラトンは、「ソクラテスがこう言っていた」といって引用しているんだけれども、「結局、世界にたくさんいた吟遊詩人たち（詩をたくさん暗記している人たち）は、文字が出てきたときには、みんないなくなってしまった」と。文字が記憶の役割を果たしてしまい、記憶を頭の中じゃなく外で外在化して保存することができるようになったら、知能を使わなくてよくなったんですよ。これは物語ですけど、論理にもそんなことが言えるのではないかと思います。

糸井　プラトンの時代にもうそんなことが……。

米原　と、ソクラテスは言っているわけ。それで、実際に目の当たりにしたんじゃないですか。

糸井　でしょうね。

米原　人々が、文字ができた途端に、どんどん忘れていくという。人間って基本的に怠け者だから、脳も含めて。いろんな負担を、どんどん軽減しようとするんですよ。記憶力みたいな負担も、どんどん軽減しようとして、文字を発明して、計算みたいなことも、今、コンピュータがどんどんやってくれるようになって……。

糸井　外部化ですよね、どんどんどんどん。

米原　本当は脳がやっていた、いわゆる雑用部分をぜんぶ機械に任せてしまって、最も創造的なクリエイティブなところだけを脳がやる……おいしいところだけ……というふうに人間は、していますよね。だから、肉体労働だけじゃなくて、脳の雑用もぜんぶ、何かに任せてしまう。でも、おそらく創造的な力って記憶力と、すごく関係していると思うんですよ。

糸井　そういう本を出したばっかりです。

米原　ああ、海馬の〔池谷裕二・糸井重里『海馬――脳は疲れない』〕。

糸井　はい。あれは見事に、そういうことを言っています。

米原　そうですよね。いろんな情報処理の雑用とか計算能力とか、そういったいろんな筋肉を使っていて、そのベースの上に創造力って花開くんです。今、どんどんどんどんそれをそぎ落として、創造力だけを残そうとすると、ちょうどキャベツか玉ねぎみたいな感じ、まんなかに、何が残るの？　ということになっていくんじゃないかという気がしますね。

糸井　まったくそうです。方法の記憶と、名詞であらわされる記憶に分けて、名詞であらわせる記憶をすらすらいえる人は「博学」だとか言われるわけですね。それは本当はあんまり意味がなくて、外在化できるんですね。だけど、その材料を方法として使う記憶というのは外在化できないんです。自転車に乗るだとかというのは。そういうことをつなげると、無限に脳は発展していきますよ、という話なんですけど、まったく記憶なんですね。

米原　それで、ギリシャ神話のミューズっていますよね。文学・芸術の女神たち。これは、ゼウスという万能神とムネモシュネという記憶の女神との子どもたちなんですよ。

糸井　見事だなあ……。

米原　だから、音楽とか学芸とか、それぞれが受け持つ神様が九人ぐらいいるんですね、ミューズって。クリエイティブな能力というのは記憶力と非常に関係してるって、ギリシャ人は既に知っていたわけね。ところが、我々、それをどんどんコンピュータにあげちゃっているわけ。

糸井　だから、いわば「モノの記憶」は、外在化しても引き出せればいいんですけれども、記憶として非常に保存しにくい不定形な記憶みたいなものというのは、もっと増えないとつまんないんですよね。

米原　ただ、不定形な記憶すらも、モノの記憶に乗っかってあるから、モノの記憶をなくすと「ない」んですよ。記憶というのは、入れ物というか、乗りものみたいなものなんですよね。

糸井　さっきの通訳の話に戻すと、一回は人のせりふでも覚えない限り訳せないですもんね。そこのところを通過してないで、誰かに渡すわけにいかないということだね。

米原　そうそう。きちんと本人が言葉を出した時のプロセスをもう一度経なくちゃいけなくて、面倒くさいようですが、そのほうが実は早いんですよ。翻訳も、一字一句表現だけ拾っていくよりも、きちんと中に入れて出したほうが、なぜか早い。

糸井　それはすごいよくわかる。だけど、米原さんは両側にすごい広いですねえ。

米原　何が？

糸井　おっしゃっていることのロジック至上主義者のほうと、そうではないほうとの。

米原 ああ、そうですか。糸井さんの反応もすごいですね。この話をしておもしろがる人は、はじめてですよ、私。

糸井 おもしろいですもん!

米原 そうですか。

糸井 つまり、ぼく、落語がものすごく好きなんです。

米原 声にした、文字にならない芸術ね。

糸井 そこではまったく内容がないものでも、ある感情なり、ある感覚なりを、まずは一気に共有してしまって、あとは忘れてしまってもいいという、時間の流れそのものを楽しむわけですね。筋を知っていても、もう一回聞くというのは音楽と同じで。あの言語の使い方というのはものすごく魅力があって。で、これを否定するもの、というのは嫌なんですよ。ぼくの中にそれはいちばん強くある気持ちなのかもしれません。同時に、感情でものがどんどん動いていっちゃって、論理のふりをして実は感情で動いているものに対して、とても嫌だなあと思っているんです。ぼくは「嫌だなぁ」から出発する人間なので、「勘弁してくれよ」「居心地わるいなぁ」と、寝ている時の「寝がえり」みたいな感じで自分の興味があるんです。今のお話なんかは、どっちかじゃだめなんだという話が絶えず流れているんで、ぼくが時々「そうですね」というと、必ず米原さんのほうからもう一つ違う方向の話が出てくる……この循環性みたいな、楕円の構造みたいな世界観が、おもしろいですね。ぼく、ああした楕円の構造で物をとらえていて、二つ軸がないと個性って出ないんだと思うんです。中心点が一個だけだと……。そこがわかり合えると、すごく気持ちいいんです。

米原　ああ、なるほどね。私はどちらかというと三つ点がないと不安で。二つだと逃れようがないんですよ。二つの関係というのは直線で。三角形だと、ちょっとずれることができていいんですよ。

糸井　それ、改めてまた考えてみます。

米原　三角形が一番いいんです。

糸井　今まで、二つの中心点で世界観を持つというのをずうっとぼくのメソッドにしてきちゃったんで、三つを考えてみます。

米原　トライアングルがねえ。

糸井　もしかしたら、自分も二つと思って三つを考えていた可能性もあるんですよね。

米原　そうです。自分が一つめで、あとの二つを見ているんじゃないでしょうか。

（「ほぼ日刊イトイ新聞」http://www.1101.com 二〇〇二年十月三十一日〜十一月二十一日、全十九回掲載）

素顔の万里さん――解説にかえて

黒岩幸子

九月のまだ暑い昼下がり、万里さんと私は、鎌倉の彼女の自宅から自転車に乗ってお寺を見に出かけた。入り口付近はありふれた普通のお寺に見えるけれど、奥行きのある境内はかなり広く、古めかしいお堂や墓石が緑の中に佇んでいる。

「両親は共産主義者で無神論者だったからお墓はないの。でもこの頃やっぱりお墓がある方がいいと思うようになって」

妹のユリさんの伝《つて》でみつけたというお寺の下見に、私もお供したのだった。手入れの行き届いた庭に花が咲いていて、カメラを手にした訪問者も多いこのお寺を、万里さんは気に入った様子だった。

「ここに両親のお墓を建てて、いずれ私もそこに入る。そして甥っ子についでに私の分までお墓の面倒を見てもらうわけね、フフフ」

なるほど、誰に自分の墓守を頼むかという、子の無い人間にとっての難題はこれで解決、私も早めに姪っ子に頼んでおこうと思った。帰り道で夕飯の食材を買い足して、私たちは家まで自転車をこいだ。

それから二年も経ぬうちに、万里さんが浄慧院露香妙薫大姉になってこのお寺の住人になるなんて。あの時、どうしてそんなこと想像できただろう。

I

本の執筆に、新聞、雑誌の連載を抱え、テレビのレギュラー出演までこなしている万里さんの私生活は、締め切りに追われる厳しいものと思い込んでいたが、時折ふらりと泊めてもらうようになった二〇〇四年夏以降に見た彼女の日常は、静かで落ち着いたものだった。

「私も人並みに休むことにしたの」

ということで、金曜の夕方に週刊誌の連載原稿をファクスした後は、月曜朝の仕事開始まで休養、テレビ出演も月に一回だけ、そして愛犬、愛猫のお世話に余念が無かった。

私が見た万里さんのフツーの一日

五：〇〇　起床　犬の散歩

ピレネー犬二頭（ボンとナナ）と雑種のモモ。一人で三頭を連れ歩くのは無理なので、散歩のためのヘルパーさんが毎朝通って来る。泊まった日は私も参加。何通りかの散歩コースは、犬たちの朝の気分で決まる。ピレネー犬は大きすぎて、私はもっぱらモモ係だったが、慣れてからは大人しいボンの紐も持たせてもらった。

六：〇〇　帰宅　犬猫の朝食

万里さんのグルメは有名だが、彼女自身も料理がうまい。犬猫、人間どちらの料理も手抜きせずに手早く仕上げる。三頭の犬は庭で、五匹の猫は二階に上がる階段をそれぞれ一段ずつ使ってお食事。

七：〇〇　人間の朝食

朝の定番はまず、ブドウやリンゴをジューサーにかけた果汁一〇〇パーセントのフレッシュジュース。カリッと焼いた黒パンに万里さん特製のたらこバターを添えて。サラダには新鮮な野菜を引き立てるちょっときつめのドレッシング。これもバルサミコ酢と味の素を使った万里さんの手製。ふわふわのオムレツか目玉焼き、ヘレンドのポットにたっぷり入れた濃い目の紅茶。たまにスライスチーズ（犬に飲ませる薬を包むために買ったのが、硬すぎてうまく丸まらずに人間の朝食に流用されたもの）。

食事はすべて万里さんが作ってくれるので、散歩から帰ると私は二階にある明るくて見晴らしのいいお風呂場でシャワーを浴びた。米原邸で私に課せられた仕事はただ一つ、食後の皿洗い。犬猫の食器も含まれるけれど、彼らは一匹につき一個だからたいした量ではない。お先にシャワーして次は万里さんどうぞと言っても、「私はいいの」とパスされることがあった。じゃあ、夜？

「夜も浴びないわよ、いいの今日は。毎日シャワーする必要なんかないの」

はぁ？　ピレネー犬二頭に引っ張られながら散歩して、けっこう汗かいたのに？　原稿に追われてるときは、月平均入浴回数二回とどこかに書いていたが、まんざら誇張ではなさそうだ。不思議なことに、こうしてお風呂に入らなくても万里さんの髪はさらり、お肌はつるりで決して汗臭くならない。特殊体質なのだろうか。

風通しのいいダイニング・キッチンでゆっくり朝ごはんを食べながら、テレビを見たり、おしゃべりしたり。その最中に時々万里さんは、テーブルに両肘をついて自分の額を両手のひらに載せるようなポーズで目を閉じると、「フーッ、フーッ」と大きく深呼吸したり、「ハアー」と声を出したりすることがあった。何だかしんどそうだったけれど、これは朝の食卓だけで、あとはいつも元気だった。

九：〇〇　書斎へ

万里さんが二階の書斎でどんなふうに仕事をしていたのか、どんな苦闘が繰り広げられていたのか、私は知らない。恐らく、猛烈な集中力で執筆していたのだろう。とにかく書斎にこもったら声はかけない、ドアにも近づかない。私は皿洗いを終えて、居間やら寝室やら、いろんなところにある新聞、雑誌、本、写真集、好き勝手に引っ張り出して読み耽った。

一二：三〇　人間の昼食（犬猫は一日二食で昼食は無し）

昼ごはんは麺類。パスタ、おそば、うどん、暑い日には笊いっぱいのお素麺。犬猫と少し遊んで、いろんな本の話などする。その頃ちょっとヘタッていた私への万里さんの処方箋は、奥田英朗『空中ブランコ』（文藝春秋）と桐野夏生『グロテスク』（文藝春秋）で、前者は抱腹絶倒の後に温かい涙で癒されるから、後者は落ち込んでるときは思いっきり陰惨な話でシンクロするのが一番だから。効力は定かでなかったが、シュールな処方箋としては南伸坊

『本人の人々』(マガジンハウス)があった。万里さんが「パロディーの鑑(かがみ)」と絶賛するこの本というか写真集、なんと説明してよいかわからないので関心のある方は現物をどうぞ。

一三：三〇　再び書斎へ

私は皿洗いの後、居間の大きなソファに寝そべって再び読書三昧。寝心地は良いのだが、ソーニャとターニャ（ブルーペルシャ猫）の通り道なのか、時々おなかの上を通過されて涎をたらされることもある。米原邸の居間は広い庭に面していて、その先は竹林の丘につながっているので、緑いっぱいの明るくて居心地の良い場所だったが、ある日、縁側に冷房完備の密閉型ガラス張りテラスができたために、夏は風通しが悪く蒸し暑くなっていた。テラスはピレネー犬のために改築されたもので、その名のとおりピレネー山脈出身の二頭は暑さに弱く、人間と違って昼間は冷房入りテラスでお休みになるのだった。

一七：〇〇　犬猫の夕食

犬猫が朝と同じような体制で夕食。人間の夕食は遅れることがあっても、犬猫は定時なので、仕事が途中でも万里さんは中断して降りてくる。いろんな締め切りがあって大変だと思うのだが、書斎に入るときも出るときも彼女は穏やかで、きりきりした様子を見たことがない。何を書いているのか話題に上ったことは無いが、一度だけちょっと遅めに降りてきて、「ほら、これ」と見せてくれたことがある。御玉稿はA４コピー用紙に鉛筆で描かれた「下手ウマな」イラストだった。週刊誌に連載しているエッセイのイラストも自分で描いているそうで、イラストレーターとしての屋号は新井八代（あら、イヤよ）?!

「これ私が描いてることは秘密なの、誰かの目に留まって新井八代に仕事の依頼が来たらどうしよう、また忙しくなって困っちゃうなぁ、ムフフフ」
《はぁ？　そりゃあ、まったくの杞憂ってもんでしょ》（以下、《》内は声にできなかった私の胸中のモノローグ）。この日に見た奇妙なイラストは、そのほかの彼女のイラスト満載の『発明マニア』（毎日新聞社、二〇〇七年）の中に後になって見つけた（一六五頁）。

一九：〇〇　人間の夕食
夕食は和食が多かった。オーソドックスな魚の煮付けにお浸し、お吸い物と雑穀入りご飯など。休みの日は、午後から本物のビーツを使った大量のボルシチや炊き込みご飯を作ることも。

二〇：〇〇　犬猫のお世話
夕食後に書斎に戻ることは無く、それから寝るまでの時間は、居間で大型テレビを見たり、面白そうな本をめくったり、犬猫と遊んだり。ピレネー犬二頭は、涼しくなった庭でじゃれたり走り回ったりして夜の運動をした後に、テラス内のそれぞれの個室に入って就寝。家の中と外を自由に行き来している猫たちも、全員呼び戻されてそれぞれお気に入りの場所へ。

二三：〇〇　人間の就寝
寝室は二階で、犬たちは上がってこないが、猫たちはベッドを含めあらゆるところに出没する。万里さんの寝室と引き戸でつながる隣の部屋で私は寝ていた。ある日ベッドに入ろうとしたら、掛け布団の上に少し水がたまっている。

「あーら、いけない子ね、またこんなとこにオシッコしちゃって、ここはダメっていつも言ってるでしょ！」

万里さんは、慣れた手つきでティッシュで水分をふき取り、消臭剤を二、三回吹き付けて、「はい、これで大丈夫」。

《ゲッ、猫のオシッコ布団で寝るの？》でも米原邸の犬猫と対立したら、居づらくなるのは私の方だと目に見えているので、大人しく猫オシッコと芳香剤の入り交じった匂いのする布団にもぐりこんだ。万里さんは、ベッド前のテレビをカチャカチャとしばらくザッピングして、すぐに静かになる。こうして翌朝五時に猫たちが枕のあたりをうろつくまでの眠りに入る。

前年に十年以上介護してきたお母さんが亡くなられ、彼女自身も卵巣嚢腫の手術をしたせいもあったのだろう。鎌倉の万里さんは、相変わらずの毒舌だったが、完全武装で肩で風切るような雰囲気をかもし出していた通訳全盛時代とは随分違って見えた。かつての険が取れて、仕事も家もペットもそして自分自身も大切にしながら人生を楽しんでいるように見えた。エネルギーをぶち撒きながら疾走するハチャメチャな米原万里は過去の人になり、これからは作家としての円熟期に入るのだなぁ、そう思って眺めていたのに。

II

私が万里さんの知己を得たのは一九八〇年代後半、某航空会社のモスクワ支店に三年ほど勤めて帰国したころだった。東京の地価高騰で、私は新たな住処の確保に苦労した。そこには国を挙げてバブルに酔い痴れる、私の知らない日本があった。出国してきたばかりのソ連は、さらにわからなくなった。ソ連特有の閉塞感と安定感、矛盾や抑圧や怠惰を毎日のように肌で感じ、一端《いっぱし》のソ連通のつもりだったのに、その後の展開はまったく予期せぬものだった。

日本のこともロシアのこともろくにわからない惨めな帰国子女状態の私には、同時通訳者として圧倒的存在感を発揮している万里さんは眩しすぎた。長い黒髪を無造作に束ね、濃いシャドウで瞼を塗りつぶし、大きなアクセサリーに奇抜な服、強烈な香水に高いヒールで闊歩するその姿は、「みんな見てちょうだい、私は異邦人の女王様よ！」と豪語しているようだった。日本でもロシアでも見たことのないこの「変種」、一体どこから出てきたのか、その経歴は皆目見当がつかなかった。

いつまでも時空間の歪《ひず》みに挟まって疎外感に苛まれているわけにもいかず、私はとりあえず通訳で糊口を凌ぎはじめた。時代はすでにロシア語通訳バブル期に突入しており、ロシア語の能力とは無関係に次々と仕事が舞い込んできた。「ロシア語通訳協会」なるものの存在を知って、入れてもらったら意外にも万里さんが事務局長という地味な仕事をしていたのだった。

直接話すようになった女王様の中身は、その容貌以上に異邦性に満ちていた。高校時代から一日一冊読破していたという本から得た博識、特異な子供時代、虫歯ゼロの真っ白な歯を見せてムフフと笑いながら発するユーモアとアイロニー、中年オヤジもたじろぐシモネタ、思ったことはすぐ口に出す屈託のなさ。そしてその労働量。同時通訳だけでなくありとあらゆる通訳、翻訳、さらには通訳協会の雑務や原稿書きまで。

ある日成田空港で会ったら、経済ミッションの通訳を済ませてモスクワから到着したばかりだという。

「でもね、四時間後の飛行機でまたモスクワへとんぼ返り。これから空港でやるレセプションの通訳があるから、モスクワで待ってるわけにはいかなかったの」

次の仕事は、高名な茶道家元の大ミッションの通訳だった。私はそのレセプションを会場の後ろから眺めていたが、万里さんは時差の疲れなどまったく感じさせず、メモを取ることもなく原発言よりも美しく通訳し、華やかなレセプションにいっそう彩りを添えていた。

「私は働き者だから」

本人が言うとおり、その活躍ぶりは抜きん出ていた。そして仕事量に伴って、万里さんにまつわる面白い話も増えていった。

某閣僚経験者を「オイ、○○」と呼んで、履いていたスリッパで頭を殴りつけたとか、財界大物のスピーチ原稿を事前チェックして、「あなた、これじゃ、何言いたいのかさっぱりわからないわよ」と書き直しさせたとか、通訳してもらってる間中、ずっと怒られてるような気がして怖かったとか。真偽のほどはさておき、この手の逸話ならいくらでもある。

「通訳はやめられない、だってネタの宝庫だもん」

文筆家として名が売れてからも、万里さんはこう言っていたが、彼女をネタに「万里の武勇伝」など物す人がいたら、きっと爆笑シリーズ本ができると思う。

エネルギーの塊みたいな人だから、気性も激しかった。彼女にどやしつけられた経験がないと、その迫力はわからない。親の葬式でも泣かなかったこの私さえ、いつだったか彼女のあまりの剣幕につい人前で涙したことがある。通訳協会の事務にかかわる些細な事が原因だった。こういう怖い思いをした人は私のほかにもいるようで、ある日、万里さんに負けず劣らず気の強そうな女性からこう言われて、危うく噴き出すところだった。

「ねぇ、ねぇ、これまで私って自分ではとっても強い女だと思って生きてきたの。でも米原さんと仕事して、ホントは弱い女だって気づいたわ」

《はぁ？　そりゃ単なる勘違いでは？》万里さんに限らず、通訳業の女性たちは総じて気が強い。年季が入るにつれ、心臓に毛が生え、面の皮もかなり厚くなる。また、そうでなくてはこの世界でやっていけない。通訳業に限らず男社会で働く女性たち全般にも通じることだろうが。そういう女性たちを、「あぁ、私ってホントはか弱い女、ヨヨヨ」としばし自己陶酔させてくれる万里さんの存在は大切だったかもしれない。男に押さえつけられてもますます反発して強くなるだけだが、同性だと安心して「私って弱いオンナ」感に浸れるのかも。

それにしても、こんなこと口が裂けても万里さんには言えなかったなぁ……。

爆発した後はケロリとして、万里さんと私の距離や関係に変化はなかった。通訳協会の事務を手伝うようになった私は、東京の馬込にあった彼女の自宅で名簿の整理やお知らせの発送をすることもあった。女王様の自宅と私生活は、意外に質素だった。通訳資料がぎっしり詰まった書棚と小さな机だけの書斎、体に良いからと畳の張ってある硬いベッド、昼を挟むときは昼食をご馳走になったが、キッチンの電気炊飯器は戦後の焼け跡から拾ってきたかと思わせるくらいの年代ものだった。

帳簿付けから切手貼りまで、ごく単純な雑務を万里さんは生真面目な顔をして独り言を連発しながらテキパキ進める。

「えーっと、これはここで、これはそっち、フムフム、で、これは何だっけ？　えーっと、えーっと、何だったっけ？　ウン？」

外では自信と個性が服を着て歩いているような万里さんだが、自宅では、知的で健康的でちょっとドジなお姉さんという感じだった。スッピンの顔は、きめ細かな肌と白い歯が引き立って、狸化粧の万里さんよりずっと自然でやさしく見えた。

ソ連邦は崩壊し、波乱含みの新生ロシアが世界の注目を集めていた。その後私は東京から札幌に居を移し、さらに盛岡へ移って大学に籍を置いたので、通訳の世界から遠ざかり、通訳協会では幽霊会員同然になってしまった。万里さんは、『不実な美女か貞淑な醜女《ブス》か』（徳間書店、一九九四年）で華やかな文壇デビューを飾り、次々と新作を上梓しては賞をさらった。多忙を極めているはずなのに通訳協会の会長まで引き受けて、エネルギッシュなのは相変わらずだった。直接会う機会はほとんど無くなったが、私は米原万里の一読者として、彼女の新しい作品が盛岡の書店に並ぶのを楽しみにした。

二〇〇〇年までの平和条約締結を目標に掲げた日ロ関係は、いくつかの波を越え、その目標は達成されぬままに、無名のプーチン大統領が登場して世界を驚かせた。日本は対ロ政策の舵取りに腐心していた。

III

ほとんど会うこともなく七年が過ぎた二〇〇二年五月末、突然万里さんから盛岡の自宅に電話が入った。

「ねぇ、あなた佐藤優さんのこと知ってるでしょ? 今、彼に対する人格攻撃がひどいじゃない。援護してあげないと。私、彼がお金や権力のためにヘンなことをする人間じゃないというのはわかるの。だけど、彼のことはよく知らないから、あなた何か書きなさいよ、私がどこかに載せるようにするから」

いわゆる鈴木宗男疑惑で日本中が沸き立っている最中で、彼に近い人たちが次々と逮捕され、外務官僚の佐藤優氏もその一人だった。佐藤氏はロシア語通訳協会の学習会で講師を務めたこともあり、万里さんと面識があった。万里さんは、佐藤氏の人格が当時マスコミで取り沙汰されているようなものではないことを直感的につかんでいた。私も彼とは「ビザなし交流」で知り合い、真剣に日ロ交渉に取り組んでいる姿を知っていた。

「外交や仕事については、佐藤さんが保釈になってから自分で説明すればいい。でも自分で自分の人格がいかに高潔かを説明するのは、まずいでしょ。だからそれは、友だちがやってあげないと」

すでに逮捕直後から、佐藤氏の学友たちが支援会を立ち上げていたが、メディアスクラムによる大バッシングの前にその声はかき消されていた。私は、佐藤氏が自身の出世やお金にはまったく無頓着で、時に過労で入院しながら仕事をしていたことなどをメモにして万里さんに渡し、知名度のある彼女のマスコミでの発言が一定の影響力を持つよう期待した。

しかし、この企画は実現しなかった。マスコミが知りたがっていたのは、佐藤氏と鈴木宗男氏との関係だけで、佐藤氏の人格が高潔か卑劣かには誰も関心を示してはくれなかったからだ。万里さんの提案は、どの編集者からもやんわりと断られたようだった。こうして人格擁護作戦は失敗に終わったが、私はその相談もあって、彼女の自宅を訪ねることになった。

東京から移った新居は、鎌倉の閑静な一角にある、万里さんのアイデアがたくさん詰まった居心地のいい一軒家だった。機能的なキッチンやそれに隣接する食料保管場所を兼ねた倉庫、大量の本を収納できる書庫、明るい書斎、猫の出入りを配慮した窓やドア、大きな作り付けのクローゼットのある寝室等々。

執筆中心の生活になったせいか、万里さんの外見はかなり重量感を増していた。花形通訳時代には、女優並みの衣装代を使っていた万里さんのワードローブはどうなったのだろう。

馬込の自宅に出入りしていた頃、私は彼女が着なくなった服をただ同然で譲ってもらったものだ。入らなくなった上等な服が山ほどあるのではと、ちょっと期待したのだが、手遅れだった。

「あー、昔の服はサイズが合わないから、ぜーんぶ友達にあげちゃった。今はもっぱら通販で伸縮性のあるものしか買わないの。レギュラー出演のテレビ番組が衣装は局で用意するって言うから、私のサイズを教えたんだけど、合うのがないから自前でやってくださいだって、アハハ」

女王様は外見とともに服の趣味も変わっていた。豪華なドレスの代わりに、簞笥の中にはTシャツや綿パンが山ほど詰まっていて、「どれでも好きなものに着替えてね」とのこと。犬猫の世話で汚れてもすぐに洗濯できるような品揃えになっている。外出時もゆったりしたパンツに木綿のシャツ、スニーカーにリュック、おまけに某航空会社のファーストクラスのお土産品というポシェットを肩からはすに掛けて。

あのー、ハイヒールやめたんですかと、思わずお尋ねしてみたところ、

「そういえば、誰かもあなたがズック履いて来るなんて……とえらく驚いて絶句してたわ、アハハ」。

この年の十一月に万里さんは、函館と東京の講演の合間に一日だけ余裕ができたと、盛岡にやって来た。盛岡には、母親同士が同級生という縁で、米原家が家族ぐるみで仲良くして

いる戸田家がある。万里さんは子供のころはよく遊びに来たそうで、大学入試の際には半年近く戸田家に居候して受験勉強に励んだそうだ。三十年ぶりに盛岡を再訪した万里さんは、町の変容に驚いていた。

受け入れ側としては、グルメの万里さんに何を食べさせるかが問題だった。まず到着後の夕食は、無難にホテルの和食会席。うちに泊まったので、朝食はゴーダチーズをたっぷりのせた厚めのチーズトーストにロイヤルミルクティー、ベーコンエッグにサラダ、果物、ヨーグルト。念のためにトーストもう一枚食べますかとお尋ねしたところ、「うん、食べる」と迷いのないお返事が。朝食後ゆっくりしていたら、私の部屋をぐるりと見回して一言、「なんかこの家、おととい引っ越してきましたって感じね、ムフフ」。さすが稀代のエッセイスト、すでに五年近く住んでいる我が家を端的に表現されてしまった。

お昼は、盛岡駅前の定評のある焼肉屋で結構な量のお肉を二人で平らげたあと、万里さんは冷麺を注文。スープを最後の一滴まで飲み干して、「うっぷ、この味は、ちょっと私には合わなかったわ」。

はぁ？　じゃあ、残せばよかったのに。

「だって、もったいないじゃないの」

うーん、今なら岡田斗司夫『いつまでもデブと思うなよ』（新潮新書）を読ませてさしあげたいところです。その後、私たちはおいしそうなケーキをたくさん買い込んで戸田家を訪ねた。家族同様のそのお宅で、万里さんはおやつにそのケーキを二個。懐かしい話をたくさんしているうちに、帰京の時間となった。駅まで送ると、「あー、久しぶりにゆっくりできてよかった。じゃあ私、夕飯の駅弁選んで新幹線に乗るから。またね」。

ところで、人格擁護作戦後、万里さんと私は佐藤優氏の話をすることはなくなったが、その後、佐藤氏は『国家の罠』（新潮社、二〇〇五年）を皮切りに次々と本を出して大ブレイク中なのは周知のとおりだ。佐藤氏の文壇デビューを万里さんは歓迎し、処女作を高く評価していた。そんなある日、万里さんが佐藤氏の第二作目を酷評している記事を、偶然に週刊誌で目にして笑ってしまった。「国家権力に寄り添って生きてきた惰性なのか」、「まだ役人生活への未練があるのか」（『週刊文春』二〇〇五年十一月二十四日号）と、しっかり悪態までついているではないか。もちろん、万里さんの真摯な評価なのだろうが、アマノジャクというかヘソマガリというか……。大バッシングで痛めつけられている孤立無援の佐藤氏の擁護に奔走したくせに、処女作が成功して軌道に乗り、みんなが持ち上げだすと、歯に衣着せぬ物言いでけなす。主流派に迎合して流されていく今の日本を見ていると、こういう「アマノジャク」が去ったことは、本当に残念で、国家的損失だと思う。

万里さんと佐藤氏のことでは、さらに後日談がある。佐藤氏が彼女の死後に書いたもので知ったのだが、万里さんは、彼が商業媒体でものを書けるよう支援したわずか四人の中の一人だそうだ（『獄中記』岩波書店、二〇〇六年、四六三―四六四頁）。あの人格擁護作戦の失敗後も、万里さんはあきらめずに尽力していたのだった。

IV

佐藤氏の支援のほかにも、万里さんは、ロシア語通訳協会で解散話が持ち上がったのを水際で阻止して自ら会長を引き受け、その事務所移転に奔走し、犬猫のお世話にもさらに精力を注ぐという八面六臂の大活躍だったが、本業の執筆活動はさらに華やかだった。

優れたエッセイストとしての名声を確立しながら、そこに安住することなく、ドキュメンタリーに挑んで大宅壮一ノンフィクション賞を受賞（『嘘つきアーニャの真っ赤な真実』角川書店、二〇〇一年）したばかりなのに、その翌年には、『オリガ・モリソヴナの反語法』（集英社、二〇〇二年）を発表した。持ち前の明快さやユーモアをふんだんにちりばめながら、重いテーマを緻密な構成で描ききった初の長編小説。米原万里の底の深さを改めて感じると同時に、やはり常人ではないと思った。

『オリガ・モリソヴナの反語法』は Bunkamura ドゥ マゴ賞を取り、二〇〇三年十月の授賞パーティーには、たまたま東京にいた私も呼んでもらった。池澤夏樹氏との対談でも、受賞挨拶でも万里さんはいつものように艶のあるよく通る声で話した。いつもの冗談や皮肉が飛び出すことはなく、父親が地下に潜伏していた子供時代のこと、辛い思いもしたプラハ時代のことなどをゆっくりと噛みしめるように語った。そこにはエッセイストと同時に、小説家としての新たな厳しい道に乗り出した米原万里がいた。これからも万里さんは、重厚な小説をいくつも書くだろう、そして軽妙なエッセイも。きっと新しいジャンルにも挑戦するだろう、童話やら俳句やら、戯曲だって書くかもしれないし、翻訳にも手をつけるかもしれない。そして、いつまでも読者を驚かせ、楽しませてくれるだろう。そんな一読者としての私の楽しみが、こんなに早く奪われるなんて。

授賞式の万里さんは、お母さんの葬儀を済ませたばかり、本人も手術を終えた後で、顔色が少し蒼白く見えた。彼女の健康は気になったけれど、あの明るさから何か深刻なものを感じ取ることはできなかった。

翌二〇〇四年八月、九月に私は万里さんの家に用事もなく泊まりに行った。その頃、私は東北に引っ込んで七年目、精神の不調に悩み、何も手につかず億劫、かといって一人でいるのも嫌という厄介な状況だった。久しぶりに会った万里さんは、自宅近くの洒落たフランス料理店に誘ってくれて、病気のことなどあれこれ話してくれた。

「私ね、卵巣癌と聞いたときは、ショックで眠れなくて鬱になったの。でもね、一晩でまた元気になっちゃった、ハハ、そういう性格なの」

こんな万里さんの調子に、私は最後まで騙されていたような気がする。彼女が絶望や不安や痛みに苦しんだなど、当時はもちろん、今でもどうしても想像がつかない。二〇〇二年に再会してから私が見た万里さんは、いつものんきで機嫌がよく、食欲旺盛で健康に見えた。

手術で完治したものと、私は勝手に思い込んだ。

米原家は、とても居心地のいい空間だった。大きな家に一人暮らしなのだが、犬猫たちがいつもたむろしているし、人の出入りもけっこうあって、さびしい感じがしない。三、四日滞在すると、万里さんを元締めとする緩やかなコミュニティーができているのがわかる。犬の散歩や家事を手伝うヘルパーさんは、午前中に数時間働いて帰る。マッサージの先生や庭の手入れをする人たちが来る。近くに住む妹のユリさんが寄って、台所のお鍋を覗き込んだり、時には代理の甥っ子が頼まれ物を届けに来たりする。私は会うことがなかったが、万里さんが頼りにしている有能な秘書さんが、週に何日か訪れて仕事をする。誰も長居したり、油を売ったりしない、みんな静かに自分の仕事や用事を済ませて帰ってゆく。それは動物たちも同じで、犬は毎朝散歩に出かけて定時にご飯を食べる、猫たちも定時にご飯を食べて遊んで寝る。誰も他者に干渉しないし、他者からも干渉されない。大らかな協働で米原家は維持されている。

動物たちも、米原家のただの食客というわけでもなかった。犬猫のお世話は、明らかに万里さんの生活にリズムをつけ、彼女の健康管理に役立っている。朝の散歩は、犬たちが重量オーバー気味の万里さんを散歩させているとも見える。米原家では、日系三世で学費を貯めている若い人とか、フルタイムの仕事ができないのでフレックスタイムとか、いろんな事情のある人たちが、自分たちにあった条件で効率的に働いていた。

米原家の居心地の良さというのは、広くて立派な家があるからではなくて、そこに人も動物も無理せずに自然に協働する「場（トポス）」ができあがっていたからではないだろうか。私は、万里さんは、イデオロギー性を欠落させた共産主義者だったと思う。幼い頃、「太ってて キョーサントーなんだから」と誇りにしていた、彼女の父親の生き方そのものから受け継いだキョーサンシュギの精神、というより「心」をもった人だったと思う。

米原家では人にも動物にも温かく優しい万里さんだが、文筆の話になると厳しかった。彼女の軽妙なエッセイからは想像もしなかったが、政治の話に踏み込んで、連載予定が中止になったこともあるという。原稿を全面的に書き直してほしいと言われ、断ったら、次の依頼は来なくなったとか。

「ビジネスマンがよく読むような雑誌だったの。組織にいると、いろんなしがらみがあって、言いたいことも言えないでしょ。私は自由だからいくらでも言えるの、その私まで黙ったら世の中どうなるのよ」

新聞の書評を担当していた万里さんには大量の献本があったが、気に入らない本の書評は書かないと徹底していた。某新聞社から依頼のあった本についても、

「うんとけなしていいなら書きますけどと言ったら、じゃあ、けっこうですだって、ハハ」。

万里さんは、人であれ、物であれ、わざとらしさや不必要に飾ることを嫌った。これは文章についても同じだ。

「どうしてこう小難しく書くの、もう少しわかりやすく書けないかしらね」

「学者って、自分が勉強したことはぜーんぶてんこ盛りにしちゃうからダメなのよ、このく

らいにまとめなくっちゃ」(分厚い研究書を前に、親指と人差し指で三センチくらいの厚みをつくってみせながら)

「そうね、しょうもない論文書くより、翻訳するほうがずっと世の中の役に立つかもね、ハハ」

頰がヒクヒクしそうな、でも的を射たコメントが次々と出てきた。

この年の暮れも差し迫って、また私は引き寄せられるように米原家に出かけ、大晦日の昼近くにやっと帰省した。年末年始も特別な準備はしないということで、人も動物もいつもと同じような生活だった。ただし、ボンとナナは犬の美容院に出かけた。大きすぎて自宅で洗ってやるのは無理だからと、犬の美容師さんが車に乗せて連れて行った。万里さんは、年内に書くと約束した原稿を失念して、催促を受けて初めて思い出したと言って、午後に書き上げる予定だった。それなのに彼女は、私のためにインターネットで鎌倉から羽田までの行き方と汽車の時刻を調べてくれ、例によって大量に炊き込みご飯を仕込み始めた。「ハイ、昼ごはん」と手渡された、アルミホイルに丁寧に包まれた炊き込みご飯のおにぎり二個をかばんに入れて、私は米原家をあとにした。その日以来、私は米原家に足を延ばしたことも、鎌倉駅を通ったこともない。おにぎりは、鎌倉から乗った電車の中ですぐに胃袋に収めた。

九州の実家に戻り、万里さんにお礼の電話を入れると、いつになくはしゃいだ声がかえってきた。

「うちの子たち(ボンとナナのこと)が、シャンプーして帰ってきたのよ。もう―、真っ白でフワフワ、すっごくいい匂いさせて、たまんないわー」

で、原稿書いたんですか？

「それがさー、まだなのよ。あー、かわいー、擦り寄ってくるのよフワフワの毛で、わぁー」

早く書かないと、除夜の鐘が鳴りますよー。電話口で犬とじゃれあっているらしく、万里さんは上の空だ。その原稿がどうなったのか私は知らない。でも、ハッピーな年明けになりそうな様子だった。

V

この大晦日を境に、私はまた万里さんと疎遠になった。私の身辺に異変が続いて、落ち込んだり甘えたりしている場合ではなくなったからだ。この年の初めに私の両親が相次いで他界し、そして私は結婚した。万里さんの癌再発を知らぬままに、私は慶弔重なった慌ただしい日々を過ごした。

その年の春、久しぶりに電話で話す機会があり、万里さんも多少面識のある私の結婚相手の名前を告げると、彼を思い出すのにしばらく時間がかかったようだったが、

「えー、〇〇さん？　アーハハ、アハハ」としばらく笑い続けて、

「おもしろがらせてくれてありがとう」。

はぁ？　結婚してお礼を言われたのは、後にも先にもこれだけだ。

「アハハ、それで彼のどこがよかったの？　まぁ、いいわよね、いやになったら離婚すればいいんだもんね、アハハ」

《ちょっとー、これから新婚旅行に出かけるのに離婚はないでしょ》

関西と東北の別居婚でスタートしたため、私は東北・東海道、二つの新幹線を乗り継いで通うことが多かった。新幹線で品川駅を通過するたび鎌倉の米原家の住人たちが気になったが、いまや私にはより強い磁場が関西にできていた。

この年、ロシア語通訳協会は設立二五周年を迎え、その記念パーティーで久しぶりに万里さんと会った。私の顔を見た彼女の第一声は、

「私、痩せたでしょ？」。

は、はい。《と言っても前に比べればの話で、日本女性のスタンダードと比べると、まだかなりふくよかですよ》。誰かが、「なんだか、米原さんきれいになったみたい」と言うと、

「私、昔からきれいよ」。

相変わらずの女王様ぶりだった。

鼠径部リンパ節への癌の転移がわかってから、食事療法で痩せたとのことだった。ドゥマゴ賞授賞式での万里さんと同じく、少し顔色が蒼ざめているように見えたが、相変わらずきめ細かな肌がきれいで、元気そうに見えた。確かに前年夏の重量感に比べると、ぐっとスリムになっているのがわかる。ダイエットでここまで体重を落とすとは、万里さんは本当に意志の強い人だと感服した。この年、ユーモアたっぷりの『パンツの面目　ふんどしの沽

巻』(筑摩書房)に続いて、年末には『必笑小咄のテクニック』(集英社新書)が世に出た。私はますます安心した。

病状が深刻なものであることを知ったのは、年が明けてずいぶんたってからだった。私と万里さんの人間関係の距離は、近かったわけではない。家に泊めてもらうことはあっても、人生を語りあったこともなければ、詳しい病状を聞いたこともない。彼女がどんな交友関係を持っているのか、どんな男性とお付き合いしたのか、またしているのか、次にどんな作品を書こうとしているのか、私はなにも知らなかったし、彼女からも、プライベートなことを尋ねられたことはない。躊躇しているうちに、気軽にお見舞いに行くような状況ではなくなっていることを知った。四月も終わろうという頃、私は思い切って鎌倉の自宅に電話してみた。たぶん、どなたか付き添っているだろうから、正確な容態を教えてもらおうと思った。けれど、「ハイ、ヨネハラです」と電話口に出たのは、意外にも万里さん本人で、いつもと変わらないはっきりした声だった。よもや本人と話すとは思いもよらなかったので、私はとっさに何を言っていいかわからず、「あれ、万里さん、元気ですか?」と思いっきり間抜けな挨拶をした。

「元気ですかって、あなた、何言ってるの、私は寝たきりよ。原稿も一本を除いては全部断って、家で寝てるの」

私はさらになんと言えばよいかわからなくなり、しどろもどろでご無沙汰していたことを詫びていると、彼女はそれをさえぎって、

「そう、今度おいしいものでも持ってお見舞いにきて」。

深刻な容態の人が、食べ物のことなんか考えるだろうか。相変わらず食い意地が張っているのは、エネルギーのある証拠。それに、憎まれっ子が世にはばからぬわけがない、口の悪い女は長生きするものなんだ。私は安心した。

それから一カ月後、私は品川駅を通過したばかりの新幹線の中で米原万里の訃報を受けた。おいしいものを持ってお見舞いに行く約束は、いまだに果たしていない。万里さんに確実に「おいしい」と言わせるたべものを、まだ思いつくことができない。

VI

「米原万里の死」は、私に実感を持たせてくれなかった。それが事実であることは、数日後にマスコミが訃報を流し始めてからは理解できた。それでも、鎌倉の家にも、お寺にも、送る会にも行くことができなかった。そしていまだ私は米原万里の墓前に立ったことがない。彼女に手を合わせたり、お線香を上げたりするなんて、どうしても不自然な気がする。鎌倉駅からそう遠くないあの自宅に行くと、今も彼女がドアを開け、犬たちが飛びかかって歓迎してくれるような気がする。それに亡くなって以後二年間、彼女は次々と新作を世の中に送り出しているではないか。

米原万里の本は全部読んでいるつもりでいたが、それは単行本だけで、当然ながら本に収まっていない大量の文章があり、その多くを私は読んでいない。おかげでこの二年間、私は途切れることなく、彼女の新しい本に楽しませてもらっている。どの本も終わりに近づくにつれ、読み終わるのがもったいなくて淋しくて、スピードを落としながら丹念に読む。ナイフで鋭く切り取ったような無駄のない文章に散りばめられたユーモアと機知、大切な情報やものの見方、米原万里ならではの作品もあれば、彼女が高校生を前に話す声が聞こえてくるような本（『米原万里の「愛の法則」』集英社新書、二〇〇七年）もある。また、文字通り『打ちのめされるようなすごい本』（文藝春秋、二〇〇六年）にも遭遇した。

この『打ちのめされるようなすごい本』に収録されている「読書日記」を読んで、私ははじめて彼女の病気と治療の全容を知った。そして、私がのんきに米原家で昼寝していた頃すでに、万里さんは死と隣り合わせで自分に合う治療法を考えていたことも。その癌対処法が、あまりに万里さんらしくて、そのことに私は打ちのめされた。

「医師が退室して、すぐにインターネットで調べまくる」（一九三頁）、「入院中に発注した癌本が届いていたので片っ端から読む」（一九五頁）。彼女の猛烈な読書欲と知識欲が、癌発症で刺激されたことは想像に難くない。自身の生死がかかっているというのに、その癌本のことを「スルスルと読みやすく」（二四九頁）、「興奮するほど面白い」（二五二頁）、「あまりの面白さに一気に読了」（二五三頁）などと他人事のようだ。「ああ、私が一〇人いれば、すべての療法を試してみるのに」（一九七頁）に凝縮された好奇心の強さと行動力。そして持ち前の批判精神は、どんなに苦しくても矛先をゆるめない。癌本の「圧倒的多数は、サプリメントや健康食品を売りつけるのが目的のあからさまな宣伝本で説得力ゼロ」(三〇一頁)と言い、代替医療のための商品の「人の弱みにつけ込んだ犯罪的な高さ」(一九五頁)を何度も指摘し、「金儲け一辺倒が透けて見える」(三〇二頁)、「藁をも摑みたい癌患者の弱みに付け込んで犯罪的に高価であったが、再発によって全く無効であることを確認できた」(三〇五頁)と、まさに「我が身を以て検証」してみせる。書評のプロだけあって、癌本の造りに対する批判も厳しい。「重複部分が多い」(一九三頁)、「それぞれの著書のいいとこ取り(一部は完全なコピー)」(三〇八頁)、「詐欺ではないかと思うほどにあまりにも内容に反復が多く、前作のコピーに少しだけ新味を加えるという造り」(三一一頁)。そして、創作意欲も衰えることがない。「万が一、私に体力気力が戻ったなら、『お笑いガン治療』なる本にまとめてみたい」(三〇〇頁)。ぜひまとめてほしかった。恐ろしく面白い読み物になると同時に、癌患者のバイブルになったはずだ。

読書日記を読みながら、何度も私は「米原万里よ、もういい加減にしないか、つまらぬ療法に関わらずに、思い切ってメスで切ってしまえ」と叫びたくなった。特に医師たちとの軋轢があったことを思わせる箇所では、声を上げて泣かずにはいられなかった。「診療情報の提供をS医師が頑強に拒んだ」(三〇一頁)、「貴女には向かない治療法だから、もう来るな。払った費用は全額返す」と言われてしまった」(三一〇頁)、「「治療にいちゃもんをつける患者は初めてだ。治療費全額返すから、もう来るな」という展開になった」(三一五頁)。万里さんのあまりに率直な物言いと、成功した医師たち(おそらく全員が男性)の傷つけられたプライドが目に見えるようでたまらなかった。米原万里のパロールを理解するには、そう難しくはないが一定の文法の習得が必要だ。彼女のエクリチュールは多くの人に受け入れられるが、パロールは必ずしもそうとは限らない。「米原万里の反語法」に即座に適応できる日本人男性を、私は数えるほどしか思い浮かべることができない。

癌治療に関しては、万里さんの優れた資質である知的好奇心、行動力、意志の強さ、また財力までもが裏目に出たような気がする。癌を宣告されてから二〇〇冊の本を読み込み、治療法を考える、決して医師の言うなりにならず、自分で納得するまで結論は出さない。詐欺のようだとあきれながら、次々と代替治療を試すことのできる潤沢な資金。こんなこと、凡庸で臆病な私には、絶対に考えられない。だいいち、そんなお金の余裕がない。でもこんな愚考はもうやめよう、万里さんに怒られそうだから。

それにしても、万里さんの命が引き換えにならなかったならば、癌治療に関する読書日記は、続きが読みたくてたまらなくなるような実に面白いエッセイになったはずだ。彼女が数多くの書評の中で、常に高く評価する点を完璧に備えている。まず、「これだけ充実した内容を読んでいるという意識すら忘れるほどにスルスルと読ませてしまう文章の魔法」（二七〇頁）、次に「情報のレベルを高く保ちながら分かりやすさ、面白さを幸せに合体させている」（二七一頁）。どうしてこんなに早く逝ってしまったの？　その身勝手さに腹を立てたくなるような気分を抱え込んでいたら、それに答えるかのように、万里さん自身の筆による「私の死亡記事」（『終生ヒトのオスは飼わず』文藝春秋、二〇〇七年、二二五―二二七頁）が舞い込んだ。これによると、元作家でNPOグループ・ホーム「アルツハイム」代表の米原万里さんは、二〇二五年十月二十一日未明に息を引き取っている。あの鎌倉の自宅に独身の通訳仲間を集めてグループ・ホームを設立したらしい。拾ってきた犬猫の数は実に九十八頭。笑いと涙が一度にあふれ出る死亡記事、やはり万里さん自身の予定よりも二十年早く逝ってしまったではないですか。そんなホームに住むのはごめんだけれど、たまには遊びに行きたかったのに。私はやっぱり不満です。

VII

「死はまるで生に似ていない。でも死こそが生の完遂。死に区切られてこその生」(『心臓に毛が生えている理由《わけ》』角川学芸出版、二〇〇八年、一六五頁)。三回忌が間近に迫るのに、万里さんはまだ本を出し続ける。そこには、楽しい笑いとともにドキリとさせられるようなメッセージもある。間接的に伝わってくる彼女の言葉にも、はっとさせられる。「ガンで亡くなる前、「仏教での葬式が自分の唯物論の信念とぶつからないか」という相談を受けました」(亀山郁夫+佐藤優『ロシア　闇と魂の国家』文春新書、二〇〇八年、一〇九頁)。一緒にお寺を見に行った二〇〇四年九月、彼女は自分の死をすでに意識していたのだろうか。

でもこうして彼女の言説をあれこれ詮索したからとて、何の意味があるだろう。三回忌には、ビジュアルな米原万里を眺めることにしたい。死後に出た本の中には、イラストや写真がけっこう多い。私が気に入っているのは、『マイナス50℃の世界』(清流出版、二〇〇七年、

写真：山本皓一）の中で、天ぷらを揚げている万里さん（一一三頁）。イルクーツクのホテルの浴室だろうか。フライパン、食器、調味料、食材が並んでいるのは、ビデと便器の上。その間の狭い床にカセットボンベと油の入った鍋を置き、洒落たパンツルックとパンプスの万里さんがちんまりとしゃがみ込んで鍋から天ぷらを引き上げている（その食材が何かは判別不能）。その横顔は、かつて馬込や鎌倉で雑務や料理をしているときに何度も見た生真面目で一生懸命な顔と同じだ。クリームでも塗っているのか、妙に白いほっぺたをして真剣に天ぷらを揚げる万里さん、きっと取材チームがおなかを減らせて待っているのだろう。

米原万里を送る会（二〇〇六年七月七日）で配布され、私も後で譲っていただいた「米原万里　思い出帳」の小さな白黒写真も楽しい。私は、この思い出帳ではじめて花形通訳以前の万里さんを知った。意外と田舎っぽい子供時代、家族をこよなく愛し、また愛されていた証、短い髪でエキゾチックな雰囲気の学生時代、衝撃の（？）水着姿。そして「一九六二年、一二歳の夏」。プラハの自宅だろうか、椅子に腰掛けた少女の上半身を斜め横から撮った平凡な写真。ノースリーブのワンピースから伸びた細い腕、かすかな胸の膨らみ。両肩にかかる固く編んだ二本のおさげ。カメラを見据えているのに、その視線はどこか遠くを眺めているようで、うっすらと開いた口元は微笑んでいるようにも、何かを話し出しそうにも見える。突然この写真を見せられても、私はこれが米原万里とはわからなかっただろう。でもこの少女こそ、紛れもない米原万里の原形質ではないか。未成熟でありながら、すでに意志の強さを感じさせるそのまなざしは、未来への限りない好奇心と知識欲をもって、生に対する信頼と希望を語りかけている。

もうひとつ懐かしく思い起こされる映像は、万里さんの手。注意深く見たことなど一度もないが、少し大きめで、骨ばって指が長く、ちょっとかさついていることもあった手。どんなに派手な装いのときも、マニキュアをしない人だった。ペンを握り、キーボードを打つだけでなく、掃除、洗濯、料理、犬猫の世話も家の図面引きも、何でもする働き者の手、表情のある手。そしてそんな手が備わっていたから、鎌倉の家には、いろんな人や動物やものが協働するトポスができていたのではないだろうか。そしてその延長線上に「アルツハイム」も見えてくる。そしてロシア語通訳協会も。

組織のしがらみを嫌い、自由であり続けた万里さんが、協会の存続だけには拘《こだわ》り続けたのも、この協会がいつかそのようなトポスを形成するコアになると感じていたからではないだろうか。みんなが緩やかに集まり、助け合うけれど、何も押し付けないし、押し付けられない。コアに入り込んでもいいし、周辺をうろついてもいい、それぞれが無理をしないで自分のできることをする。肝心なのは、いつも知的好奇心に満ちた面白がりやの集団であること。私は、二〇〇七年に幽霊会員から足を洗って、役員として協会のコアに戻った。万里さんの提言の「無理をしない」だけを忠実にまもることしかしていないけれど。もういい加減に切り上げないと、万里さんの声が聞こえてきそう。

「あなた、そんな駄文書いてる暇があるなら、もっと協会の仕事しなさいよ。ホームページ手伝うとか」

傍若無人のヒューマニスト、異文化複合のアマルガム、米原万里は逝ってしまった。

＊

それから二年、私は何度も彼女に泣かされてきた。でも涙の後にはいつも、彼女が内包していた希望や温もりを感じる。私の部屋の窓から北上川の勢いのある流れが見える。両岸の新緑は鮮やかだが、風はまだ冷たい。そんな風に吹かれていると、万里さんが造り出している時空を超えたトポスの存在と継承を感じる。盛岡のさわやかな五月は、米原万里の早すぎた死を静かに悼むのにふさわしく思える。

（二〇〇八年五月二十五日、初出・ロシア語通訳協会ホームページ
http://www.h6.dion.ne.jp/~apr/yonehara-tsuitoushu-sankaiki.html）

本書は「ちくま文庫」のためのオリジナル編集です。

ちくま文庫

言葉《ことば》を育《そだ》てる　米原万里《よねはらまり》対談集《たいだんしゅう》

二〇〇八年九月十日　第一刷発行

著者　米原万里（よねはら・まり）
発行者　菊池明郎
発行所　株式会社　筑摩書房
東京都台東区蔵前二―五―三　〒一一一―八七五五
振替〇〇一六〇―八―四一二三
装幀者　安野光雅
印刷所　中央精版印刷株式会社
製本所　中央精版印刷株式会社

乱丁・落丁本の場合は、左記宛に御送付下さい。
送料小社負担でお取り替えいたします。
ご注文・お問い合わせも左記へお願いします。
筑摩書房サービスセンター
埼玉県さいたま市北区櫛引町二―六〇四　〒三三一―八五〇七
電話番号　〇四八―六五一―〇〇五三

ISBN978-4-480-42470-9 C0195